LES HOMMES ONT PEUR
DE LA LUMIÈRE

DU MÊME AUTEUR

L'Homme qui voulait vivre sa vie, Belfond, 1998, rééd. 2005 et 2010 ; Pocket, 1999
Les Désarrois de Ned Allen, Belfond, 1999, rééd. 2005 ; Pocket, 2000
La Poursuite du bonheur, Belfond, 2001 ; Pocket, 2003
Rien ne va plus, Belfond, 2002 ; Pocket, 2004
Une relation dangereuse, Belfond, 2003 ; Pocket, 2005
Au pays de Dieu, Belfond, 2004 ; Pocket, 2006
Les Charmes discrets de la vie conjugale, Belfond, 2005 ; Pocket, 2007
La Femme du Ve, Belfond, 2007 ; Pocket, 2008
Piège nuptial, Belfond, 2008 ; Pocket, 2009
Quitter le monde, Belfond, 2009 ; Pocket, 2010
Au-delà des pyramides, Belfond, 2010 ; Pocket, 2011
Cet instant-là, Belfond, 2011 ; Pocket, 2013
Combien ?, Belfond, 2012 ; Pocket, 2013
Cinq jours, Belfond, 2013 ; Pocket, 2014
Murmurer à l'oreille des femmes, Belfond, 2014 ; Pocket, 2014
Des héros ordinaires, vol. 1, Omnibus, 2015
Mes héroïnes, vol. 2, Omnibus, 2015
Mirage, Belfond, 2015 ; Pocket, 2016
Les Fantômes du passé, vol. 3, Omnibus, 2016
Toutes ces grandes questions sans réponse, Belfond, 2016 ; Pocket, 2017
La Symphonie du hasard, livre 1, Belfond, 2017 ; Pocket, 2018
La Symphonie du hasard, livre 2, Belfond, 2018 ; Pocket, 2019
La Symphonie du hasard, livre 3, Belfond, 2019 ; Pocket, 2020
Isabelle, l'après-midi, Belfond, 2020 ; Pocket, 2021

Vous pouvez consulter le site de l'auteur à l'adresse suivante :
http://www.douglas-kennedy.com

DOUGLAS KENNEDY

LES HOMMES ONT PEUR
DE LA LUMIÈRE

Traduit de l'anglais (États-Unis)
par Chloé Royer

belfond

Titre original :
AFRAID OF THE LIGHT
publié par Hutchinson, une marque de Penguin Random House,
Londres

Retrouvez-nous sur www.belfond.fr
ou www.facebook.com/belfond

Éditions Belfond,
92, avenue de France, 75013 Paris.
Pour le Canada,
Interforum Canada, Inc.,
1055, bd René-Lévesque-Est,
Bureau 1100,
Montréal, Québec, H2L 4S5.

ISBN : 978-2-7144-7406-3
Dépôt légal : mai 2022

© Douglas Kennedy, 2021. Tous droits réservés
© Belfond, 2022, pour la traduction française.

Belfond | un département **place des éditeurs**

place
des
éditeurs

À Anthony Harwood,
mon agent et ami depuis pas moins de vingt-huit ans

« On peut aisément pardonner à l'enfant qui a peur de l'obscurité ; la vraie tragédie de la vie, c'est lorsque les hommes ont peur de la lumière. »

PLATON

1

« ON VA OÙ, LÀ ? »

C'était mon premier passager de l'après-midi. Je l'avais pris en charge devant l'un de ces grands immeubles de bureaux impersonnels de Wilshire, juste à la bordure de Westwood. Une course rapide, à peine trois kilomètres, vers un autre immeuble du même genre à Century City. Je l'ai observé dans le rétroviseur. La cinquantaine, costume beige mal coupé, corpulent – dans les cent vingt kilos, à vue de nez, et aussi gêné que moi par toute cette chair excessive. Il était en sueur, et pas seulement à cause de la température qui avoisinait les quarante degrés avec un taux d'humidité record.

« Eh ! On va où, là ? »

Le ton était légèrement agressif, typique des gens persuadés que « le temps, c'est de l'argent » et qu'il suffit de parler plus fort que tout le monde pour avoir raison.

« On va à l'adresse que vous m'avez donnée », ai-je répondu.

Dans ce métier, on se retrouve régulièrement face à des clients qui détestent leur vie.

« Mais merde, vous devez savoir que prendre Wilshire vers l'est à cette heure, un vendredi...

— D'après mon GPS, Wilshire Boulevard était censé rouler sans problème jusqu'à West Pico, ai-je dit tout en me demandant si un accident ne venait pas de se produire en plein sur notre trajet. Attendez, je vois si le GPS me propose un autre itinéraire.

— Je m'en tape de votre GPS. Vous ne connaissez pas la ville ou quoi ? Vous n'avez jamais regardé un plan ? Vous venez de décrocher ce job de loser, c'est ça ? »

Si ça n'avait tenu qu'à moi, j'aurais envoyé ce type infect aller se faire voir un peu plus loin. Mais je savais pertinemment que, si je disais quoi que ce soit, je risquais de me coltiner une plainte par e-mail... et de perdre ma seule et unique source de revenus. J'ai ravalé ma colère et conservé un ton poli.

« Je suis né ici, monsieur, si vous voulez savoir. Un véritable *Angelinos*. J'ai passé la plus grande partie de ma vie dans les bouchons.

— Ça ne vous a pas empêché de nous coincer dans ce putain d'embouteillage...

— Si le boulevard s'est encombré d'un coup comme ça, c'est que...

— C'est que vous ne connaissez pas votre boulot et que, comme tous les losers à peine capables de conduire, vous ne faites qu'écouter votre GPS à la con. »

Il y a eu un silence. Je m'étais raidi en l'entendant me traiter de loser pour la deuxième fois. Son sentiment de supériorité était on ne peut plus explicite. *Je ne suis peut-être personne dans ce monde, mais je suis au moins trois échelons plus haut que toi au-dessus du néant.*

J'ai compté jusqu'à dix.

Cette stratégie, je l'utilisais chaque jour pour contrôler ma rage en faisant ce boulot dont je me serais volontiers dispensé. Mais puisque mes espoirs de carrière étaient tombés à l'eau et que les seules autres possibilités qui s'offraient à moi étaient des jobs de cauchemar sous-payés – comme faire de la mise en rayon chez Walmart ou m'enterrer vivant dans un entrepôt Amazon huit heures par jour –, passer l'essentiel de mon temps au volant de ma voiture me paraissait l'option la moins pénible. Même avec un type comme celui-là à l'arrière.

« Regardez à droite, ai-je dit, vous verrez pourquoi tout est bouché. Cette moto Triumph est passée sous les roues d'une Jeep Cherokee... et le motard m'a l'air plutôt mort. »

Gras-du-Bide a levé les yeux de son téléphone pour fixer le cadavre. Après quelques secondes de réflexion silencieuse, il a déclaré :

« Je ne sais pas où il allait, mais il n'arrivera pas à destination.

— Le temps n'est jamais de notre côté.

— En plus d'être un tocard de chez Uber, vous voilà philosophe maintenant.

— Vous travaillez dans quoi ?

— Ça vous regarde ? a-t-il rétorqué.

— C'est juste pour discuter.

— Et si je n'ai pas envie de discuter ? »

Un nouveau silence. Nous longions l'accident à une allure d'escargot. Ça grouillait de flics. Deux ambulanciers recouvraient d'un drap le corps du motard pendant qu'un troisième approchait, chargé d'un brancard métallique pliable. Le chauffeur de la Jeep flambant neuve, un type d'une vingtaine d'années, mince, bronzé et clairement né de parents riches, venait de finir de souffler dans l'éthylotest que lui tendait une policière. Vu sa tête, il se doutait déjà que son avenir était fichu.

« Dans la vente, a dit mon passager. Je suis dans la vente. »

Je l'aurais parié.

« La vente de quoi ?

— Fibre optique.

— Sans rire ?

— Quoi, sans rire ?

— Vous bossez dans les réseaux de transport optique ? La bande de base ?

— Comment vous savez tout ça ?

— Auerbach, ça vous dit quelque chose ?

— C'étaient nos concurrents, a-t-il répondu, toute trace d'agressivité évaporée. Vous connaissez ?

— Un peu, ouais… J'ai été directeur des ventes régionales de Californie du Sud pendant vingt-sept ans. Production et distribution pétrochimiques, capteurs de flamme, transducteurs et transmetteurs, conception de thermocouples sur mesure…

— C'est dingue, ça. Je m'occupe plus ou moins des mêmes trucs, sauf que moi, c'est dans le Nevada, l'Idaho, le Wyoming et le Montana.

— Pour qui ?

— Crandall Industries.

— Ah oui, vous démarchiez les mêmes clients que nous.

— Vingt-sept ans, vous dites ? a-t-il répété.

— Vingt-sept ans.

— Qu'est-ce qui s'est passé ?

— La poisse. Une série de coups durs. Trois gros échecs à la suite.

— Et ils vous ont viré, juste comme ça ? »

Dans le rétroviseur, j'ai aperçu sa bouche toute tordue. J'aurais voulu lui demander : *Vous aussi, vous subissez échec sur échec, comme moi il y a un an et demi ? C'est pour ça que vous jouez les gros cons insupportables ?* Mais j'avais pour règle de ne jamais dépasser les bornes, une attitude inculquée dès mon plus jeune âge par un tribunal de parents et de prêtres. Je la mettais en œuvre dans toutes mes interactions sociales, surtout celles qui se déroulaient dans ma Prius blanc cassé vieille de huit ans. Dans le monde d'Uber, la moindre plainte à votre encontre vous place en tort. Alors quand des pulsions de ce genre faisaient surface, je les étouffais de toutes mes forces.

« Oui. Juste comme ça.

— Désolé », a-t-il dit.

Ça alors. Un instant de solidarité humaine. Rien à voir avec de la compassion, bien sûr, seulement la peur de se retrouver comme moi derrière un volant.

Le trafic a commencé à se fluidifier.

« Vous allez pouvoir me déposer à l'heure ? a-t-il demandé.

— D'après le GPS... deux minutes avant votre rendez-vous.

— Au début, vous aviez annoncé quatre.

— Les choses changent.

— À qui le dites-vous. »

Il n'a rien ajouté pendant tout le reste du trajet. Ni en descendant de ma voiture. J'ai regardé sur l'application s'il m'avait laissé un pourboire... Rien, que dalle.

Mais c'est la règle, dans ce métier.

Les gens qui détestent leur vie ne lâchent jamais de pourboire.

2

LA PASSAGÈRE numéro deux, déjà en pleine conversation au moment de s'installer à l'arrière, n'a pas arrêté de parler. Le premier échange s'est terminé dans les dix secondes nécessaires pour claquer la portière et s'engager dans la circulation. Sa stratégie téléphonique se résumait à un ton hyper sec, à un débit hyper rapide. Une mitraillette. « On n'a pas l'habitude de perdre. » Elle avait à peine raccroché qu'elle composait un nouveau numéro. Et c'était reparti : « C'est pas nous qui avons un pistolet sur la tempe. C'est vous. » Un coup d'œil dans le rétroviseur. La quarantaine, le visage dur, des cheveux d'un noir de jais striés de gris. Pas le moindre soupçon de chaleur. Lassée, déçue de presque tout – mais avec encore assez d'énergie pour se battre. Et pour utiliser des formules comme « C'est pas nous qui ».

Mon père parlait comme ça. « C'est pas nous qui avons tort sur ce coup-là, fiston. » Jamais le nom qu'il m'avait donné, Brendan. Jamais « Brennie », comme m'appelait ma mère. « Fiston ». C'était papa tout craché. Me maintenir à distance. M'interdire de compter sur lui.

Mon père. Pas d'études à proprement parler, mais il s'enorgueillissait de lire le *L.A. Times* de bout en bout chaque jour. « C'est pas moi qu'irais faire ingénieur en électricité comme le fiston. » Ce qui ne l'empêchait pas d'être quelqu'un d'intelligent malgré sa grammaire mal rodée. La femme assise à l'arrière de ma voiture semblait tout aussi brillante, avec un niveau d'études bien supérieur à celui de mon père. Mais le « C'est pas nous qui » indiquait des origines aussi modestes et rustiques que les miennes. On a tous notre manière de survivre à chaque jour qui passe. La sienne, c'était sa repartie impitoyable.

« Tu me demandes de la compassion ? Sans rire. C'est vraiment le mot que tu veux utiliser, *compassion* ? Toi ? Toi, me demander de l'indulgence et de la commisération ? Tu ne voudrais pas un peu de grâce et de bienveillance, tant que tu y es... Je vais te dire quand tu pourras compter dessus : quand les poules auront des dents. »

Était-ce l'ombre d'un sourire carnassier que je venais de surprendre dans le rétroviseur ? Rien de tel pour se distraire de sa solitude, je suppose, que d'écraser des subalternes sous ses semelles.

Nous étions arrivés à l'intersection de Beverly et Wilshire, devant un immeuble tape-à-l'œil qui abritait pas moins de huit cabinets juridiques prestigieux. Je me suis rangé au pied de la façade mi-verre, mi-chrome. Derrière moi, la mitraillette ne tarissait pas.

J'ai tiré le frein à main. Ma passagère s'est glissée le long de la banquette sans interrompre son monologue menaçant, a ouvert la portière, posé ses escarpins sur le trottoir, et s'est propulsée d'un seul mouvement vers les portes vitrées.

« Bonne j... » ai-je amorcé à l'instant précis où elle claquait la portière derrière elle d'une main distraite.

Mais la mitraillette était déjà loin, disparue de ma vie.

Le numéro trois sortait du même immeuble : un type discret d'une grosse trentaine d'années, jean noir, tee-shirt noir, baskets Adidas noires, sac à dos en cuir noir jeté sur une épaule, lunettes noires de frimeur et MacBook sous le bras.

« Ça se passe bien aujourd'hui ? » a-t-il demandé.

Quelqu'un d'amical. Ça me changeait des deux précédents.

« Pour l'instant, oui. Je viens de finir ma première heure.

— Et il vous en reste combien ? »

Son téléphone a sonné. Il a tout de même pris le temps de s'excuser avant de répondre.

Dans ce genre de métier, on écoute les conversations. On rassemble des détails et des indices pour se faire une vague idée d'à quoi ressemble la vie des gens en dehors de notre voiture. On essaie de deviner leur histoire. D'après ce que je pouvais entendre, ce gars-là était sous pression. Un agent lui demandait de réécrire quatre épisodes. Son gamin dormait mal. Ses finances étaient au bord du gouffre. Je connaissais l'adresse affichée sur mon écran ; j'y avais déjà déposé quelqu'un. Une rue juste à côté de Vermont, à Los Feliz. Rien que des petites maisons qui se vendaient autour d'un ou deux millions.

« Ça va le faire, disait-il. J'appelle l'United Talent Agency juste après, je pourrai parler à Lucy… Oui, oui, je sais, la mensualité pour la voiture… »

Aïe, pas seulement fauché, mais bien endetté avec ça. Il s'était laissé embobiner par le système comme la plupart d'entre nous : l'emprunt pour la maison, la famille, la voiture de leasing, les engagements de carte de crédit… tout en se persuadant qu'il parviendrait à échapper aux limites et aux compromis d'une vie d'adulte accablé de responsabilités. Mais la réalité est toujours la même. On se laisse avoir parce qu'on se dit que, sans ça, on faillira à l'objectif qui nous a été assigné dans l'enfance – celui, justement, de se laisser avoir. Je suis passé par là, comme tant d'autres.

Je l'aimais bien, ce type. Assez malin pour qu'on le paie à écrire… mais vulnérable. Surtout que, visiblement, il était jeune papa. Et Dieu sait comme le fait d'avoir des enfants décuple nos points faibles.

Son appel a pris fin. Je l'ai entendu faire quelques exercices de respiration pour calmer son anxiété avant de composer un nouveau numéro.

« Lucy Zimmerman, s'il vous plaît… C'est Zach Godfrey… Oui, bien sûr que je suis son client. Oui, oui, je patiente… »

Son visage s'est crispé. Rien de tel qu'être mis en attente pour se convaincre de la précarité de notre statut. Et le fait que la secrétaire n'ait pas reconnu son nom… pas bon signe. Téléphone collé à l'oreille, il a fermé les yeux en s'enfonçant dans la banquette.

«Vous pourriez mettre un peu de musique ? m'a-t-il demandé. KUSC ?

— Pas de problème, monsieur. »

J'ai allumé la radio. KUSC était la quatrième station enregistrée dans mes préférences. Musique classique. Un morceau ancien, saturé de violons, s'est fait entendre.

« Merci. Vous êtes toujours aussi gentil ?

— Je fais de mon mieux, monsieur.

— Ça vous plaît, comme boulot ?

— C'est... un boulot, ai-je dit.

— Oui, je comprends. Bosser chez Uber... c'est bosser pour le système, pas vrai ? Ne le prenez pas comme un reproche. De nos jours, on bosse tous plus ou moins pour le système, chacun à sa manière.

— C'est intéressant, comme point de vue. Je suis d'accord avec vous. Mais le truc, si vous voulez, c'est que, quand on travaille "chez Uber"... »

Quelqu'un venait de répondre présent au bout du fil.

« Attendez, m'a-t-il coupé précipitamment. Allô, Lucy ? Oui, oui... Alors écoute... Quoi, tu le savais déjà ? Et tu penses que... ? »

J'aurais voulu continuer à suivre ce qu'il disait, mais j'ai remarqué une longue ligne rouge sur le GPS, signe d'embouteillages un peu plus loin sur Melrose. Valait-il mieux quitter la route et zigzaguer dans un fouillis de petites rues – vers Beverly, puis South Western Avenue, avant d'obliquer vers le nord ? Cette option nous donnerait au moins l'impression d'avancer et d'aller quelque part mais, en réalité, elle prendrait autant de temps que l'attente résignée dans le ralentissement sur Melrose – l'un des grands boulevards à l'ancienne qui forment les véritables artères de la ville. Le type n'avait pas l'air particulièrement pressé, et j'espérais qu'il terminerait sa conversation avant qu'on parvienne chez lui. Parce que je voulais lui dire quelque chose, mettre un détail au clair, avant de le déposer au 179 Melbourne Avenue.

On ne travaille pas chez Uber.

Personne ne travaille chez Uber.

On conduit pour Uber.

Alors, même si on n'est pas leur « employé » à proprement parler...

On est leur prisonnier.

Parce qu'ils ont toutes les cartes en main, et qu'on doit se plier à leurs règles. Sans compter qu'il faut conduire environ soixante-dix heures par semaine pour gagner une somme relativement acceptable – soit au moins trente heures de trop. Mathématiquement, ça revient à ajouter six heures à chaque journée de travail normale pour pouvoir se maintenir à flot.

Je le répète, je ne travaillais pas chez Uber. Mais j'étais obligé de m'en tenir à leurs règles et à leurs restrictions. Alors, si je ne prenais pas le temps de m'intéresser à mes passagers, de jouer les détectives pendant les quelques minutes que nous passions ensemble, ce boulot aurait été un véritable cauchemar. Pendant toutes ces heures quotidiennes, ma vie se résumait à laisser un écran de téléphone me balader d'un bout à l'autre du labyrinthe dément dans lequel je vivais. Et quand je tentais d'assembler des bribes d'histoire, un fichier de police, sur chacun de mes passagers... eh bien, ça passait le temps, voilà.

Monsieur l'écrivain était en train de finir son appel.

« Tu peux quand même les convaincre d'augmenter un peu leur offre. Parce que pour l'instant... Oui, je sais, inutile de me rappeler que je n'ai pas vraiment la cote en ce moment. Mais ils peuvent quand même jeter un œil à cette série que j'ai écrite... Elle date de 2014, et alors ? D'accord, d'accord, je comprends, tu as d'autres clients... Bien sûr, oui... Je sais que tu feras de ton mieux, évidemment, et désolé si je... Oui, oui, d'accord... À toi aussi. »

Une longue inspiration, une longue expiration, puis je l'ai entendu marmonner « Merde, merde, merde » entre ses dents. L'embouteillage sur Melrose ne s'arrangeait pas et nous avions à peine avancé.

« On est là pour un moment, ai-je fait remarquer.

— Ma maison ne va pas s'envoler. Il n'y a pas d'heure pour rentrer chez soi. »

J'aurais voulu lui répondre :

« Je suis bien placé pour le savoir. »

Mais je n'ai rien dit.

3

ÇA N'AVAIT PAS toujours été comme ça. J'avais un diplôme d'ingénieur en électricité. Et trente ans de carrière dans la vente. Est-ce que le métier de vendeur me plaisait ? C'était un gagne-pain. Plutôt bon, même, pendant un temps. Mais est-ce que j'aimais vraiment ça ? Il y avait eu cet été, il y a trente-quatre ans... J'avais passé plusieurs mois à escalader des poteaux électriques dans les montagnes près de Sequoia, fraîchement diplômé de la California State University. Tous ces immenses séquoias, la vie à deux mille six cents mètres d'altitude, l'horizon blanchi de neige en plein mois de mai. Et puis la découverte de l'oxygène. De l'oxygène pur, inaltéré. Après vingt-deux ans passés à Los Angeles, où des centaines de milliers de moteurs à essence assurent la qualité de l'air, je goûtais l'oxygène pour la toute première fois. J'étais en pleine nature, loin de la ville, de ma famille et de notre quartier maussade du nord de Hollywood où les maisons en préfabriqué n'ont pratiquement pas changé en trois décennies. Mon père aussi avait grandi dans le centre sud de Los Angeles. Deux ou trois rues peuplées de prolétaires irlandais, coincées entre plusieurs quartiers chauds. Au milieu de ces ghettos noirs et latinos, il ne faisait pas bon avoir la peau trop blanche. Mais comme mon père ne se lassait jamais de me le répéter, on pouvait toujours éviter les ennuis pour peu qu'on s'en tienne à certaines règles.

Il adorait jouer les durs à cuire. Pourtant, malgré toutes ses rengaines bravaches sur sa jeunesse de délinquant, je savais pertinemment que jamais personne dans sa famille n'avait été arrêté par la police. L'une de ses sœurs s'était faite carmélite au Nevada (si, si, elles ont un couvent près de Las Vegas) et les deux autres étaient de « bonnes filles » classiques – autrement dit, on ne les avait jamais surprises à vendre leur corps dans une ruelle sombre. Et à ma connaissance, il n'y avait eu aucune guerre de gangs façon film des années 1950 entre les petits Irlandais et les latinos du coin.

Mes parents avaient grandi à trois rues l'un de l'autre. Florence Riordan avait rencontré Patrick Sheehan au lycée du quartier. Tous deux étaient issus de familles immigrées au début du siècle depuis les comtés de Limerick et de Louth, respectivement. Leurs grands-parents avaient commencé par s'installer sur la côte Est avant que leurs parents prennent la direction de l'Ouest et de ses promesses dorées. Mon père et ma mère étaient nés dans le même hôpital du centre sud, le Good Samaritan Hospital, et ils n'avaient jamais quitté cette partie de la ville. Mon père, devenu électricien, s'était fait embaucher pour « bricoler les câbles et les projecteurs » (c'était sa formule) chez Paramount, où il était resté quarante et un ans. Ma mère s'était occupée de leurs trois enfants à la maison. J'étais le petit dernier de la fratrie. On s'était tous les trois pliés aux exigences de nos parents en se frayant un chemin vers la classe moyenne. Mon frère, Sean, était devenu comptable. Il est mort d'un cancer il y a dix ans. C'était un type bien, discret. Nous étions proches – même si les démonstrations d'affection n'étaient pas son fort. Mais dans les moments les plus noirs, nous étions toujours là l'un pour l'autre. Notre sœur, Helen, avait été infirmière en chef au service des urgences. Elle avait déménagé dans l'Est pour son travail et vivait maintenant dans un village de retraités sur la côte du Delaware. Comme Sean, comme tout le monde dans la famille, elle avait été élevée avec pour mots d'ordre la réserve et le respect. Son mari était policier à la retraite. Ils n'avaient pas d'enfants. On se parlait au téléphone deux ou trois fois par an et la conversation se déroulait toujours sans anicroche, même si, pour être honnête, on n'avait pas grand-chose à se dire.

Et puis il y avait moi : l'ingénieur en électricité devenu vendeur.

Pourquoi avoir choisi l'ingénierie électrique ? Parce que mon père m'avait dit de le faire. Après tout, c'était lui qui allumait les étoiles chez Paramount.

« Je gagne plutôt bien ma vie, fiston, avait-il dit. Mais tu feras encore mieux avec un diplôme en poche. »

Ce n'était pas une suggestion : c'était un ordre. J'irais à l'université, point. Gamin, j'avais des facilités en maths et j'aimais démonter et remonter tout ce qui me tombait sous la main. Adolescent, je n'avais pas la moindre idée de ce que je voulais faire de ma vie – à part conduire ma vieille Dodge Dart Swinger jaune moutarde, achetée sept cent vingt-cinq dollars au bout de dix-huit mois passés à démanteler des carcasses après les cours chez le ferrailleur du coin de la rue. C'est dans cette voiture que j'ai fait l'aller-retour quotidien vers la California State University pendant toutes les années qu'il m'a fallu pour décrocher le diplôme que voulait mon père. L'ingénierie électrique ne m'intéressait pas vraiment. Rien ne m'intéressait vraiment à part regarder les Los Angeles Dodgers jouer au base-ball et conduire ma Dodge Dart. Mon père se plaignait souvent que j'étais trop blasé. Notes moyennes. Intérêt moyen envers ce qui m'entourait. Curiosité moyenne envers l'actualité et les problèmes du voisinage. « Monsieur Blasé ». C'était comme ça qu'il m'appelait. Et ça me sortait par les yeux – parce que je savais qu'il avait raison. Je n'aimais même pas le sport. Mon seul talent consistait à pouvoir réparer une vieille radio si l'occasion se présentait. Tout ce que voulait mon père, c'était se vanter auprès de ses collègues bricoleurs de câbles et de projecteurs que même son petit dernier pas très fute-fute faisait des études d'ingénieur dans une université correcte. Cal State était un établissement aussi moyen que mes notes, mais je n'avais pas le ressort intellectuel nécessaire pour me faire une place dans un endroit plus prestigieux. L'essentiel, c'était que mon père soit content. Bien évidemment, son idée était que je reste habiter à la maison et que je respecte sans discuter son couvre-feu de minuit (1 heure du matin le week-end à partir de vingt et un ans). Il m'avait prévenu d'office que, si ma moyenne passait en dessous de douze sur vingt, ce serait à moi de payer les mille deux cent soixante-quinze dollars annuels que coûtaient les études à Cal State en 1980. J'ai fait tout ce qu'il attendait de moi, parvenant même à maintenir ma moyenne autour de treize sur vingt. Je n'ai dérogé au couvre-feu que deux fois en quatre ans – et mon père a laissé couler. Il se rendait compte que je jouais le jeu, me pliant à ses exigences, bien docile. Pourquoi ? Pour être franc, je ne savais pas du tout quoi faire d'autre.

Et puis, au début de mon dernier semestre, un conseiller d'orientation m'a appris que l'État de Californie avait lancé un programme visant à recâbler le réseau électrique de la Sierra Nevada, en particulier les petites communautés disséminées autour du parc national de Sequoia. Ils cherchaient de jeunes électriciens prêts à passer quelques mois dans les montagnes. Quand je lui ai répondu que ça avait l'air plutôt cool – l'occasion d'échapper à tout et tout le monde pendant un temps, de voir du pays –, il ne m'a posé qu'une seule question :

« Vous n'avez pas le vertige ? »

Il se trouve que non. Le plus pénible, du moins au début, a été de supporter l'incrédulité de mon père à l'idée que j'accepte ce travail de col-bleu après quatre ans d'études. Et je n'ai rien arrangé en lui expliquant que je voulais y aller pour l'aventure.

« L'aventure, c'est pour les riches. Les gens comme toi et moi sont censés avancer dans la vie et prendre leurs responsabilités. »

Mais je n'avais encore aucune responsabilité à l'époque. Ni la moindre envie de commencer à m'en mettre sur le dos. J'ai laissé râler mon père – et j'ai découvert que j'étais capable d'escalader un poteau électrique de presque quinze mètres sans difficulté. Une fois au sommet, je savais manier mon équipement tout en conservant mon équilibre. Bien sûr, j'avais été formé à la tâche par le contremaître du chantier : un certain Chet, d'origine comanche, qui m'appelait « l'Étudiant » et disait en rigolant qu'il n'avait encore jamais vu d'Irlandais essayer de grimper en haut d'un totem. Visiblement, j'étais le premier « petit Blanc » à travailler comme « grimpeur » sous ses ordres. L'équipe était composée majoritairement d'Amérindiens.

« Parce qu'on a un faible pour les hauteurs et le danger », répétait Chet.

Je vivais dans un baraquement avec le reste de la « tribu ». J'ai appris à boire de la vodka bon marché et développé un goût pour les cigarettes Viceroy qui s'est transformé en habitude et demeure, même trente-quatre ans plus tard, une puissante addiction. Et j'ai rencontré une femme, Bernadette. Âgée de presque trente-cinq ans et employée du bar local, elle avait travaillé avant ça comme croupière à Las Vegas jusqu'à ce que son petit ami, Wayne (qui distribuait les cartes de black jack), essaie de voler l'argent du casino et reçoive une balle à l'arrière du crâne en récompense de sa stupidité.

« La règle numéro un du croupier de Vegas, m'a-t-elle expliqué, c'est de ne jamais piquer dans la caisse. Parce que tout ça appartient à la pègre, et la pègre n'a pas de temps à perdre avec les gens assez fous ou assez cons pour essayer de l'arnaquer. »

Wayne en avait fait les frais, surtout qu'il avait nié en bloc. Bernadette elle-même avait passé un sale quart d'heure jusqu'à ce qu'elle révèle à la mafia l'existence d'un garde-meuble loué par « Wacky Wayne » – comme elle l'appelait – à environ cinq cents kilomètres de Vegas, dans la capitale du Nevada, Carson City. Ayant retrouvé l'essentiel de l'argent volé, les hommes de main étaient revenus sur leur menace de lui trancher les seins pour prix de sa complicité et lui avaient donné vingt-quatre heures pour quitter la ville et ne jamais y remettre les pieds, si elle voulait rester en vie.

« C'était il y a dix ans. J'étais fauchée, j'avais peur, j'avais besoin d'un job. Un de mes cousins gérait un bar ici, à Sequoia. Il m'a proposé un travail. Le temps passe vite quand on a échappé à la pègre et qu'on ne sait pas quoi faire de sa vie. Dix ans plus tard, je suis toujours là à remplir des verres et à vivre dans la caravane que j'ai dénichée à mon arrivée. Et puis, il y a deux semaines, je t'ai vu entrer et je me suis dit : *Tiens, un jeune mec mignon qui est gentil avec moi et me traite comme*

une vraie personne plutôt que comme un éventuel coup d'un soir...
Tu veux qu'on se retrouve à ma caravane vers 1 heure et demie, après la fermeture ? »

C'est comme ça que ça a commencé. Étant donné que la communauté était minuscule et que Bernadette ne voulait pas qu'on parle dans son dos, elle a préféré que sa liaison avec le « petit nouveau », comme elle me surnommait, reste secrète. Quand j'ai protesté en lui rappelant que j'étais majeur, elle a déposé un baiser sur mes lèvres.

« On m'accusera quand même de t'avoir pris au berceau. »

Elle n'acceptait de me voir que trois nuits par semaine, et exclusivement dans sa caravane. J'ai beaucoup appris à son contact, non seulement le sexe (et comment en faire tellement plus que du sexe), mais aussi combien la passion peut durer tant que la routine ne s'en mêle pas. Et au bout de quelques jours à peine, j'étais certain d'aimer Bernadette. De son côté, elle restait convaincue que ce qu'il y avait entre nous n'était rien d'autre qu'un agréable moment à passer.

Tout me plaisait tellement, dans ce « moment » avec Bernadette et dans ce métier de grimpeur, que j'ai prolongé deux fois mon contrat initial de trois mois. Je gagnais cent quatre-vingts dollars par semaine, tout en étant logé, nourri et blanchi. J'en dépensais six par jour en cigarettes et en alcool. Le reste, je le mettais de côté. Au bout de neuf mois, j'avais cinq mille quatre cents dollars, suffisamment pour verser un acompte sur une petite maison du nord de Hollywood. Ce que j'ai fait, plus tard, sur les conseils insistants de mon père. Mais avant ça, il m'a sommé de quitter mon travail d'altitude pour retourner dans le vrai monde et commencer ma carrière – et de cesser de prétendre que la vie pouvait être une aventure. Pourquoi ai-je obéi ? Peut-être parce que j'étais trop habitué à l'autorité qu'il exerçait sur moi. Lors de ces moments, à 4 heures du matin, où je me regarde dans la glace en me demandant comment j'en suis arrivé là, je suis bien obligé de l'admettre : à chaque instant crucial de ma jeunesse où j'aurais pu m'émanciper, j'ai choisi de céder à mon père. Peut-être parce que je n'ai jamais été doué pour imposer ma volonté, mes préférences et mes rêves. En fait, je n'ai jamais connu de passion assez intense pour m'inspirer quoi que ce soit – une carrière, un amour profond, la certitude que la vie est une aventure incessante. Je savais que la voie tracée par mon père était sans risque, mais aussi sans attrait. Je me suis laissé convaincre de l'emprunter. Car je n'avais pas de meilleure idée pour mon avenir.

Se peut-il que, comme tant de mes concitoyens, j'aie courbé l'échine parce que j'étais incapable de tracer mon propre chemin ? J'avais conscience que jamais je ne contenterais mon éternel insatisfait de père ; j'ai pourtant bâti mon existence en suivant ses instructions. Toutes ces années à servir comme enfant de chœur et à respecter l'autorité ultime du prêtre – avec l'idée que Dieu jugeait chacune de mes actions – avaient ancré en moi la croyance que je devais faire ce qu'on me disait... même si je comprends aujourd'hui que tous ceux qui me dictaient comment vivre ma vie ne le faisaient pas forcément pour mon bien, et surtout qu'ils n'avaient aucune connaissance du monde au-delà de leur expérience étroite et limitée. Ce n'est que maintenant, alors que la soixantaine approche et que l'essentiel de ma vie est derrière moi, que je commence à me demander : pourquoi ce manque d'imagination, cette obsession d'éviter le moindre risque, le moindre danger ?

J'ai fait mes valises pour quitter Sequoia. Dire adieu à Bernadette a été un déchirement. Elle savait que je l'aimais.

« Quand tu commenceras à passer ta vie de tous les jours avec quelqu'un, tu te rendras compte à quel point c'est ennuyeux. Et pourtant, tout le monde essaiera de te convaincre que c'est la voie à suivre. Puisqu'ils sont tombés dans le piège, pourquoi tu y couperais, toi ? »

Le trajet de retour en car a été interminable. Je savais que je me laissais entraîner dans une vie dont je ne voulais pas. Mais je ne savais pas comment y échapper.

Bing. Un nouveau trajet. Westwood. Eh merde. Il était 15 h 33, l'heure à laquelle Los Angeles devient aussi bouché que l'artère menant à mon ventricule gauche, celle qui avait nécessité la pose d'un stent... à l'époque où j'étais encore couvert par la mutuelle de mon entreprise. Il me faudrait au moins quarante minutes pour aller de Silver Lake à Westwood avec ce trafic. Mais la passagère voulait se rendre au sud, à Van Nuys, et le trajet me rapporterait trente et un dollars. Ça en valait la peine.

J'avais cinquante-six ans. Je travaillais entre soixante et soixante-dix heures par semaine pour douze dollars de l'heure en moyenne. J'étais facilement remplaçable. J'avais une famille à nourrir, des factures à payer. Douze dollars de l'heure, c'est à peine supérieur au salaire minimum. Autrement dit, c'est rien.

Mais ces temps-ci, rien vaut mieux qu'absolument rien.

4

COUP DE CHANCE : en descendant Sunset Boulevard, j'ai récolté une nouvelle course. Une femme voulait que je passe la chercher devant un spa de Silver Lake appelé « The Now », situé dans un quartier qui fleure bon l'argent de la tech et de la télévision. Des boutiques où une chemise coûte deux cent cinquante dollars. Des magasins de décoration vintage proposant des meubles mid-century à des tarifs exorbitants. Un salon de tatouage dont les clients, des hipsters pleins aux as, ne voient aucun inconvénient à couvrir leur peau d'images indélébiles. Les cafés hors de prix où tout le monde se ressemble – un flat white, un piercing et un MacBook servant de décorum à l'écriture d'un scénario qui ne trouvera jamais de producteur. Et ce spa, au design entièrement blanc et zen, où l'on peut se déstresser les muscles pour cent dollars les quarante-cinq minutes.

Il me fallait au moins une cigarette par heure, ce qui voulait dire m'arrêter quelque part et trouver un recoin où personne ne me considérerait comme une infraction ambulante aux codes d'hygiène. Malgré le smog perpétuel qui couve sous l'immensité bleue du ciel, on peut s'attirer une véritable tempête d'ennuis à L.A. simplement en fumant une clope sur le trottoir. Surtout si on se trouve près d'une terrasse de café ou, crime impensable, en face d'une aire de jeu pour enfants.

J'optais donc généralement pour une ruelle ou un terrain vague le temps de griller une American Spirit (puisque la production de Viceroy avait pris fin il y a des années).

Je me disais que ces cigarettes étaient moins mortelles que celles de marques non biologiques, mais ma fille Klara m'avait récemment envoyé un lien vers six articles affirmant que les American Spirit étaient tout aussi dangereuses que les autres cigarettes.

« C'est une sale habitude, papa, je ne veux pas que tu meures. » Klara. Ma petite fille adorée. Ma fille brillante, si attachée à ses idées. Vingt-quatre ans. Toujours prête à en découdre. Avec une opinion tranchée sur tout depuis le début du collège. Se mettant ses profs à dos parce qu'elle ne suivait pas les règles – et les remettait sans cesse en question. S'attirant les foudres de sa mère parce qu'elle ne devenait pas la petite religieuse irréprochable dont celle-ci rêvait. Se tournant vers moi à la moindre question, la moindre colère, au moindre doute… Je l'écoutais quand elle en avait besoin et je ne lui en tenais pas rigueur quand elle passait sa rage sur moi. Peut-être parce qu'après une vie entière à éviter comme la peste les conflits et les désaccords, je m'émerveillais et m'inquiétais en même temps de sa capacité à engager le débat et à défendre sa position. Sa définition du bien et du mal ne tolérait aucune entorse, et elle refusait catégoriquement de se laisser dicter sa conduite par ce qu'elle appelait « le système ». Récemment, je me surprenais à me demander si je n'admirais pas à ce point son indépendance parce que c'était quelque chose qui m'avait toujours fait défaut.

Le spa The Now, 3329 Sunset Boulevard. Un lieu pas pratique où je ne pouvais pas patienter plus de trente secondes sans être chassé par un flic… et écoper d'une amende de trois cent quinze dollars si le flic en question était d'humeur à me pourrir la vie. Trois cent quinze dollars. C'était parfois tout ce que je gagnais en une semaine. J'ai donc tourné au coin suivant pour me garer dans une rue résidentielle, entre un magasin de bougies de luxe – soixante-huit dollars pour un morceau de cire parfumée avec un nom français – et une chocolaterie à la mode, dont les petits cartons rédigés à la main près de chocolats soigneusement empilés en cubes énuméraient des pourcentages de cacao et des variétés de gingembre récoltées exclusivement pour ce magasin dans la forêt vierge péruvienne.

Comment je savais tout ça ? Observer, c'était la tâche que m'avait assignée Klara quand j'avais commencé à travailler pour Uber :

« Intéresse-toi à tout ce que tu vois. Regarde autour de toi. Écoute les gens. Tout le monde a une histoire. Et à L.A., pratiquement tout le monde a aussi une attitude... »

« Vous n'êtes pas censé fumer près d'un magasin d'alimentation. »

Celle qui m'interpellait était une jeune femme en minijupe de cuir, avec des lunettes de soleil Ray-Ban et une bouteille de San Pellegrino à la main.

« Désolé. »

J'ai laissé tomber ma cigarette tout en me demandant si du chocolat hors de prix comptait vraiment pour un aliment.

« Et maintenant, vous jetez vos déchets par terre », a-t-elle fait remarquer froidement.

Je me suis penché pour ramasser mon mégot.

« C'est vous, Angélique ?

— Oui, c'est moi. Mais je ne veux pas faire le trajet avec un fumeur.

— Je ne fume jamais dans ma voiture.

— Ça ne change rien. Je sentirai l'odeur sur vous. »

J'ai regardé ma montre. Une course m'attendait toujours à Westwood.

« Si vous voulez annuler...

— Pas possible. J'ai un cours. Je suis déjà en retard. Mais vous allez devoir mettre la clim au maximum : je ne supporte pas cette odeur.

— Aucun problème. »

Je me suis remis au volant et elle m'a suivi, se glissant le long de la banquette arrière. J'ai démarré, réglé la climatisation sur dix et je me suis engagé sur Sunset Boulevard, les yeux rivés sur mon GPS et les embouteillages rouge vif qui s'étendaient devant nous. Le trajet était estimé à quarante minutes, j'en avais quarante et une pour récupérer mon passager suivant et je ne voulais en aucun cas perdre cette deuxième course. À l'arrière, la fille pianotait furieusement sur son iPhone.

« Qu'est-ce que vous regardez ? a-t-elle aboyé.

— Je vérifiais la route.

— Vous aviez les yeux fixés sur moi.

— Vous faites erreur.

— Non, pas du tout. Arrêtez de me regarder, sinon je dépose plainte. »

Son ton était menaçant. Continuer sur ce terrain risquait de me coûter cher. Mieux valait ne rien ajouter et utiliser les rétroviseurs extérieurs pour surveiller la circulation en espérant que la situation se calmerait. Mais elle n'en avait pas terminé.

« Vous êtes au courant qu'il y a un sachet de Chick-fil-A vide sous le siège, là ? »

Je me suis retenu juste avant de la regarder dans le miroir.

« Non, je ne savais pas. Sûrement un passager avant vous.

— Ce sont des connards homophobes, chez Chick-fil-A, je vous signale.

— Je n'y vais jamais.

— Et vous n'avez pas remarqué que quelqu'un montait dans votre voiture avec leur poulet frit de fachos ? »

J'ai repensé à ce passager, un peu plus tôt dans l'après-midi – un bavard de l'Ohio, venu pour une conférence, qui m'avait raconté être sur le point de quitter son épouse pour une femme rencontrée à l'église. Le sac de courses qu'il avait avec lui sentait la nourriture, je l'avais remarqué, mais je n'avais rien dit puisqu'il n'avait pas fait mine de manger dans la voiture. Il avait même accepté que je m'arrête à la station-service Shell de Melrose pour passer aux toilettes (ce que j'évite généralement de faire avec quelqu'un à l'arrière sauf en cas de besoin pressant... et c'en était un). Il avait dû finir son Chick-fil-A pendant que je me soulageais, puis fourrer le sachet vide sous le siège passager. Mon erreur avait été de ne pas inspecter la Prius plus attentivement après son départ, parce que maintenant...

« Si j'avais vu quelqu'un manger, je lui aurais demandé d'arrêter.

— Vous dites ça juste pour que je ne vous dénonce pas à Uber. Parce qu'avec votre voiture sale et votre pare-chocs cabossé... »

Merde. Elle l'avait vu. La veille, j'avais déposé un client devant un bar au coin d'Abbott Kinney et Venice Boulevard, et je m'étais garé sur le parking le temps de boire un café et de griller une cigarette. J'avais dû m'éloigner de vingt, trente mètres, histoire de me dégourdir les jambes tout en fumant mon American Spirit. À mon retour, j'avais découvert le pare-chocs arrière sévèrement abîmé. Bon sang. Au moins cinq cents balles de dégâts – et si je les réclamais à l'assurance, ça foutrait en l'air ma franchise en plus de m'étiqueter comme un conducteur à risque. Tout ça parce qu'un abruti m'était rentré dedans l'année précédente au coin de la 5th et Broadway. Un chauffeur FedEx qui tapait des SMS au volant. Et mon assurance avait retenu cet incident contre moi en sachant pertinemment que je n'étais pas responsable.

Je n'avais vraiment pas besoin de ce pare-chocs déglingué en plus du reste. J'étais si fauché que, sur les cinq cents dollars nécessaires à la réparation, environ quatre cent quatre-vingt-dix-neuf étaient au-dessus de mes moyens. Certes, je connaissais un type pas loin de chez moi – Reuben le Décabosseur – qui pouvait me faire ça au noir pour cent cinquante dollars. Mais ça dépassait déjà mon budget. J'avais réussi à empocher tout juste quatre cent quatre-vingts dollars par semaine ces quinze derniers jours. D'après mes calculs, il nous aurait fallu pratiquement le double pour nous maintenir à flot – et je ne parlais que du minimum vital. Je gagnais environ cinquante centimes au kilomètre dans le comté de Los Angeles et quarante-cinq centimes à l'extérieur de la ville, mais seulement pendant les courses. Quand je faisais le trajet pour aller récupérer un client, je ne gagnais rien. Si je devais patienter, les dix premières minutes étaient à mes frais. Il y avait des primes pour les courses de plus d'une heure, pour les trajets vers et depuis l'aéroport, et je pouvais garder les pourboires – si pourboire il y avait. Uber n'encourage pas les pourboires et se contente de laisser entendre, mais sans insister, que les chauffeurs devraient recevoir entre quinze et vingt pour cent du prix de la course.

En revanche, les exigences nous concernant sont inflexibles : un véhicule de moins de dix ans, en parfait état de marche et sans le moindre défaut. Uber n'emploie pas d'inspecteurs pour le vérifier, bien sûr, mais il suffit qu'un passager dénonce un pare-chocs cabossé pour nous faire éjecter de la plate-forme. C'est pourquoi, même s'il était tentant de remettre les idées en place à la gamine pourrie gâtée assise derrière moi (un parfait exemple de ce que Klara appelle « les gens de ma génération qui croient que tout leur est dû »), je savais que lui faire la moindre remarque reviendrait à dégoupiller une grenade et à m'en servir comme oreiller. Les gens d'Uber n'ont aucune pitié pour les chauffeurs qui enfreignent leurs règles. Par exemple, ils vérifient soigneusement qu'aucun de nous ne conduit pendant plus de douze heures par jour, prétendument pour éviter que nous mettions les autres en danger à force de rouler. Mais il est facile de contourner cette limite en se déconnectant pendant deux heures, le temps d'une sieste, avant de rallumer son téléphone et de se remettre au travail. J'avais fait des journées de seize heures comme ça, entrecoupées de trois pauses d'une heure et quart. Et j'avais déjà gagné sept cent quatre-vingt-dix dollars en une semaine, en travaillant nuit et jour, et en ayant surtout beaucoup de chance en matière de longs trajets et de pourboires.

L'économie Uber… Tous ces calculs anxieux griffonnés au dos d'une enveloppe tard le soir, de retour chez moi. Admettons que j'obtienne une course vers l'aéroport depuis le centre-ville. Le client paie quarante dollars, j'en garde trente-deux et Uber s'octroie le reste. Mais si le passager me donne vingt pour cent de pourboire – soit huit dollars –, ça me rembourse la déduction. Le problème, c'est que la majorité des gens ne laissent jamais de pourboire aux chauffeurs Uber. Et certaines semaines, je me retrouvais à travailler soixante heures pour à peine quatre cent soixante-cinq dollars parce qu'on ne m'employait que pour des courses brèves à sept ou huit dollars : des ados qui se rendaient au centre commercial, des sportifs en chemin vers la salle, des gens saouls à la fermeture des bars qui laissaient leur voiture sur place afin d'éviter une amende pour conduite en état d'ivresse. Etc., etc. Avec deux courses de ce genre par heure, j'atteignais les quinze dollars de l'heure que j'aimais me fixer comme objectif. Mais la plupart du temps, c'était plutôt une course toutes les quarante-cinq minutes. Et il fallait aussi compter l'essence – à mes frais –, l'assurance et toutes les dépenses liées à la voiture, comme l'entretien. Quand je conduisais douze heures avec un revenu moyen de douze dollars de l'heure, ça me faisait cent quarante-quatre dollars la journée. Je consommais un réservoir et demi – soit environ quarante dollars d'essence à déduire. Six jours par semaine, six cent vingt-quatre dollars. Un peu moins de deux mille cinq cents dollars par mois, moins les cinquante-huit dollars que me coûte mon assurance. Et la voiture avait besoin d'une révision (trois cent cinquante dollars) tous les quinze mille kilomètres. J'en parcourais au moins deux mille par semaine. Huit mille par mois. Ça revenait à conduire jusqu'à la côte Est et à faire demi-tour jusqu'à Santa Fe... sauf que je parcourais tous ces kilomètres dans la même ville, pour me rendre nulle part. Tout ça dans une Prius vieille de huit ans, que je devrais remplacer dans deux ans pour rester sous la limite d'âge fixée par Uber. Comment, je n'en avais aucune idée. Notre petite maison était entièrement remboursée, je n'avais pas vraiment de dettes. Mais ma femme, Agnieska, n'avait pas travaillé depuis plus de quinze ans. Notre revenu dépendait de moi et de moi seul.

Pour moi, ça faisait partie du contrat, conformément à la manière dont j'ai été élevé : c'est à l'homme de payer l'addition. Même si la femme travaille, même si elle a une carrière, c'est à l'homme que revient la responsabilité de loger et nourrir tout le monde. Klara disait souvent, pour rire, que tous les grands mouvements sociaux des années 1960 et 1970 étaient passés complètement inaperçus dans le quartier de San Fernando où j'ai grandi.

« Peut-être que c'est ma famille qui n'a jamais dépassé les années 1950, lui avais-je répondu une fois.

— Et ton Église n'y est pas pour rien », avait-elle rétorqué.

Ton Église. Klara savait très bien – nous avions toujours parlé ouvertement de ce sujet – que ça n'avait jamais vraiment été *mon Église.* Oui, j'avais été élevé dans la foi catholique. Oui, mes parents avaient affirmé jusqu'à leur mort que la parole du prêtre était sacrée. Oui, ma mère communiait chaque jour sans exception. Oui, j'étais toujours marié à une femme qui non seulement communiait chaque jour, elle aussi, mais s'était muée en fervente militante catholique depuis la tragédie qui nous avait frappés. Mais je n'avais pas mis les pieds à la messe depuis plusieurs années déjà, alors que mon mariage commençait à battre de l'aile. J'avais de plus en plus de mal à prendre tout ce qu'on m'avait inculqué pendant l'enfance – surtout l'idée que le paradis nous accueillera tous, tant que nous nous plions aux règles – comme parole d'évangile. Mon ami Todor m'a dit un jour que, pour citer le livre des Psaumes, notre vie sur terre est une vraie « vallée de larmes ». À l'époque, j'étais encore sous le choc du cauchemar qui avait dévasté notre existence. Il m'a affirmé qu'il n'était pas rare, après une « catastrophe personnelle », de traverser une période de doute spirituel. J'avais de bonnes raisons d'être en colère contre Dieu. Todor m'a conseillé de prier ardemment l'Esprit saint de me guider à nouveau vers la foi.

Je connaissais Todor depuis plus de cinquante ans. On s'était rencontrés à l'école primaire du quartier. Issus tous les deux de l'immigration, avec des pères autoritaires mais responsables et des mères au foyer intransigeantes, on s'était immédiatement liés d'amitié, veillant l'un sur l'autre au fil des années – même si nos chemins s'étaient irrémédiablement écartés lorsque Todor avait annoncé, à la fin du lycée, son intention d'entrer dans les ordres. Le Saint-Esprit lui avait parlé. Tout comme Il avait parlé à ma mère, à mon père et, plus tard, à ma femme... me laissant seul au moment où j'avais désespérément besoin de foi.

On peut prendre un nouveau départ... Demain est un autre jour... Gravis chaque montagne, franchis chaque rivière...

La croyance que l'échec est un manquement personnel et que nous sommes tous capables de nous relever, d'épousseter nos vêtements et de repartir de zéro est enracinée dans le cœur de très nombreux Américains. Même en sachant secrètement que, à partir d'un certain âge, repartir de zéro n'est plus vraiment une option, chacun de nous s'obstine à croire que tout est possible. Un autre mensonge que se répètent les Américains... mais un mensonge nécessaire, peut-être. Sinon, comment trouver l'énergie de se lever tous les matins ?

Après avoir perdu mon poste de responsable des ventes, j'avais cherché un autre emploi. J'avais fait toutes les agences de placement de L.A., du moins celles qui daignaient regarder mon CV. Aucune offre dans la vente. Aucune offre en entreprise. « Vous approchez de la soixantaine, m'avait expliqué un jeune employé. Je ne sais vraiment pas où vous caser. Tout ce que j'ai, ce sont des postes à peine quelques dollars au-dessus du salaire minimum. »

J'avais réfléchi à refaire une formation d'électricien, mais plusieurs connaissances dans le métier m'avaient prévenu qu'il me faudrait au moins deux ou trois ans pour me constituer une clientèle en travaillant à mon compte – et qu'aucune entreprise ne voudrait m'embaucher si ma dernière expérience dans le domaine remontait à trente-cinq ans, quand je recâblais des poteaux électriques à Sequoia. Uber s'était imposé comme le moyen le plus rapide pour moi de recommencer à travailler sans être pour autant sous les ordres d'un patron.

Pour devenir chauffeur Uber, ni entretien d'embauche, ni DRH, ni inspecteur vérifiant notre identité et l'état de la voiture. On télécharge simplement l'application Uber. On remplit le formulaire en ligne. On envoie des photos de notre permis de conduire, de l'attestation du contrôle technique, du véhicule lui-même et de la plaque d'immatriculation. On envoie des photos de soi, qu'Uber utilise pour la reconnaissance faciale. On désigne un téléphone dédié à Uber, qui servira à confirmer la reconnaissance faciale ainsi qu'à contrôler le nombre d'heures passées au volant chaque jour. Seul ce téléphone pourra nous permettre d'obtenir des courses. On choisit une méthode de paiement afin qu'Uber nous verse notre argent à la fin de la semaine. Il est possible d'être payé instantanément *via* une carte de débit Uber, mais il y a des frais supplémentaires. La semaine selon Uber est découpée comme suit : du lundi à 4 h 01 du matin au lundi suivant à 4 h 00. Si une course commence le lundi à 3 h 30 et se termine à 4 h 03, il faut attendre la semaine suivante pour toucher le paiement. Difficile de se plaindre de quoi que ce soit puisqu'il n'y a pas de locaux dans lesquels se rendre. Bien sûr, il existe un numéro d'assistance pour les chauffeurs – mais il faut compter au moins trente minutes d'attente pour parler à un être humain. Même si aucune de ces personnes n'est autorisée à l'admettre, il ne fait aucun doute que le centre d'appels se situe à l'autre bout du monde, dans un recoin caniculaire des Philippines... et les employés, malgré leur enthousiasme feint, ne sont jamais d'une grande aide.

En revanche, on n'a pas intérêt à recevoir la moindre plainte, ni à ce qu'un passager signale que notre véhicule est endommagé (avec un pare-chocs cabossé, par exemple), parce qu'on risque de perdre immédiatement le droit de conduire pour Uber. D'être inscrit sur la liste noire. Exclu définitivement. Et de se retrouver à faire de la mise en rayon chez Walmart pour douze dollars de l'heure, un mètre plus près du gouffre de la pauvreté à l'américaine. Un gouffre au bord duquel je vacillais déjà chaque jour.

Alors que pouvais-je faire face à cette jeune femme pour laquelle un regard dans le rétroviseur équivalait à du harcèlement, et un sac de fast-food oublié par un autre passager était passible d'énormes ennuis ?

« Je suis profondément désolé pour le sac. Si vous me le donnez...

— Vous essayez encore de m'amadouer. Je n'aime pas votre attitude. J'ai bien envie de vous signaler.

— Si vous faites ça, vous me priverez de ma seule source de revenus. »

Silence. Je me suis retenu d'observer sa réaction dans le rétroviseur. Mais en vérifiant derrière moi, par réflexe, avant de changer de file, je l'ai vue étalée de tout son long sur la banquette, un gros casque audio Bose sur les oreilles, l'expression maussade. La circulation se fluidifiait. D'après le GPS, nous atteindrions le campus de l'UCLA à 16 h 27. Coup de chance : nous sommes arrivés à 16 h 26. Ma passagère a enlevé son casque et regardé son iPhone.

« Dites donc, vous m'avez même donné quatre minutes d'avance. »

Et elle est partie. Tandis qu'elle s'éloignait, je l'ai vue fourrer dans une poubelle le sachet de Chick-fil-A qu'elle tenait à la main.

Était-ce sa manière de me montrer qu'elle compatissait à ce que je lui avais dit ? Était-ce pour ça qu'elle avait fait remarquer (sans pour autant me remercier) que je l'avais déposée à l'heure à son cours ? J'ai vérifié ma montre, puis mon GPS. Je me trouvais à quatre minutes de mon prochain passager, et j'avais huit minutes pour m'y rendre. J'ai coupé le moteur et je suis sorti. Tremblant. Vulnérable. Insignifiant... J'avais besoin d'une pause, besoin de m'extirper quelques instants de ce siège. Était-ce là tout ce qui m'attendait pendant les années à venir ? Un quotidien d'embouteillages, de cohue routière et de gens pour lesquels je n'étais personne, juste un chauffeur provisoire à ignorer ou à maltraiter sans jamais le gratifier d'un pourboire ou d'un merci ?

« Il faut bien qu'on puisse manger », disait mon père quand des heures supplémentaires lui faisaient manquer l'un de mes matchs de base-ball.

C'était ma litanie quotidienne : me dire que ce travail valait le coup malgré les semaines de soixante à soixante-dix heures. Parce qu'il nous permettait de nous nourrir et de payer quatre-vingts pour cent de nos factures. Mais je n'avais plus le temps de vivre. Je travaillais. Je dormais. Je prenais une journée de congé toutes les deux semaines, que je passais à regretter les cent dollars que j'aurais pu empocher (avec de la chance et en travaillant sans discontinuer). Ce que cette jeune femme avait payé pour une heure de massage détente, c'était pour moi l'équivalent de neuf heures de conduite... Et je détestais me faire ce genre de réflexion. C'était céder à la jalousie, affirmer que la vie m'avait floué. Une fois de plus – tout en allumant ma quatrième American Spirit depuis le début de mon service –, j'ai repensé à ces mois passés au sommet de poteaux électriques, sans responsabilités envers quiconque à part moi-même, à la vue de ces arbres immenses et de ces cimes couronnées de neige, libres de toute interférence humaine. Ma seule obligation était de redescendre des poteaux sans me blesser. J'aurais pu dire à mon père : « Je reste ici. Je fais ma vie ailleurs, comme je l'entends. » Mais j'avais cédé. Ingénieur en électricité. Qu'est-ce qui m'avait pris ?

« Eh, vous, vous cherchez les ennuis ou quoi ? »

Un policier du campus se dirigeait vers moi. Imposant, de type irlandais, avec un badge indiquant son nom – O'Shaughnessy – et l'air furieux. Par réflexe, j'ai laissé tomber ma cigarette pour l'écraser sous ma chaussure.

« Le campus est non fumeur, a-t-il déclaré. Et on n'aime pas du tout les gens qui laissent traîner leurs mégots, alors je vous conseille de ramasser ça vite fait. »

J'ai obéi en m'excusant.

« Je pourrais vous coller une amende, vous savez. Je pourrais même relever votre plaque et vous interdire de revenir à l'UCLA. Je pourrais vous pourrir la vie. Mais vous avez l'air suffisamment embêté comme ça. Vous promettez de ne pas faire l'imbécile la prochaine fois ?

— Je ne ferai pas l'imbécile.

— C'est bien. »

Il s'est éloigné sur un signe de tête sévère. Je l'ai remercié, mais il ne s'est pas retourné.

Je suis reparti, les mains crispées sur le volant, en tentant désespérément de rester calme. J'étais reconnaissant envers cet homme de son acte de gentillesse dans une ville aussi impitoyable. Mais j'étais tout sauf calme. D'après le GPS, il me restait deux minutes pour me rendre au départ de ma prochaine course. Je ne pouvais pas me permettre d'arriver en retard. Je ne pouvais pas me permettre...

5

LE LIEU DE RENDEZ-VOUS indiqué se trouvait à l'ouest de Santa Monica Boulevard, dans un paisible quartier résidentiel. Le 1710 Malcolm Avenue était un immeuble blanc, sans doute construit au début des années 1960, avec une petite allée sur laquelle je pouvais me garer pour attendre ma cliente. J'ai regardé mon GPS. La destination n'était pas tout près : Van Nuys Boulevard, à Van Nuys. Tout droit en prenant la 405. Vingt kilomètres et demi – mais, avec les bouchons à l'heure de pointe, le trajet durerait au moins trente-cinq minutes.

Un message de ma passagère : *J'arrive*. Uber fournit à ses clients plusieurs phrases basiques à envoyer au chauffeur pour l'informer sur leur arrivée. J'étais encore sous le coup de mon altercation avec le policier de l'UCLA. Ce qui était nouveau, c'étaient mes mains tremblantes, mon souffle court. La panique. *Mais j'ai réussi à me tirer de ces deux situations sans qu'Uber reçoive de plainte.* J'avais besoin d'une bonne nuit de sommeil. Depuis que je travaillais comme chauffeur, je dormais en moyenne cinq heures par nuit. Souvent, c'était le mieux que je pouvais faire. Ma femme, Agnieska, dormait quant à elle neuf à dix heures, et ce sans médicaments. J'avais dû commencer à prendre des somnifères après avoir servi de fusible aux ressources humaines de l'entreprise à laquelle j'avais consacré tant d'années de ma vie. La direction leur avait ordonné d'« élaguer » les effectifs de quarante-deux postes. Ils m'avaient choisi comme victime. J'avais reçu six mois de salaire et un an d'assurance-maladie – et là s'arrêtait leur générosité. On a toqué à ma vitre, me tirant de mes réflexions. Le visage fin, pâle et anguleux d'une femme d'une bonne soixantaine d'années aux cheveux argentés me faisait face. Elle était vêtue d'une robe blanc crème toute simple – elle ne donnait pas dans le style tape-à-l'œil si courant à L.A. – et tenait à la main un cabas de toile bleu foncé contenant le *New York Times* et le *L.A. Times* du jour.

« Brendan ? »

J'ai vérifié mon écran.

« Elise ? »

Avec un hochement de tête, elle est montée à l'arrière.

« Comment allez-vous ?

— Bien, et vous ?

— Aussi bien que possible, étant donné l'état actuel du monde.

— À qui le dites-vous, madame. On va à Van Nuys, c'est ça ?

— C'est bien ça, monsieur. »

Alors que je m'engageais dans la rue, elle m'a demandé d'allumer la radio sur la fréquence d'informations locales, « histoire d'entendre toutes les mauvaises nouvelles du jour ».

Je me suis exécuté. Mon GPS indiquait le même bordel que d'habitude sur la 405 nord à cette heure de l'après-midi.

« Vous êtes pressée ? » ai-je demandé.

Elle a jeté un regard à sa montre.

« Le rendez-vous est à 18 heures, donc j'aimerais bien y être à 17 h 30. Un peu plus tôt, même, dans l'idéal… »

Notre arrivée était estimée à 17 h 36.

« Ça va être serré, ai-je dit. Mais je vais faire mon possible.

— Je n'en doute pas. »

Avec un petit sourire, elle s'est plongée dans ses journaux. La radio parlait d'un rassemblement anti-immigration près de la frontière mexicaine et rapportait les paroles d'un sénateur texan :

« Nous risquons d'être envahis par des gens dont nous ne voulons pas. Des gens qui ne parlent pas notre langue, ne comprennent pas nos valeurs, souhaitent voler nos emplois et mettent nos communautés en danger. »

Derrière moi, ma passagère a abaissé son journal en grimaçant.

« Quel imbécile. On ferait peut-être mieux de ne rien écouter du tout.

— Rien du tout, c'est dans mes cordes », ai-je répondu en éteignant la radio.

Elle a opiné avant de retourner à sa lecture. J'osais à peine la regarder dans le rétroviseur, peu désireux de revivre la scène de la course précédente. J'ai fait de mon mieux pour garder les yeux fixés droit devant moi.

Alors qu'elle levait le nez pour demander où nous en étions, elle a croisé mon regard dans le rétroviseur. Elle a souri. Un sourire pincé... mais un sourire. Soulagé, j'ai vérifié le GPS.

« On devrait sortir de ce bouchon dans moins d'un kilomètre. »

Le GPS ne ment jamais. Trois minutes plus tard, le trafic s'était clarifié et j'ai pu mettre le pied au plancher, atteignant cent vingt kilomètres-heure.

« Je suis décidé à vous faire arriver avant 17 h 30, ai-je déclaré.

— C'est très aimable à vous, Brendan. »

La route devant nous était libre et dégagée. Nous avons pris la sortie de Victory Boulevard à 17 h 24. Quatre minutes plus tard, je bifurquais dans un complexe commercial de Van Nuys.

« Où est-ce que je vous dépose, madame ?

— Là, au coin. »

Je me suis arrêté à l'endroit qu'elle m'indiquait, entre un pressing et un prêteur sur gages, devant une porte lourdement blindée munie d'un digicode.

« C'est là ?

— C'est là. Je suis contente d'avoir fait le trajet avec vous, Brendan. Et merci de m'avoir déposée à l'heure.

— Ça fait partie du service, madame. »

Elle s'est avancée vers la porte, a regardé son téléphone et a tapé un code sur le clavier. Le battant s'est ouvert. Elle est entrée et a refermé prestement derrière elle.

J'ai jeté un œil sur mon GPS. Personne n'avait besoin de moi dans l'immédiat, j'ai donc décidé de m'accorder une demi-heure de pause. J'avais repéré un petit troquet au coin de la rue, qui avait l'air bon marché. Je ne m'étais pas trompé. Leur omelette espagnole, en plus d'être correcte, était accompagnée d'un toast et de frites maison. Le café à volonté était buvable. Je m'en sortais pour moins de six dollars, et je n'aurais pas besoin de manger à nouveau avant de rentrer chez moi vers 1 heure du matin.

J'ai savouré mon déjeuner et bu trois tasses de café. Un SMS de ma femme m'a informé qu'elle serait à une réunion de son « groupe » ce soir-là et qu'elle me laisserait du poulet au frigo au cas où j'aurais faim en arrivant. *Son groupe.* Une espèce de clique dont je me méfiais de plus en plus, même si elle refusait d'entendre la moindre critique à son encontre. *Son groupe.* Pourquoi les « groupes » sont-ils souvent si extrêmes ? Tout en demandant l'addition, j'ai ouvert l'application Uber sur mon téléphone et pressé la touche signalant à l'ordinateur chargé de nos vies que j'étais de nouveau en service. *Bing.* Un passager m'attendait déjà deux rues plus loin, juste à côté de Victory Boulevard, pour se rendre à l'aéroport. Encore un trajet cher : quarante-deux dollars. C'était mon jour de chance.

J'ai posé six dollars sur l'addition que la serveuse avait laissée sur ma table. Au moment où je sortais pour regagner ma voiture, un motard s'est arrêté devant l'endroit où j'avais déposé la femme. Le visage dissimulé sous son casque, il a prononcé quelques mots dans l'interphone près de la porte. Quand le battant s'est ouvert, il l'a bloqué avec son pied et, plongeant la main dans son sac à dos, il en a tiré une bouteille avec quelque chose qui dépassait du goulot. Il a fait un drôle de geste et soudain la bouteille était en feu. Puis il l'a jetée à l'intérieur du bâtiment avant de sauter sur sa moto et de disparaître dans un rugissement de moteur.

Le tout n'a pris qu'une poignée de secondes. Je me suis entendu lui crier :

« Eh ! Qu'est-ce que vous... »

Mais le reste de ma phrase s'est perdu dans le fracas des flammes qui envahissaient l'entrée du bâtiment.

6

UNE CAMIONNETTE UPS se trouvait juste devant le bâtiment. Le livreur était en train de se remettre au volant à l'instant où le motard a jeté son cocktail Molotov dans l'entrée. En entendant la détonation, aussi terrifiante qu'assourdissante, il s'est figé une fraction de seconde avant de démarrer en vitesse pour quitter la rue. Je me suis figé, moi aussi. J'ai pensé à la femme que j'avais déposée dans ce bâtiment une demi-heure plus tôt. Elle s'y trouvait peut-être encore. Je me suis précipité vers la porte – mais, avant que j'y parvienne, une seconde explosion a retenti, comme si l'incendie avait touché quelque chose d'inflammable à l'intérieur. Un mur de flammes se dressait à présent devant moi. Impossible d'entrer. La chaleur était suffocante. J'ai battu en retraite tout en criant aux badauds jaillis d'un café voisin d'appeler le 911. Une allée étroite sur le côté de la bâtisse menait à une issue de secours entourée de poubelles, barrée d'une grille fermée par un cadenas. Alors que je tentais désespérément de franchir la grille, j'ai entendu des cris fuser à l'intérieur. La porte du bâtiment s'est ouverte à la volée sur un homme menaçant avec un trousseau de clés. Il a pointé sur moi le Taser qu'il tenait à la main.

« Reste où tu es, salopard !

— J'ai déposé quelqu'un ici...

— Lâche cette grille, je te dis, les mains en l'air ! »

Sans baisser son arme, il a donné ses clés à une collègue et lui a montré le cadenas. Derrière eux, deux femmes en chemise d'hôpital, ainsi que plusieurs médecins et infirmières en blouse, faisaient de leur mieux pour fuir le bâtiment en flammes. La femme a déverrouillé le cadenas et ouvert la grille en grand pour les laisser passer.

« Appelle les flics, a crié le grand type. J'ai coincé l'ordure qui nous a attaqués.

— Non, je suis chauffeur Uber, j'essayais juste de...

— Ta gueule ! »

La femme a couru vers moi pour me frapper au ventre avec le poing dans lequel elle tenait le trousseau de clés. Je me suis plié en deux, le souffle coupé. Elle m'a ensuite agrippé par les cheveux, puis elle s'est mise à me gifler de toutes ses forces en me traitant de fasciste, de terroriste... J'étais incapable de parler et encore moins de me défendre. Un homme en blouse d'infirmier m'a tordu un bras dans le dos et m'a plaqué contre un mur. Il hurlait qu'il allait me défoncer avant l'arrivée de la police.

Puis une voix de femme a retenti tout près.

« Qu'est-ce que vous faites ?

— C'est lui, le salaud qui a foutu le feu, a lancé l'homme en blouse.

— C'est le chauffeur qui m'a déposée ici ! »

Elise.

« Alors qu'est-ce qu'il fout encore là ? » a demandé l'autre femme.

J'ai réussi à balbutier :

« Je déjeunais... J'ai fait une pause... vu le gars jeter le... voulu entrer... trop de flammes... essayé d'ouvrir la grille... »

Mes forces m'abandonnaient.

« Lâchez-le, tout de suite ! » a ordonné Elise.

L'infirmier a obéi tandis qu'elle continuait à crier.

« C'est juste un témoin qui cherchait à nous aider ! »

Elle m'a pris par l'épaule.

« Où est votre voiture ?

— Devant. »

Je tenais à peine debout, le souffle coupé, étourdi par les gifles que j'avais reçues et encore terrifié à l'idée d'être battu à mort.

« Aidez-moi à l'emmener jusqu'à sa voiture, a dit Elise à l'homme en blouse.

— Merde, merde, merde ! »

Des flammes s'élevaient à présent tout autour de nous. L'infirmier a pris mon autre bras et a commencé à me guider le long de l'allée avec Elise. Il était presque impossible d'avancer dans cet enfer. Il n'y avait plus d'air, juste la puanteur des briques, du bois, du plastique en train de brûler. Les sirènes de pompiers et de police étaient assourdissantes. Nous avons progressé pas à pas. Derrière nous, le type au Taser se tenait toujours près de la sortie de secours et tentait d'évacuer les dernières personnes présentes. D'autres femmes en chemise d'hôpital se sont enfuies en courant, le visage déformé par la terreur. Puis une fenêtre a cédé sous l'effet de la chaleur. Le type au Taser a été avalé par un torrent de flammes. L'infirmier m'a lâché pour se précipiter vers lui, aussitôt imité par Elise. L'homme hurlait dans ses vêtements en feu. Je me suis effondré contre une poubelle, à laquelle je me suis agrippé pour ne pas tomber. C'est alors que j'ai aperçu un tuyau relié à un robinet sur le mur du bâtiment. Je l'ai ramassé. Ma main s'est portée vers le robinet métallique, mais il était brûlant ; je l'ai actionné d'un coup de pied. Le jet d'eau a fusé vers l'homme et a noyé les flammes. Il s'est jeté au sol, dans une position improbable qui donnait une idée de sa souffrance. Je suis tombé à genoux. Je ne sais comment, Elise a réussi à me relever.

« Vous êtes blessé ? a-t-elle demandé en m'adossant à la poubelle la plus proche.

— Je... »

Les mots me manquaient. Des voitures de police se sont engouffrées dans la ruelle, sirènes hurlantes. Juste à cet instant, le premier étage de la clinique a explosé, provoquant une pluie d'éclats de verre brûlants. Une ambulance s'est arrêtée non loin et les hommes en blouse se sont précipités vers elle en montrant frénétiquement leur collègue blessé qui gisait au sol.

« Sortez de là, bon sang ! nous a hurlé un policier. Courez ! »

Je n'avais toujours pas repris mon souffle. La fumée me piquait les yeux.

« Je dois rester avec mes collègues », a répondu Elise.

Une nouvelle détonation a retenti à l'étage.

« Fichez le camp, tous les deux », a ordonné le policier avant de partir en courant.

Elise a esquissé un mouvement pour le suivre, mais s'est ravisée quand des gravats ont commencé à nous tomber dessus.

« Je ne peux pas laisser ma voiture ici, ai-je crié.

— Vous n'êtes pas en état de conduire.

— Cette voiture, c'est toute ma vie. Sans elle, je n'ai plus d'emploi. Et si l'incendie se propage...

— Les assurances sont faites pour ça. Vous êtes blessé. Vous ne pouvez pas...

— Si, je peux, l'ai-je coupée. Et je vous ramène.

— Je ne peux pas partir... »

Mais ses jambes se sont dérobées sous elle tandis que le choc de ce qui venait d'arriver la submergeait. J'ai passé un bras autour d'elle pour la tirer en avant. Ma voiture se trouvait de l'autre côté de la rue – un coup de chance, car la police avait déjà condamné les environs immédiats de la catastrophe.

« Vous ne devriez vraiment pas conduire, a insisté Elise.

— Mais si. Allez, montez. »

Elle a ouvert la portière côté passager.

« Non, à l'arrière, ai-je dit.

— Pourquoi ?

— Le règlement d'Uber. S'il vous plaît. »

Elle a obtempéré. Je me suis assis au volant. J'ai mis le contact. Nous avons quitté la rue. Une fois de retour sur la 405, Elise s'est penchée vers moi.

« Vous êtes sûr que ça va ? »

J'ai ignoré sa question.

« C'était quoi, cet endroit ? ai-je demandé à la place.

— Un centre IVG. »

Il y a eu quelques secondes de silence.

« C'est la première attaque de ce genre ?

— Oui. On a reçu des menaces... Les cinglés habituels. Mais on ne pensait pas... »

Sa phrase est restée en suspens. J'ai crispé les mains sur le volant, brusquement gagné par la colère et la peur. Sans prévenir, j'ai été pris de violents tremblements. Mon corps ne m'obéissait plus. Des larmes me voilaient les yeux. J'ai serré un peu plus le volant, mais j'étais incapable de me concentrer, de regarder devant moi. La voiture a fait un écart. Un coup de klaxon m'a ramené à la réalité.

« Vous feriez mieux de vous arrêter, a dit Elise.

— Non, ça va. »

Le silence est retombé. J'ai gardé les yeux fixés sur la route. Nous allions à l'opposé des embouteillages de l'heure de pointe. En douze minutes, nous étions sortis de la 405. Je lançais des regards réguliers dans le rétroviseur. Ma passagère, elle aussi, luttait de toutes ses forces pour garder son calme.

« Ça va, madame ?

— Appelez-moi Elise. Et non, ça ne va pas. »

Elle était au bord des larmes, les yeux clos. Je l'ai vue prendre plusieurs inspirations profondes. Nous nous trouvions dans les petites rues de Westwood, tout près de son appartement.

« Vous êtes presque chez vous », ai-je déclaré d'un ton rassurant.

Elle a ouvert les yeux.

« Brendan, c'est bien ça ?

— Oui.

— Et ce numéro, 646 555 9479, c'est celui de votre portable ? Si j'ai besoin de vous contacter ? »

J'ai acquiescé de nouveau, tout en songeant : *Ne me contactez pas.* Devant nous se profilait le 1710 Malcolm Avenue.

« Vous n'êtes pas payé pour ce trajet, si ? a-t-elle demandé.

— Ne vous en faites pas. »

À cause de ce qui s'était passé, j'avais manqué la course jusqu'à l'aéroport. Le passager s'était sans doute plaint à Uber que je n'étais jamais venu le chercher. Il y aurait peut-être des conséquences. Je ne voulais qu'une chose : rentrer chez moi, fermer la porte et m'asseoir dans le noir pour essayer de sortir cette scène de mon esprit – ce qui, je le savais, était impossible. *Si tu perds ton revenu d'aujourd'hui, ça te*

51

fera cent dollars de moins. Et je devais payer l'assurance dans la semaine. Je n'avais pas d'autre choix que de continuer à conduire.

J'ai freiné en douceur. Je me suis garé. Elise a plongé la main dans son cabas pour en tirer son portefeuille. Elle m'a fourré une petite liasse de billets dans les doigts.

« C'est pour vous. Prenez-les.

— Vous n'êtes pas obligée.

— Si. Merci. Et faites attention à vous. »

Elle est sortie et s'est éloignée sans me laisser le temps de répondre. Après quelques secondes d'hésitation, j'ai entrepris de compter les billets. Cent quatre-vingts dollars. C'était de la folie. Quand j'étais enfant, mon père me disait souvent : « Profiter de la bonté des gens, c'est le modèle américain ; mais nous, on ne mange pas de ce pain-là. »

Ce principe avait fait son trou dans mon esprit pour ne plus jamais le quitter – *On n'abuse pas de la bonté d'autrui, surtout quand cette personne fait preuve d'une générosité déraisonnable.* J'ai voulu courir après la femme pour lui rendre son argent. Mais à cet instant précis, une nouvelle crise de tremblements m'a assailli. Quand elle a pris fin, j'ai fourré la liasse dans ma poche. Je suis sorti. J'ai allumé une cigarette d'une main encore fébrile. J'ai aspiré la fumée. Avec ces cent quatre-vingts dollars, je pouvais me permettre de prendre le reste de la journée. Mais ça voulait dire rentrer chez moi et faire face à Agnieska. Après ce qui venait de se passer, il n'en était pas question. J'ai extrait mon téléphone de ma poche. J'ai lancé l'appli Uber, pour informer l'ordinateur invisible qui tirait les ficelles de ma vie que j'étais libre pour une nouvelle course.

Bing.

Un passager à Westwood Village, direction Santa Monica.

Je me suis remis au volant. Et au travail.

7

CETTE NUIT-LÀ, j'ai travaillé jusqu'à 3 h 47. Je me rappelle l'heure exacte parce que Uber m'a envoyé deux messages de suite pour me signaler que j'approchais dangereusement de la limite de douze heures, au-delà de laquelle je devrais attendre douze heures de plus avant de recevoir d'autres demandes de course. Mais je me sentais plus en sécurité dans ma voiture qu'à l'extérieur. Je ne suis rentré qu'à une heure où j'étais sûr de trouver ma femme endormie. Après tout ce qui était arrivé... lui faire face me semblait impossible.

Notre maison était un bungalow bâti dans les années 1950 en même temps que le reste de la rue. Briques blanc cassé. Marches en ciment. Clôture basse en fer forgé proclamant au monde : « Propriété privée »... Même si, pour être honnête, il n'y avait rien de plus facile que d'entrer par effraction. Et d'être déçu ensuite par le peu d'objets de valeur à dérober.

Pratiquement tout le mobilier avait appartenu à mes beaux-parents. Après leur déménagement à Anaheim, dans les années 1970, ils s'étaient retrouvés avec un garage plein de vieilleries et nous avaient convaincus de tout récupérer. Nous n'avions jamais rien remplacé. Même à l'époque où je gagnais plutôt bien ma vie, nous ne dépensions pas grand-chose en décoration. Après tout, nous avions grandi tous les deux dans des foyers simples, sans fanfreluches ni préoccupations de style. Mon salaire était correct, mais pas extravagant. Il en allait de même pour Agnieska – jusqu'à ce qu'elle devienne incapable de travailler. L'argent que j'avais mis de côté nous avait permis de vivre avec un seul revenu pendant quelque temps tout en payant les études de Klara. Améliorer la maison n'avait jamais été une priorité. Lorsque le plâtre avait commencé à se fissurer, deux ans plus tôt, j'avais demandé à un ami décorateur de tout dissimuler sous du papier peint. L'électroménager de la cuisine avait presque vingt ans. Il y avait une télévision dans le salon, et quelques photos de famille, dont une prise à Disneyland quand Klara avait neuf ans, sur laquelle nous posions d'un air très heureux près d'un Donald Duck à taille humaine. Il y avait aussi un crucifix, mais j'avais dit à Agnieska que les lampes du Sacré-Cœur et les portraits de ses saints patrons n'avaient pas leur place dans les pièces communes. Ils tapissaient les murs de sa chambre.

Nous ne dormions plus ensemble depuis des années. Ma chambre, aux murs nus, ne contenait qu'un lit double, une commode et une vieille table en acajou sur laquelle j'ai déposé (comme chaque soir) mon portefeuille et mes clés de voiture. J'avais besoin de dormir, mais je me sentais encore trop tendu, trop bouleversé par les événements de la journée. Je me suis déshabillé avant d'enfiler un bas de pyjama et un tee-shirt. Puis je me suis rendu dans la cuisine pour prendre une bouteille de Corona dans le frigo. J'ai rejoint notre carré de pelouse par la porte arrière. J'ai allumé une cigarette. J'ai avalé quelques longues gorgées de bière. Je me repassais en boucle le moment où l'agent de sécurité avait pris feu, victime d'un homme qui trouvait juste d'attaquer à la bombe incendiaire le personnel d'une clinique spécialisée dans une opération tout à fait légale. Aux yeux de ce pyromane, les médecins et toutes les autres personnes qui se trouvaient dans le bâtiment méritaient d'être assassinés. Parce qu'ils étaient tous coupables de meurtre.

J'ai fumé ma cigarette en quelques longues bouffées. J'en ai allumé une autre. Je sentais venir une nouvelle crise de tremblements. Pas seulement à cause de l'homme en flammes que je n'arrivais pas à me sortir de l'esprit, mais à cause du motif lui-même : l'avortement – devenu l'obsession dévorante de ma femme. Et qu'elle décrivait comme « l'acte monstrueux de tuer un enfant avant sa naissance ».

D'une certaine manière, ce sujet avait pris le contrôle de sa vie... et creusé un immense fossé entre nous. Je ne suis pas un fervent défenseur de l'avortement, pourtant ; en tant que catholique, je n'encouragerais personne à mettre fin à sa grossesse. Mais c'est une procédure légale aux États-Unis et, pour moi, la loi est la loi. Je désapprouve les manifestations violentes contre les hommes et les femmes impliqués dans cet acte médical. Et j'ai le regret de dire qu'Agnieska, à l'inverse, était devenue une véritable fanatique, épaulée par son groupe de militants « pro-vie ».

Quand nous nous étions rencontrés, elle n'avait rien d'une extrémiste. Elle aussi avait grandi dans une famille très catholique mais, comme moi, elle conservait une certaine souplesse face aux doctrines les plus inflexibles de l'Église. Elle se demandait même secrètement si le vœu de chasteté imposé aux prêtres et aux nonnes n'allait pas à l'encontre de la « nature humaine ». Bien sûr, elle avait attendu, avant de coucher avec moi, que notre relation devienne assez sérieuse pour que nous projetions de nous marier et de fonder une famille, mais elle n'avait pas hésité à se faire prescrire la pilule dès le début de notre vie sexuelle alors active et épanouie. Consciente de mon scepticisme envers l'Église, elle n'avait jamais tenté de raviver ma foi pour autant. Nous étions jeunes. Nous étions heureux ensemble. Au début de notre mariage, elle ne se formalisait pas quand je préférais faire la grasse matinée le dimanche, et me demandait seulement de l'accompagner à la messe une fois par mois afin de préserver notre réputation dans la communauté.

Nous avions grandi à quelques rues l'un de l'autre, mais elle avait deux ans de moins que moi, si bien que nous ne nous étions jamais parlé à l'école. Ses parents, tous deux originaires de Dantzig, fréquentaient une église polonaise plus bas dans la vallée, ce qui expliquait encore que nous ne nous soyons jamais croisés en préparant notre première communion. Notre rencontre a dû attendre vingt ans de plus, après mon retour de Sequoia. Les circonstances n'avaient rien de romantique : j'étais chez le dentiste, la bouche ouverte, et Agnieska s'est penchée sur moi avec un instrument pointu pour me faire un détartrage. Ses premiers mots, après m'avoir dit « Bonjour » et demandé de quand datait ma dernière visite, ont été :

« Vous n'utilisez pas souvent du fil dentaire, je me trompe ? »

À vingt-six ans, je débutais dans le département des ventes d'Auerbach. J'avais obtenu le poste environ un mois après être descendu de mon dernier poteau dans les montagnes. Travailler dans la vente de câbles électriques n'avait jamais figuré parmi mes projets, mais mon père, maintenant chargé de l'achat de matériel dans le studio de cinéma où il travaillait, connaissait bien le responsable commercial de cette entreprise. Il avait insisté pour que je le rencontre. J'avais dû plaire à ce type car il avait proposé de m'engager comme assistant – ce qui me permettrait, dans la plus pure tradition américaine, de commencer à « gravir les échelons ». J'aurais préféré devenir électricien chez Paramount. Mais mon père ne voulait pas en entendre parler.

« Pourquoi tu crois que je t'ai fait faire des études ? avait-il demandé, sans me laisser le temps de répondre. Pour que tu ne finisses pas comme moi. »

J'étais retourné vivre chez mes parents et je n'avais qu'une hâte : déménager. Le responsable commercial me proposait vingt-huit mille dollars par an – un bon salaire à la fin des années 1980. Suffisant pour louer un studio à dix minutes du quartier de mes parents et m'acheter une Ford Mustang bleue de 1975. La voiture de mes rêves à l'époque. Au bout de deux ans, j'avais été promu au poste d'adjoint. Mon père ne cessait de me demander pourquoi je n'avais pas encore de petite amie et je lui répondais que j'étais trop occupé par mon travail. La vérité, c'était que je passais un week-end sur deux à Sequoia avec Bernadette. Ça me suffisait. Je ne ressentais pas le besoin de chercher quelqu'un à L.A... jusqu'à ce que le bar de Bernadette soit racheté par un homme d'affaires de Sacramento. La cinquantaine. Riche. Veuf.

« C'est un type bien. Et avec lui, je serai à l'abri du besoin, m'a-t-elle annoncé quand je l'ai vue pour ce qu'elle a déclaré être la toute dernière fois. Mes quarante ans approchent et je suis toujours là, à travailler dans le même bar et à vivre dans une caravane. Entre nous, j'ai rencontré des cotons-tiges plus intéressants que ce mec. Mais en échange de m'occuper de lui, je vais pouvoir vivre la belle vie. Ce sont les termes du contrat. Et j'ai décidé d'accepter. »

Je comprenais le raisonnement qui l'avait menée à cette décision. J'étais triste, bien sûr, mais je ne souhaitais que son bonheur. Six mois après notre rupture, j'étais chez le dentiste pour ma visite annuelle. Agnieska m'a fait ouvrir la bouche, m'a reproché de ne pas utiliser de fil dentaire, et...

J'ai obtenu son numéro au terme d'un détartrage plutôt douloureux. Pendant que je quittais le fauteuil et que je remettais ma veste, nous avons eu une brève discussion qui nous a permis de découvrir que nous venions du même quartier, que nous avions fréquenté le même lycée et que nous avions donc une ribambelle de points communs.

Ainsi va la vie, pas vrai ? Agnieska remplaçait mon hygiéniste habituel, indisponible ce jour-là. Je n'étais pas encore tout à fait remis de ma séparation avec Bernadette et je commençais à me dire que, à vingt-cinq ans passés, il était temps de chercher quelqu'un avec qui bâtir ce qu'on attend de chacun de nous. De son côté, Agnieska venait de mettre fin à sa relation avec un militaire plus âgé qu'elle, dont la paranoïa et les crises de rage prenaient des proportions incontrôlables depuis que son tank avait été frappé par l'un des obus de Saddam Hussein lors de la guerre de libération du Koweït. Elle était seule et elle cherchait quelqu'un. J'étais seul et je cherchais quelqu'un. Rien n'est plus important que le timing, si ce n'est peut-être le fait d'avoir des projets similaires. Est-ce que nous étions amoureux ? Nous le pensions, en tout cas. Et nous nous entendions vraiment bien. Pour citer mon père et ses formules toutes faites :

« C'est l'épouse idéale. Je serais toi, je n'hésiterais pas. »

Comme toujours, j'ai suivi son conseil. Deux ans après notre rencontre, mon vieil ami Todor et un prêtre polonais nous mariaient dans l'église que fréquentaient ses parents. L'argent mis de côté pendant ma période à Sequoia, enrichi de quelques économies réalisées depuis mes débuts comme vendeur, nous a servi d'acompte pour acheter une maison – dans laquelle nous habitons toujours près de trente ans plus tard. J'ai troqué ma Mustang contre un break Subaru Legacy de 1991. Et, à l'été 1992, Agnieska a donné naissance à notre premier enfant : un garçon, qu'elle a choisi d'appeler Karol d'après le prénom d'origine du pape Jean-Paul II. Un fils ! C'était ce qu'Agnieska avait voulu, et elle se consacrait avec bonheur à tout ce qui le concernait. J'étais ravi, moi aussi, même si Agnieska avait décidé d'arrêter de travailler pendant un an pour s'occuper de lui à plein temps. Je ne pouvais pas lui donner tort. Karol dormait rarement plus de trois heures de suite. Nos rapports sexuels se sont faits rares à force d'insomnies. Agnieska se plaignait sans cesse d'être épuisée – alors que je faisais des journées de douze heures au travail pour compenser la perte de son revenu, accablé d'un manque de sommeil chronique à cause des coliques de Karol. C'est à cette période que j'ai commencé à me demander pourquoi j'avais opté pour cette vie de père de famille dont je n'avais jamais vraiment voulu.

Todor avait bien remarqué mon... Quel grand mot utilisait-il, déjà ?... mon « ambivalence » lors de nos discussions hebdomadaires dans un bar du quartier. À l'époque, il était prêtre dans une petite paroisse de Santa Clarita qu'il décrivait comme « la frontière du néant » et dans laquelle, pour le citer :

« À part les gens qui en ont marre de leur petite routine et ceux qui meurent trop jeunes parce qu'ils n'ont pas eu de chance, il ne se passe vraiment pas grand-chose. »

Il savait que, à presque trente ans, sa meilleure option était de se montrer patient et d'exceller dans toutes les paroisses qu'on lui confiait – mais ses ambitions allaient plus loin. Il rêvait d'une paroisse mouvementée dans le centre-ville ou dans un coin riche et influent comme Brentwood. Après sa troisième bière (accompagnée d'un shot de whisky Jameson), il me confiait parfois son inquiétude d'avoir « tout sacrifié pour intégrer un système qui me promet la sécurité même après la mort ». Mais, à d'autres moments, il clamait haut et fort la puissance de sa foi et sa détermination à se hisser dans les rangs du Vatican jusqu'à devenir évêque avant d'atteindre quarante-cinq ans.

J'écoutais ses incertitudes comme ses éclats de conviction les plus extatiques sans jamais prodiguer le moindre conseil. Ce n'est pas mon style. Et Todor n'en aurait pas voulu. Comme il l'avouait lui-même, en tant que prêtre, il préférait largement donner des conseils plutôt qu'en recevoir. Et, effectivement, il s'est montré aussi compréhensif que perspicace quand je lui ai fait part de mes doutes concernant mon mariage et mes responsabilités.

« Si tu as fait ce choix, c'est parce que tu en étais arrivé à un stade de ta vie où tu en avais assez d'être seul et où tu ressentais le besoin normal de bâtir quelque chose avec une autre personne. Dès le départ, tu n'as pas arrêté de me dire à quel point Agnieska était parfaite pour toi, avec tout ce que vous avez en commun. Tous les couples font face à des problèmes quand le premier enfant arrive. C'est un bouleversement, et la responsabilité la plus lourde de toute une vie. Mais l'amour que tu ressentais au début reviendra, Brendan. Attends un peu que Karol commence à faire ses nuits. »

Ce moment est venu quatre semaines plus tard, le jour des neuf mois de Karol. Nous nous sommes couchés vers 22 heures et notre fils s'est rapidement endormi dans son berceau placé près de notre lit. Alors, pour la première fois depuis plusieurs mois, Agnieska m'a laissé lui faire l'amour. Le désir que nous ressentions auparavant l'un pour l'autre nous a embrasés de nouveau. Par la suite, alors qu'elle s'endormait dans mes bras, j'ai pensé : *Tout ira bien.* Quand j'ai ouvert les yeux, à 7 heures du matin, Karol n'avait pas pleuré de toute la nuit.

Et puis, soudain, ma femme s'est mise à hurler, notre bébé dans les bras. Karol ne respirait plus. Notre fils était mort.

L'ambulance est arrivée cinq minutes plus tard, en même temps que la police. Agnieska était si folle de douleur que les secours ont insisté pour l'emmener au service psychiatrique de l'hôpital tandis que je me rendais au commissariat pour attendre les conclusions du médecin légiste. Au bout de six heures, on m'a annoncé que Karol avait succombé au syndrome de la mort subite du nourrisson. Le médecin chargé de l'autopsie m'a parlé au téléphone, m'assurant que tout était dans le nom : un décès soudain, venu de nulle part... un sort monstrueux s'abattant sans raison sur un bébé innocent.

« Je ne sais pas quoi vous dire, monsieur. C'est comme si l'ange de la Mort était descendu du ciel pour emporter votre fils. »

Les policiers ont fait preuve de gentillesse, tout comme nos familles. Todor, surtout, m'a tenu compagnie tous les soirs pendant les deux semaines qu'Agnieska a passées en service psychiatrique. J'aurais voulu rester avec elle, mais les médecins ne me laissaient la voir qu'une heure le matin et en début de soirée. Tous craignaient qu'elle ne tente de se suicider. Todor m'a accompagné plusieurs fois, et insistait pour passer une demi-heure seul avec elle. Je ne lui ai jamais demandé ce qu'ils s'étaient dit pendant ces moments – mais, lorsqu'elle est enfin sortie de l'hôpital, elle a commencé à se rendre à la messe tous les jours. Plusieurs fois, elle m'a confié que Todor l'avait éloignée du bord d'un précipice. Qu'elle s'était sentie responsable de la mort de Karol. Et que cette tragédie la poursuivrait pour le restant de ses jours.

Quant à moi, avec elle, avec nos familles ou quand nous allions à la messe le dimanche (où elle insistait à présent pour que je l'accompagne), je faisais bonne figure. Surtout face à mon père, qui m'aurait immanquablement traité de tapette si j'avais laissé libre cours au terrible chagrin qui me dévorait. Todor me soutenait de son mieux. Mais je me sentais déchiré de l'intérieur, sans espoir de guérison. Je me suis jeté à corps perdu dans mon travail, obtenant six fois de suite le titre de meilleur vendeur de l'entreprise. Agnieska a repris son poste d'hygiéniste. Le silence qui régnait dans notre maison le soir était souvent insupportable. Des mois durant, ma femme ne m'a pas même laissé la prendre dans mes bras. Un jour, je me suis confié à Todor, je lui ai raconté comment toute « intimité » avait déserté notre vie de couple ; que j'avais l'impression de vivre avec une inconnue ; que je ne savais pas comment aider Agnieska parce que, en toute franchise, j'étais tout aussi incapable de m'aider moi-même. Todor est intervenu.

Ses conseils ont persuadé Agnieska de quitter la chambre d'amis où elle s'était installée après le drame et de regagner mon lit. Elle était déterminée à retomber enceinte aussitôt que possible. Notre vie sexuelle a repris, mais quelque chose s'était brisé entre nous avec la mort de notre fils. Je m'en voulais de ne pas avoir mieux soutenu ma femme pendant les mois qui avaient suivi cette tragédie. Au lieu de ça, je m'étais mis à voyager de plus en plus pour le travail, à sillonner la Californie, le Nevada et l'Arizona. Par moments, je me surprenais à penser : *Maintenant que nous ne sommes plus liés par un enfant, je pourrais partir, et ainsi mettre fin à un mariage dans lequel je n'aurais jamais dû m'engager.* Mais Todor, conscient de mon dilemme, s'est démené pour me dissuader de briser le serment que j'avais fait devant Dieu.

« Si tu abandonnes cette femme si bonne, dont la douleur est encore immense, tu ne pourras jamais te le pardonner », plaidait-il.

Je suis resté. Mais j'ai le sentiment qu'Agnieska a perçu mon incertitude pendant cette période, ce qui n'a fait qu'aggraver son impression de solitude. Aujourd'hui encore, je m'en veux. Il lui a fallu plus de deux ans pour réussir à concevoir de nouveau et, même si la naissance de Klara nous a tous les deux remplis de joie, elle n'a pas suffi à combler le gouffre entre nous. Au contraire, celui-ci s'est lentement élargi au fil des années. Agnieska était une mère aimante mais ultravigilante, ce qui donnait à Klara l'impression d'étouffer. Sans parler des critiques qu'elle lui infligeait sans cesse – surtout quand, à l'adolescence, notre fille s'est mise à exprimer des opinions radicalement opposées aux principes religieux de sa mère. Agnieska avait aussi du mal à supporter le fait que Klara et moi soyons si proches.

« Tu es une vraie fille à papa, lui assenait-elle à la moindre dispute. Et ton père te laisse faire tout ce que tu veux. »

Je n'étais pas aussi indulgent qu'elle le prétendait. J'avais inculqué à ma fille l'importance de la politesse et du sérieux à l'école ; mais il est vrai que je l'encourageais à penser par elle-même et à se montrer aussi indépendante que possible, ce qui allait à l'encontre des croyances de sa mère concernant l'importance primordiale de la foi.

Une foi de nouveau mise à l'épreuve quand, trois ans après la naissance de Klara, Agnieska s'est encore retrouvée enceinte... avant de faire une fausse couche au bout de dix semaines. Il était trop tôt pour savoir si l'enfant aurait été une fille ou un garçon. Cette fois, Agnieska n'a pas sombré dans l'effroyable chagrin que lui avait causé la mort de Karol : son affliction initiale s'est rapidement muée en résolution inébranlable.

« C'est la volonté de Dieu, a-t-elle martelé en voyant à quel point j'étais anéanti par la perte de ce troisième enfant. À cause de ton manque de foi, tu obliges Dieu à nous punir. Tout ce qui nous est arrivé est ta faute. Parce que Dieu sait que tu lui as tourné le dos. »

8

TOUT CE QUI NOUS EST ARRIVÉ est ta faute. Parce que Dieu sait que tu lui as tourné le dos.

J'ai tenté de mettre ces paroles sur le compte de la détresse, mais elles n'ont fait qu'élargir la distance qui nous séparait. Je me suis senti encore plus coupable de passer mon temps au travail et de dévouer tout mon amour et mon énergie à Klara. Agnieska était de plus en plus isolée. Jusqu'au jour où elle m'a informé, en rentrant à la maison, qu'elle avait fait une crise d'angoisse en plein milieu du détartrage d'un patient et l'avait blessé à la gencive. Le dentiste l'avait immédiatement mise en arrêt de travail forcé, mais sa décision était déjà prise : elle en avait fini avec le métier d'hygiéniste. Elle ne supportait plus de se pencher sur la bouche d'inconnus. À compter de ce jour, elle se consacrerait entièrement à l'Église. J'ai fait de mon mieux pour soutenir sa décision, mais j'ai tout de même objecté que la perte de son salaire aurait un lourd impact sur notre niveau de vie. Sa réponse a été toute simple :

« Dans la santé et dans la maladie... Pour le meilleur et pour le pire... »

Difficile de contrer un argument pareil. Surtout que Todor a enfoncé le clou.

« Après tout ce qu'elle a traversé, le travail pastoral qu'elle effectue est crucial pour son bien-être. »

C'est à cette époque que mon ami d'enfance a enfin changé de paroisse. Non, il n'avait toujours pas atteint les sommets qu'il espérait – l'archevêque de Los Angeles le trouvait un peu trop ambitieux, et le fait qu'il soit né à Sofia avant d'arriver aux États-Unis quand il était bébé faisait de lui, aux yeux de Son Éminence, un immigré aux dents longues. Du moins, c'était ce que lui avaient appris ses contacts dans la hiérarchie. Cet archevêque en particulier, en Irlandais-Américain de la vieille école, haïssait le communisme au point de se méfier du pape Jean-Paul II parce qu'il venait de l'Est socialiste. Todor en a donc été réduit, pour espérer grimper d'autres échelons, à attendre patiemment que Son Éminence décède dans son sommeil. Quelques années plus tard, son successeur, impressionné par l'ampleur des initiatives antiavortement menées par Todor dans sa juridiction, lui a enfin accordé la paroisse fortunée dont il rêvait : Beverly Hills.

Une fois établi là-bas, il a pu consolider sa réputation de prêtre aussi habile à fréquenter le gratin de la société qu'à élaborer des programmes pour les jeunes et à inciter ses riches paroissiens à mettre la main à la poche pour financer des associations locales. L'une de ces associations, qu'il avait fondée, a même suscité pas mal de controverses : Angels Assist. Son but était d'aider les jeunes femmes enceintes qui ne désiraient pas être mères, en leur permettant d'accoucher dans un « environnement protégé » (pour citer Todor) avant de faire adopter leurs enfants par de bonnes familles catholiques.

Dans les nombreux débats et interviews auxquels il participait, il parvenait à exprimer une opinion très conservatrice sur la sacralité de la vie fœtale sans passer pour un fanatique. Sa manière de défendre la cause pro-vie était raisonnée, rationnelle et très persuasive. Il était donc devenu, aux yeux de beaucoup de militants prochoix, le porte-parole suave de la droite catholique réactionnaire. Klara, qui pourtant avait grandi en le voyant presque comme un oncle, avait considéré dès ses dix-sept ans que son obsession à renverser l'arrêt *Roe v. Wade* faisait de lui « un ennemi des femmes ». Que sa propre mère participe activement au travail d'Angels Assist n'avait rien fait pour la détromper. Mais surtout, Todor avait présenté Agnieska à une autre paroissienne du nom de Teresa. Celle-ci était de la même génération que nous et elle avait perdu son emploi d'infirmière en obstétrique après avoir tenté, à quelques minutes d'une procédure d'avortement, de dissuader la jeune patiente de mettre fin à sa grossesse en lui répétant : « Un meurtre est un meurtre, même quand l'enfant n'est pas encore né. » Elle avait été par la suite écartée de tous les établissements médicaux de Californie du Sud. Pour cette raison, les militants pro-vie considéraient Teresa – avec son sourire de sainte-nitouche – comme une martyre. Leur version personnelle de Jeanne d'Arc.

D'accord, je me laisse gagner par l'amertume. Mais j'avais du mal à supporter de voir ma femme passer tout son temps au sein de ce groupe. Teresa était toujours vêtue d'un tailleur noir strict, comme si elle s'apprêtait à témoigner lors d'un procès. Son mari était mort d'un cancer cinq ans plus tôt à quatre-vingt-cinq ans. Elle approchait de la quarantaine quand elle l'avait épousé, et la différence d'âge entre eux était de vingt-sept ans. Ç'avait été son premier et dernier mariage. Ils n'avaient jamais pu avoir d'enfants, et n'avaient jamais réussi à en adopter non plus – ce qui m'étonnait, étant donné la réputation de Teresa dans la communauté catholique. Le sujet semblait tabou dans son entourage. D'après ma femme, l'État (et même les associations chrétiennes) rechignait à confier des enfants à des couples trop âgés. Et Teresa elle-même avait toujours refusé de passer par des agences d'Amérique centrale ou d'Amérique du Sud.

« Parce qu'on ne peut pas savoir qui sont les parents, et je n'ai pas envie de me retrouver avec un cauchemar génétique sur les bras. »

Elle avait avancé cet argument lors d'un dîner chez nous, à l'occasion du quatorzième anniversaire de Klara. Après son départ, ma fille m'avait demandé, choquée :

« Comment peut-on être catholique et aussi cruel en même temps ? »

J'aurais voulu lui répondre que parfois, les deux vont ensemble. Mais ce n'est pas le genre de chose à dire à un enfant.

« Elle est juste un peu stricte, c'est tout. »

Même à cet âge, Klara me connaissait déjà trop bien.

« Tu ne sais vraiment pas dire du mal des autres, hein ?

— Il y a assez de mal dans le monde sans en rajouter. »

Avec du recul, et vu la façon dont Teresa initierait par la suite ma femme à l'activisme pro-vie – en lui rappelant à la moindre occasion que tous ceux qui travaillaient dans l'« industrie de l'avortement » n'étaient « rien de plus que des meurtriers » –, je dois admettre que Klara avait raison : j'ai tendance à édulcorer mon opinion quand je parle de personnes difficiles. Teresa appartenait décidément à cette catégorie. Et ça n'a été que de mal en pis : par quatre fois, j'ai dû payer une caution pour faire libérer Agnieska après son arrestation pour avoir bloqué l'entrée d'une clinique. Ou harcelé des femmes enceintes devant le Planning familial de Los Feliz, rose rouge à la main, répétant qu'« un autre choix était possible » avec Angels Assist. J'ai encore un souvenir très vif du seul et unique dimanche où j'ai déjeuné chez Teresa. Agnieska m'avait convaincu de l'accompagner à la messe. C'était environ une semaine après son arrestation en compagnie de Teresa pour s'être allongée au sol devant un centre IVG de Reseda et avoir refusé de bouger même sur ordre de la police. J'avais participé à la communion au cours du service, puis patienté pendant qu'Agnieska se faisait absoudre de ses péchés dans le confessionnal. En sortant, elle m'avait annoncé que nous étions invités à déjeuner chez Teresa. J'avais commencé par refuser d'y aller, prétextant que je devais me mettre au travail.

« Juste une heure, s'il te plaît. Tu sais à quel point c'est important pour moi. »

Il était aisé de déceler le but caché derrière cette demande : montrer à ses camarades activistes que tout allait bien entre nous malgré sa récente arrestation.

J'avais décidé de faire preuve de bonne volonté. Après la messe, nous étions donc allés en voiture jusque chez Teresa à Boyle Heights : une maison aux tapis épais, au mobilier en cuir crème et à la robinetterie dorée, sans parler de tous les crucifix, lampes du Sacré-Cœur et portraits de saints qui recouvraient les murs. Une petite dizaine de personnes avaient été invitées à ce déjeuner suivant la messe. Teresa m'avait accueilli d'un signe de tête dédaigneux, accompagné de ce commentaire :

« Ça alors ! Une brebis égarée qui revient à la raison. Bienvenue dans la lutte. »

J'étais le seul homme parmi les convives. Je n'avais pas tenu longtemps. Parce qu'après avoir discuté avec un peu tout le monde autour du buffet de poulet froid aux haricots verts et de salades de pâtes au thon, Teresa avait entrepris de s'adresser à l'assemblée et avait affirmé que son « emprisonnement » en compagnie de sa « sœur de croix, Agnieska » ne l'avait nullement découragée.

« Au contraire, cette épreuve m'a montré que le combat que nous menons est juste. C'est à nous de faire triompher cette croisade contre les forces progressistes qui s'en prennent à nos filles et leur bourrent le crâne de messages dangereux comme "Mon corps, mon choix". Dieu merci, malgré tous ses défauts éthiques, notre Cour suprême semble enfin décidée à reléguer *Roe v. Wade* aux oubliettes de l'histoire et, espérons-le, à bloquer le financement public aux associations malfaisantes comme le Planning familial, qui a déjà détruit la vie de tant de femmes de la nouvelle génération. »

Un tonnerre d'applaudissements avait accueilli cette tirade. Agnieska avait choisi ce moment pour tomber à genoux et réciter une dizaine de chapelets. Je m'étais discrètement rapproché de la porte, impatient de prendre la fuite – mais Teresa n'en avait pas terminé.

« La contraception dont on nous rebat les oreilles n'est rien d'autre qu'une violence exercée sur toutes les femmes ! La pilule, le stérilet... Tout ça ne fait qu'empoisonner leurs corps avec des produits chimiques et dédouaner les hommes de leur responsabilité dans l'acte de conception. L'usage de spermicide, lui aussi, devrait être illégal. Il existe aujourd'hui des méthodes naturelles très sophistiquées, comme la méthode Creighton, qui respectent les enseignements de l'Église et évitent aux femmes de perturber leur cycle reproductif avec des produits cancérigènes. Voilà ce qui devrait être enseigné dans les écoles : quand on prend la pilule ou qu'on se laisse installer l'un de ces maudits stérilets dans l'utérus, on multiplie les risques de mourir d'un cancer ! »

C'est le moment que j'avais choisi pour m'éclipser.

Une fois dehors, j'avais allumé une cigarette, hanté par la vision d'Agnieska à genoux avec son chapelet noir comme la mort tandis que Teresa crachait son venin. Depuis quand ma femme avait-elle rejoint la version chrétienne des talibans ?

Désolé d'être parti. Je dois travailler, lui avais-je écrit par SMS.

Une de ses sœurs de croisade accepterait sûrement de la déposer à la maison. Si j'avais attendu la fin du discours de Teresa, ma colère aurait atteint des sommets ; non seulement je ne partageais pas ses opinions extrêmes, mais je les trouvais incroyablement insensées et irréalistes. Cependant, au contact de ma femme, de son prêtre, de Teresa et de toutes leurs acolytes pro-vie, j'avais rapidement découvert que la moindre tentative de présenter un point de vue différent me valait un tir nourri d'arguments hargneux. Impossible d'ébranler leurs convictions. Elles ne laissaient aucune place au dialogue. Si je posais une simple question sur les complexités de la conception, on m'accusait immédiatement d'approuver les crimes atroces commis à l'encontre d'une masse de cellules destinée à évoluer en créature pensante. Une fois, j'ai demandé à Agnieska si elle avait le moindre souvenir des mois passés dans le ventre de sa mère. Sa réaction a été explosive.

« Ne me dis pas que tu es de leur côté ! Je refuse de croire que mon mari cautionne le meurtre de…

— Je veux juste savoir si tu étais consciente de quoi que ce soit avant ta naissance.

— Mon premier souvenir remonte à mes quatre ans. D'après toi, si quelqu'un m'avait assassinée avant, ça n'aurait pas été un crime ? »

Je brûlais d'envie de rétorquer : « Contrairement à un enfant, un fœtus de douze, seize ou même vingt-quatre semaines n'a ni nom, ni personnalité, ni pensées… »

Mais, conscient que je m'aventurais en terrain dangereux, j'ai gardé le silence. Agnieska en a rajouté :

« Quand notre petit garçon est mort-né, tu as bien vu qu'il…

— C'était peut-être une fille, l'ai-je coupée. Il était trop tôt pour le dire. »

Elle m'a regardé comme si je l'avais giflée.

« Et tu te demandes encore pourquoi on ne se comprend plus ? Tu as perdu un fils, puis un deuxième est venu au monde mort-né... mais tu ne l'as jamais considéré comme une vraie personne.

— Ce n'est pas ce que j'ai dit. Tu déformes mes propos.

— Et toi, tu m'as complètement perdue. »

Le soir même, sans doute prévenu par Agnieska de ma tolérance envers l'avortement, Todor m'a proposé d'aller prendre un taco et une bière avec lui dans notre petit troquet habituel. Une fois sur place, il a entrepris de me faire plus ou moins subtilement la morale... sans jamais se départir de son sourire.

« Je ne prends parti pour aucun des deux camps, me suis-je justifié. Tout ce que j'ai fait, c'est poser une question. De là à m'accuser de vouloir tuer des bébés... »

Quand il m'a répondu, son ton était parfaitement raisonnable et mesuré :

« Mais, Brendan, imagine que tu sois né en Allemagne dans les années 1920. Et que tu aies grandi dans la ville de Dachau, près de Munich. Imagine être au courant, dès 1942, de l'existence d'un camp de concentration juste à l'extérieur de ta ville, où l'on extermine des Juifs pour la seule raison qu'ils sont juifs. À cause du totalitarisme nazi, tu aurais eu peur de t'opposer à cet holocauste. Mais une fois que le camp aurait été libéré et que l'Allemagne aurait perdu la guerre, tu ne te serais pas senti coupable de n'avoir rien dit ? »

Je me souviens d'avoir crispé les doigts autour de ma bouteille de bière, horripilé par l'absurdité de son argument. Comment pouvait-il comparer une intervention médicale légale avec les atrocités commises par les nazis ? Mettre sur un pied d'égalité une décision personnelle et un génocide organisé par l'État ? Pourquoi ce sujet éveillait-il chez les gens des sentiments et des opinions aussi extrêmes ?

Mais je n'ai rien dit de tout ça, peu désireux de m'exposer à une nouvelle volée d'arguments fallacieux et de commentaires moralisateurs. Que ce soit avec ma femme ou mon meilleur ami, si je voulais la paix, le mieux était d'éviter complètement le sujet.

C'est pourquoi, en réponse à cette analogie entre l'avortement et les camps d'extermination, j'ai opté pour un pitoyable : « Tu n'as peut-être pas tort.

— Il faut du courage pour changer d'avis sur une question aussi cruciale », a déclaré Todor avec un sourire satisfait.

C'était six mois plus tôt. À présent, alors que je terminais ma troisième cigarette d'affilée dans le petit jardin de notre maison, cette conversation me revenait en mémoire. Ce n'était pas la première fois que Todor et moi nous trouvions en désaccord depuis qu'il était devenu la star antiavortement du diocèse de Los Angeles. Il était si occupé que nous nous voyions de moins en moins ; mais il m'était difficile d'ignorer le fossé creusé entre nous par le militantisme forcené de ma femme, bénévole à plein temps dans son association. Au début, quand je lui avais fait part de mon inquiétude face au fanatisme grandissant d'Agnieska, Todor avait rétorqué que je devrais être fier d'elle, qu'elle accomplissait l'œuvre de Dieu. Et que la « désobéissance civile » était excusable dans le cadre d'un combat contre le meurtre d'enfants innocents.

La désobéissance civile. J'ai revu en pensée ce motard, le visage dissimulé par son casque noir brillant à la visière baissée, en train de jeter un cocktail Molotov à l'intérieur de la clinique. Et l'homme au Taser dévoré par les flammes. Un violent frémissement m'a de nouveau parcouru tout le corps. J'ai dû attendre une bonne minute pour que la sensation passe. Je me suis essuyé les yeux tout en prenant de grandes inspirations tremblantes, puis je suis rentré et j'ai déposé ma bouteille vide dans la poubelle dédiée au recyclage. Après un bref passage aux toilettes, je suis retourné dans ma petite chambre, hanté par une pensée : la solitude que je m'étais imposée dans cette maison était le reflet pur et simple de celle qui régnait depuis tant d'années dans mon mariage. Je me suis mis au lit. J'ai fermé les yeux. L'épuisement de la journée s'est abattu sur moi et j'ai sombré dans l'inconscience.

J'ai émergé juste avant 11 heures. Presque six heures de sommeil. Au regard des derniers mois, c'était peut-être un record – même si j'étais conscient que ça ne suffisait toujours pas. Une fois douché et habillé, je suis allé dans le salon.

Agnieska, déjà revenue de sa séance quotidienne à la salle de sport, s'apprêtait à partir faire son bénévolat. Je lui ai adressé un sourire. Elle me l'a rendu. Chaque fois que je la voyais, elle paraissait plus mince et plus musclée.

« Tu sors d'une sacrée séance d'exercice, on dirait.

— Tu devrais venir avec moi. »

J'ai immédiatement touché ma bedaine, qui ne cessait pas de s'arrondir. Agnieska a gentiment posé sa main sur la mienne, souriante.

« J'avais du ventre, moi aussi, tu te souviens ? Tu n'aurais qu'à suivre le programme...

— Je sais, je sais », ai-je grogné en maudissant mon surpoids.

Agnieska a bu une gorgée de café puis elle a jeté un regard à sa montre avant d'allumer la télévision. Les informations régionales sont apparues sur l'écran : un reportage sur l'attentat à la bombe incendiaire perpétré dans le centre IVG de Van Nuys.

« Cet événement fait désormais l'objet d'une enquête pour homicide par le LAPD, à la suite du décès d'un agent de sécurité présent sur les lieux au moment des faits », a annoncé la présentatrice.

J'ai fixé l'écran, interdit. C'était comme si le sol s'ouvrait sous mes pieds. Je savais que le type au Taser n'avait pas pu survivre, mais entendre sa mort annoncée à la télévision me faisait l'effet d'un cauchemar. Cesserais-je un jour d'avoir cette vision de lui en train de brûler pendant que j'essayais désespérément d'éteindre les flammes avec un tuyau d'arrosage ?

Je me suis assis à la table de la cuisine en faisant de mon mieux pour contenir mes émotions. J'aurais voulu dire à ma femme que j'étais là-bas, que j'avais vu cet homme mourir. Mais j'ai tenu ma langue. La présentatrice a annoncé que le vigile s'appelait Jose Fernandez, qu'il avait une femme et deux enfants, et que la police était à la recherche du livreur à moto qui avait jeté la « bombe artisanale » à l'origine de l'incendie. La directrice de la clinique, une certaine Dr Mary Morgenstern, a été interviewée. Elle semblait profondément sous le choc, ce qui ne l'a pas empêchée d'évoquer sur un ton de défi « tous ces gens qui se proclament pro-vie mais n'hésitent pas à se livrer à des actes de terrorisme, quitte à tuer un père de famille qui ne faisait que son travail en protégeant les patients et le personnel de cet établissement ».

Une boule s'est formée dans ma gorge. J'aurais dû parler aux policiers de l'homme à moto que j'avais aperçu – même si je n'avais ni relevé son numéro de plaque ni vu son visage. Mais un autre témoignage a suivi, celui du gérant d'un café proche de la clinique.

« Ce type, une espèce de motard, a dit quelque chose dans l'interphone. Il a dû faire semblant d'avoir un colis pour eux, un truc comme ça. La porte s'est ouverte automatiquement et le type a allumé un bout de tissu fourré dans une bouteille et a tout balancé dans l'entrée. Et là, *BAM* ! Une énorme explosion. Du feu partout. Je n'avais jamais vu ça… »

La police avait trouvé un autre témoin. Je n'aurais rien pu leur apprendre de plus que le propriétaire du café. Et puis le flic sur la scène de crime m'avait bien dit de ficher le camp… Je me sentais tout de même coupable de ne pas avoir témoigné.

« Ce malheureux qui est mort brûlé… a déploré Agnieska. Pourquoi travaillait-il pour ces gens ? Pour ce genre d'endroit ? »

Je l'ai vue détourner le regard, consciente qu'elle s'aventurait en terrain miné ; ce sujet de conversation ne pouvait que nous diviser. Mais après tout ce qui s'était passé, tout ce que j'avais vu, il m'était soudain impossible de garder le silence.

« Il n'avait peut-être pas le choix. Peut-être que c'était le seul travail qu'il ait trouvé. »

Je devais paraître à cran, parce qu'elle m'a dévisagé d'un air surpris. Puis ses yeux se sont étrécis comme ceux d'un prédateur en face d'une proie, et elle est passée à l'attaque, parfaitement consciente de ce qui allait suivre. Quant à moi, j'avais beau comprendre que je m'engageais dans une dispute où je n'aurais jamais le dernier mot, j'étais soudain prêt à relever le défi.

« Peut-être que ça paie bien de travailler dans un endroit où on tue des bébés », a-t-elle répliqué.

Machinalement, je me suis emparé d'une petite cuiller sur la table et j'ai commencé à la triturer entre mes doigts pour me calmer. L'effet de ses paroles sur mon humeur n'a pas échappé à Agnieska. Elle a esquissé un petit sourire.

« Tu crois vraiment que les gens là-bas sont mieux payés parce qu'ils pratiquent des avortements légaux ? ai-je dit.

— Évidemment, a-t-elle sifflé. Toutes ces cliniques sont couvertes d'or par la brigade pro-choix.

— Elles sont obligées d'employer des vigiles à cause de toutes les menaces qu'elles reçoivent. À ma connaissance, les pro-vie ne sont jamais menacés par les militants pour l'avortement.

— Mais les responsables des campagnes antiavortement n'ont pas le sang d'enfants innocents sur les mains.

— Ce vigile était innocent, pourtant.

— Quand on choisit de travailler dans un centre IVG...

— Quoi ? Juste parce qu'il y travaillait, il méritait d'être tué ? Comme ce médecin abattu au Nebraska par tes petits copains pro-vie ?

— Ce ne sont pas mes petits copains...

— Bien sûr que si.

— Je n'approuve pas la violence. Je n'irais jamais jusque-là. Tuer des médecins, c'est mal. Mais travailler dans une clinique d'avortement est un métier à risque, c'est un fait. Qu'est-ce que tu fais à cette pauvre cuiller ? »

Je me suis aperçu que j'avais tordu l'ustensile jusqu'à presque former un cercle. Le métal semblait sur le point de céder.

« Je ne suis pas d'accord avec toi, c'est tout.

— Donc tu te venges sur la cuiller ?

— Elle s'en remettra. »

Après avoir jeté l'objet déformé sur la table, j'ai attrapé ma veste, mon téléphone et mes clés de voiture.

« Tu t'enfuis à cause de ce que j'ai dit ? a-t-elle demandé, comme si la tournure de la conversation la prenait au dépourvu.

— Oui, c'est ça. Je ne suis pas d'humeur à supporter ton extrémisme.

— Ce n'est pas de l'extrémisme, je dis juste...

— Je sais très bien ce que tu dis, et ça ne me plaît pas.

— Mais tu es venu à un meeting pro-vie l'année dernière.

— Parce que tu me tannais pour que je t'accompagne. Mais je ne suis pas sûr de croire que les "avorteuses", comme tu les appelles, soient des tueuses d'enfants. Peut-être que les gens ont le droit de choisir, que les femmes ont le droit de choisir... »

Agnieska a écarquillé les yeux comme si je venais de basculer du côté obscur.

« Dis-moi que tu ne le penses pas vraiment. »

Pour toute réponse, je me suis levé.

« Tu ne peux pas t'en aller comme ça, a-t-elle crié.

— Si, la preuve, ai-je rétorqué en lui tournant le dos.

— Reviens ici tout de suite ! J'ai encore des choses à dire ! »

Je suis sorti en claquant la porte.

J'ai pris mon petit déjeuner dans un café du quartier. Œufs et saucisse, accompagnés de toasts et de beaucoup trop de café. J'aurais dû faire plus attention à ce que je mangeais. J'aurais dû aller à la salle de sport cinq jours par semaine, comme je me promettais sans arrêt de le faire. Mais à ce moment, j'avais vraiment besoin de manger pour me remonter le moral. J'avais envie d'appeler Klara pour lui raconter ce qui m'était arrivé la veille à Van Nuys, mais si je lui parlais de l'échange que je venais d'avoir avec sa mère... Disons juste qu'elles avaient suffisamment de mal à s'entendre comme ça, toutes les deux. Je ne voulais pas aggraver les choses. Klara, qui travaillait jusqu'à dix heures par jour dans un foyer pour femmes battues, serait folle de rage en apprenant ce à quoi j'avais assisté – et j'étais prêt à parier qu'elle se lancerait dans une de ses diatribes contre sa mère et « sa dévotion aux fascistes qui veulent contrôler nos vies ». Même si je comprenais et approuvais sa colère, je n'avais aucune envie d'y faire face pour l'instant.

Je suis allé travailler. Douze heures de suite pour cent soixante-trois dollars, pourboires inclus. Mes pensées revenaient sans cesse à Elise et à ce qu'elle faisait dans cette clinique. Était-elle médecin ? Infirmière ? Assistante sociale ? Je me demandais comment toute cette horreur l'avait affectée, et si elle était harcelée comme moi par un traumatisme qui la paralysait sans crier gare. Cette semaine-là, j'ai fait des journées de seize heures derrière le volant, entrecoupées d'une pause de deux heures, ce qui m'a permis d'accumuler presque mille cent dollars. C'était toujours ça de pris pour la tranquillité financière. Le fait de ne rentrer chez moi que quelques heures la nuit me permettait également d'éviter tout contact avec ma femme, ce qui me paraissait absolument nécessaire. L'image de l'homme en flammes continuait à me hanter.

Après quatre-vingt-douze heures de conduite en six jours, j'ai décidé de m'accorder une journée de repos. J'ai dormi longtemps. Quand je me suis réveillé, il était tout juste midi. Agnieska avait laissé un mot pour me prévenir qu'elle était partie « faire ses bonnes œuvres »... quoi que ça veuille dire. Je me suis préparé du café. J'ai rallumé mon téléphone. Un SMS m'attendait :

Bonjour, Brendan, vous pouvez m'appeler ?

Mon instinct m'a soufflé de ne pas le faire. Je ne l'ai pas appelée. Mais je lui ai écrit :

Bonjour, Elise, qu'est-ce que je peux faire pour vous ?

La réponse a été immédiate :

Vous pouvez passer me chercher à 13 h 30 ? Je dois me rendre à Burbank. Ensuite, j'aurai besoin que vous reveniez me prendre à 20 heures. Possible ?

Possible. Envoyez-moi l'adresse.

Quand je l'ai reçue, je l'ai immédiatement tapée dans mon moteur de recherche.

916 Burbank Boulevard.

C'était un autre centre IVG.

9

JE N'AI PAS LE GOÛT DU RISQUE. Quand on a passé sa vie à choisir le chemin le plus sûr, à redouter ce qui pourrait arriver si on s'écartait de la routine pour poser le pied en eaux troubles, l'idée de mettre le cap sur un endroit potentiellement dangereux n'a rien de séduisant...

Pourtant, j'ai bel et bien pris la direction de Westwood. Conscient que je m'impliquais à nouveau dans l'histoire de la clinique de Van Nuys. C'était précisément ce que je voulais, ne serait-ce que pour en apprendre davantage sur ce vigile brûlé vif qui s'accrochait à mes pensées. Au fond de moi, je ne cessais de me dire : *Les quelques secondes qu'il a passées à me malmener lui ont peut-être coûté la vie.*

La foudre frapperait-elle à nouveau ? Je redoutais de conduire Elise droit au cœur du danger. Certes, j'avais beaucoup entendu ces derniers jours que tous les centres IVG de la région de Los Angeles avaient renforcé leur sécurité à la suite de l'attentat de Van Nuys, et je faisais de mon mieux pour trouver ce détail rassurant. Mais une autre partie de moi en avait assez de se laisser dominer par la peur.

Alors que j'approchais de chez Elise, une autre question m'est venue, insistante : pourquoi m'avoir contacté ? Pourquoi ne pas commander un Uber normalement et se laisser assigner un chauffeur par l'ordinateur tout-puissant ?

C'est la première chose que je lui ai demandée alors que nous nous éloignions du 1710 Malcolm Avenue.

« Je vous ai contacté parce que je m'en veux terriblement de vous avoir entraîné dans cet enfer. Vous allez bien ?

— Je suis vivant. Contrairement à ce vigile. C'était un ami à vous ?

— Un collègue. Je ne le connaissais pas très bien... Mais Jose m'a toujours eu l'air d'un homme bien. Je suis allée voir sa veuve. Felicia. Tout juste vingt-huit ans, et elle se retrouve avec deux enfants à élever seule. Un garçon et une fille, cinq et sept ans, trop jeunes pour comprendre pourquoi on a tué leur papa. Felicia m'a dit que Jose était obligé d'avoir trois emplois pour les faire vivre. Il n'avait pas d'assurance-vie, pas un sou de côté. Et même si elle travaille parfois dans un bar, elle ne peut pas faire beaucoup d'heures avec deux enfants à charge. Elle n'avait aucune chance de réussir à payer le loyer de leur petite maison à Lakeview Terrace ce mois-ci. Alors je l'ai fait pour elle... Mais ils finiront sûrement par se faire expulser si on ne parvient pas à réunir des fonds pour eux. Leur avenir s'annonce sombre. Si seulement j'avais les moyens de payer leur loyer pour l'année à venir...

— Je vous comprends.

— Je n'en doute pas. Depuis combien de temps faites-vous ce travail ? »

J'ai répondu à sa question – et à toutes celles qui ont suivi à propos de ma carrière de vendeur de fibre optique.

« À vous entendre, a-t-elle fait remarquer, on dirait que c'était juste un emploi, pas une passion.

— C'était un emploi, oui.

— Mais il y a bien quelque chose que vous aimez faire ?

— Et vous, vous aimez votre travail ?

— Je ne vous ai pas dit ce que c'était.

— Mais je vous emmène dans une autre clinique, n'est-ce pas ?

— Comment savez-vous que c'est une autre clinique ?

— On fait tous nos recherches, de nos jours. »

Je l'ai vue sourire dans le rétroviseur.

« Donc vous avez cherché l'adresse sur Internet, et vous avez tout de même accepté de m'accompagner. »

J'ai préféré lui répondre par une autre question :

« Vous êtes médecin, alors ?

— Pas du tout. Je suis professeure à la retraite.

— Professeure de quoi ?

— De français.

— Tiens, ce n'est pas courant. Quelqu'un qui parle français à L.A...

— Il y a une université par là, au bout de cette rue. Et ils ont un département de français. J'y ai enseigné pendant quarante ans.

— Vous avez déjà vécu en France ?

— Cinq ans, quand j'étais jeune. J'ai obtenu mon doctorat là-bas. C'était une autre époque.

— Vous n'auriez pas voulu y rester ?

— Je suis tombée amoureuse. Il vivait ici, alors je l'ai suivi. Par chance, un poste de professeur s'est libéré à l'UCLA. Et me voilà, quarante ans plus tard...»

Elle n'a pas achevé sa phrase.

« Où est votre mari en ce moment ? ai-je demandé.

— Il est mort il y a deux ans.

— Je suis désolé.

— Moi aussi. »

Il y a eu un bref silence.

« Donc vous enseignez le français dans ces cliniques ? »

Elise s'est mise à rire.

« Non, quelle idée ! Je suis bénévole.

— Comment ça ?

— Je suis ce qu'on appelle une "doula". Je passe du temps avec les femmes qui sont sur le point d'avorter et qui n'ont personne pour les soutenir.

— Un travail de charité, en somme.

— Du bénévolat. Je ne suis pas payée. Mais je n'aime pas l'idée d'appeler ça de la "charité".

— Quand vous étiez professeure à l'UCLA, ça devait être différent. C'est un bon plan, d'enseigner à l'université, non ? Il n'y a pas beaucoup d'heures, pas vrai ? »

Je l'ai vue se renfrogner.

« Juste par curiosité, ai-je ajouté d'un ton étrangement tendu.

— Six heures de cours par semaine, quatre mois de congé par an.

— Et vous étiez payée combien ?

— Ne parlons pas de ça.

— Pourquoi pas ? Je ne suis pas jaloux, je vous assure. C'est juste que je n'ai jamais discuté avec un professeur d'université. Je n'ai aucune idée de ce qu'ils gagnent.

— Pourquoi ça vous intéresse ?

— Tout m'intéresse. Je n'ai pas grand-chose à faire de mes journées, à part conduire. Alors quand les gens sont d'humeur bavarde – et c'est rarement le cas –, j'aime bien les entendre parler de ce qu'ils font.

— Ce que je faisais n'a pas grand intérêt.

— Pour moi, si.

— Et pourquoi ?

— Parce que ça m'évite de réfléchir à ce qui s'est passé la semaine dernière. Et parce que je vous emmène vers une autre clinique… et que ça me met mal à l'aise. Je ne sais pas dans quoi vous m'entraînez. J'ai peur de foncer tête baissée dans de nouveaux problèmes. »

Son expression s'était crispée.

« Changeons de sujet.

— Désolé, ai-je dit, conscient que j'avais bêtement franchi une limite invisible.

— Non, c'est à moi de m'excuser.

— Vous savez que j'ai un diplôme universitaire ? ai-je poursuivi comme si je n'avais pas entendu.

— En quoi ?

— Ingénierie électrique. »

Elle m'a demandé le nom de l'université, avant de hocher la tête en entendant la réponse.

« Ah oui, j'ai des collègues qui y travaillent.

— Mais pas en ingénierie électrique, je parie. Et je n'ai jamais étudié le français… »

La tension dans ma voix était revenue. Les mains serrées de toutes mes forces sur le volant, j'ai revu en pensée ce pauvre homme, Jose Fernandez, alors qu'il me tenait en joue avec son Taser avant d'être dévoré par les flammes.

Elise a dû se rendre compte de ce qui m'arrivait.

« Faites demi-tour, s'il vous plaît.

— Je vais bien.

— Non, vous n'allez pas bien. Et moi non plus.

— Je vous emmène à destination. À la clinique.

— Je veux rentrer chez moi, maintenant.

— Dites plutôt que vous n'avez plus confiance en moi.

— Je pense juste que vous êtes plus traumatisé par...

— Ne me dites pas ce que je ressens. Ne me dites pas si je suis en état de conduire ou non. Je peux conduire, d'accord ? Je conduis, un point c'est tout. »

J'ai écrasé l'accélérateur et monté à toute vitesse la bretelle de la 405. Circulation fluide. Tant mieux. J'ai atteint la voie rapide en un clin d'œil, mis le pied au plancher, allumé la radio. Musique classique. Le présentateur a annoncé qu'il diffusait un morceau de Beethoven. Je ne connais rien à Beethoven à part *pom-pom-pom-pom*. Ce n'était pas ça. Mais c'était tout aussi fort. Parfait. J'ai monté le son. Un coup d'œil dans le rétroviseur. Elise avait les yeux écarquillés et les lèvres très blanches. Elle a croisé mon regard, mais elle est restée de marbre, froide et silencieuse. Elle ne m'a pas dit de ralentir. Elle ne m'a pas dit de baisser la musique. Elle n'a pas fait de commentaire quand j'ai coupé trois files dans un crissement de pneus pour attraper la sortie de la 101 Sud. Ni quand j'ai enfreint je ne sais combien de lois et foncé à cent quarante kilomètres-heure dans une zone limitée à cent cinq. J'étais en train de risquer le peu que je possédais au monde. Si la police m'arrêtait, j'étais bon pour une amende monstrueuse et plusieurs points en moins sur mon permis, ce qui me coûterait probablement mon emploi. Mais les précautions, les responsabilités, les factures à payer... faire profil bas, se tenir à carreau... soudain, je m'en foutais. À force de zigzags sur l'autoroute, j'ai gagné huit minutes sur la durée du trajet estimée par mon GPS. Il n'y avait pas beaucoup de trafic. Ma prestation de kamikaze au volant d'une Prius pourrie ne m'a valu ni coup de klaxon ni doigt d'honneur. Et au moment de quitter la 101 pour m'engager sur Cahuenga, les rugissements de mon moteur presque couverts par le vacarme de Beethoven, je me suis surpris à penser : *Je suis invincible. Rien ne peut m'atteindre. Ma vie, là, tout de suite, n'a plus rien du sillon répétitif dans lequel je marche jour après jour. Je ne suis qu'élan.*

Des panneaux indiquaient le centre de Burbank. Puis Burbank Boulevard. Un complexe commercial, encore un. Cette ville n'est qu'un immense complexe commercial. Je suis entré dans le parking, ai balayé du regard les devantures. Un centre de santé. C'était sûrement là. J'ai accéléré une dernière fois avant de piler juste devant la porte d'entrée blindée. Derrière moi, Elise avait fermé les yeux, comme en attente de la collision qui mettrait fin à tout. Beethoven jouait toujours à plein volume. J'ai coupé le moteur, éteint la radio. Silence. Un long silence. Elise a inspiré profondément, plusieurs fois. Elle a ouvert les yeux, aussi pâle que si elle émergeait d'un cauchemar. Ce qui n'était sans doute pas loin de la vérité. Elle a tiré de son sac à main une nouvelle liasse de billets.

« Je ne veux pas de votre argent. »

Elle m'a ignoré. Les billets ont atterri sur le siège passager à côté de moi.

« Merci de votre rapidité, a-t-elle dit. Inutile de m'attendre. »

Elle est sortie de la voiture et s'est approchée de l'entrée à petits pas hésitants, à croire qu'elle redoutait une nouvelle explosion. Puis elle s'est arrêtée et a redressé les épaules, soudain résolue. Déterminée. Sans crainte.

Mais quand elle s'est retournée vers moi, j'ai lu quelque chose dans son regard. Ni colère ni ressentiment. De l'inquiétude. De l'inquiétude pour elle-même et pour moi.

J'ai hoché la tête. Ce que je voulais lui dire, je n'en avais aucune idée. Elle a tapé quelque chose sur le digicode. La porte s'est ouverte. Elle s'est glissée à l'intérieur.

La culpabilité m'a immédiatement envahi. *Espèce de fou furieux.*

J'ai agrippé le volant. Je me suis mis à pleurer. Il m'a fallu de longues minutes pour me calmer, pour être capable de regarder ce que j'avais en face de moi. Un bar à yaourts glacés, un magasin de donuts, une friperie. Et la clinique, qui se présentait comme un simple centre de santé… mais avec des barreaux à toutes les fenêtres, une porte lourdement blindée et un agent de sécurité armé d'une mitraillette en train de monter la garde.

Je me suis penché pour ramasser l'argent. Quatre-vingts dollars. Qu'est-ce qui n'allait pas chez cette femme ? J'ai sorti mon téléphone de ma poche, je lui ai écrit :

Revenez, SVP. Que je vous en rende la moitié.

Pas de réponse. J'ai posé le front sur mon volant et je me suis laissé aller une deuxième fois. Des sanglots incontrôlables. Puis, après quelques minutes, j'ai pu me reprendre. Assez, du moins, pour tourner la clé de contact et quitter ce foutu endroit.

Cinq minutes plus tard, *bing*.

Un message d'Elise.

Vous pouvez passer me chercher à 20 heures ? Même adresse.

J'ai fixé l'écran un long moment, en songeant : *Elle est encore plus tordue que moi.*

OK, ai-je écrit.

Elle m'a répondu un seul mot :

Courage.

10

Après l'avoir déposée, j'ai eu trois courses brèves. Suivies par une très longue : une femme asiatique qui logeait au Hilton de Beverly Hills et voulait que je l'emmène au magasin Armani de Rodeo Drive. Une fois dans ma voiture, elle m'a demandé si je pouvais la conduire de boutique en boutique. Je lui ai dit que là-bas elle irait facilement de l'une à l'autre à pied, mais elle a insisté pour que je la dépose devant chaque enseigne. Ça n'allait pas être facile, l'ai-je prévenue : les agents de circulation sur Rodeo Drive voyaient d'un mauvais œil les voitures garées en double file... surtout quand il ne s'agissait pas de limousines aux chauffeurs tirés à quatre épingles. Les chauffeurs Uber en particulier ne pouvaient espérer aucune indulgence de leur part. Cependant, j'avais suffisamment conduit dans ce quartier pour connaître quelques ruelles discrètes où je pourrais patienter sans grand risque qu'on me force à déguerpir. Ma passagère était filiforme, avec des vêtements de marque hors de prix et de grosses lunettes de soleil sur son visage pincé. Elle m'a donné son numéro de téléphone et m'a promis cent dollars de l'heure si je l'attendais devant chaque magasin au moment où elle franchissait le seuil. Nous avons mis en place un système : elle m'enverrait un message deux minutes avant de sortir.

« Attention, je ne tolérerai aucun retard, m'a-t-elle averti.

— Très bien, madame.

— Si je dois vous attendre plus d'une minute, ce sera dix dollars en moins pour vous. Compris ? »

Oh que oui, j'avais compris. L'argent confère aux gens le pouvoir d'exiger des choses qui ne devraient même pas entrer en ligne de compte, quitte à leur donner l'air désagréable et sans gêne. Mais j'avais l'occasion de gagner trois cents dollars en un après-midi... et sans verser le moindre centime à Uber. J'ai serré les dents et ravalé mon indignation.

« Ne vous en faites pas, madame. Je ne vous décevrai pas. »

Nous sommes arrivés chez Armani. J'ai éteint l'application Uber, trouvé une ruelle tranquille et fermé les yeux. Vingt-deux minutes plus tard... *bing.* Elle est sortie accompagnée par un grand type soigné, à la chemise noire impeccable ouverte jusqu'au sternum et au ventre incroyablement plat. Les trois sacs en papier qu'il portait ont fini dans mon coffre tandis qu'il toisait ma voiture d'un air dédaigneux.

« Birks, maintenant », a-t-elle annoncé.

Douze minutes sur place.

Bing.

J'ai rejoint Son Altesse en quatre-vingt-huit secondes. Un autre sac en papier. Direction Kate Spade.

Six minutes.

Bing.

Un camion d'éboueur bloquait la rue. J'ai klaxonné quatre fois, mais ce connard, en plus de refuser de bouger, prenait tout son temps pour trimballer ses poubelles. J'ai donné un long coup de klaxon. L'homme m'a soufflé un baiser et montré son majeur.

Je suis sorti de voiture.

« Je vais perdre une bonne course si vous ne me laissez pas passer. Soyez sympa, merde. »

Il a haussé les épaules. Puis il a semblé réfléchir. Et il a changé d'avis, déplaçant son camion d'un mètre sur la gauche pour me donner tout juste la place de passer. Je lui ai adressé un petit signe de tête, paniqué. D'après mon téléphone, il me restait trente-quatre secondes avant de voir dix dollars s'envoler. J'ai pris un virage serré pour revenir sur Rodeo. Trente et une secondes plus tard, je m'arrêtais devant la femme. Elle avait deux sacs à la main et l'air mécontent.

« C'était juste, a-t-elle sifflé en montant à l'arrière après que j'ai rangé ses achats dans le coffre.

— Prochaine étape, madame ? » ai-je demandé, tout sourire. Je l'ai déposée devant Louis Vuitton, Tiffany, G-Star, Ralph Lauren... Quand nous sommes retournés à son hôtel, à 18 h 32, mon coffre contenait dix-sept sacs. Un portier les a chargés sur un chariot pour les emmener à l'intérieur. Quant à elle, elle a ouvert son sac à main – qui coûtait sans doute un bon millier de dollars – et en a tiré trois billets de cent tout neufs.

« Merci, madame. »

Tandis qu'elle s'éloignait sans un mot, on a toqué à ma vitre. Un agent de sécurité.

« Allez, dégagez, maintenant. »

J'ai dégagé. Je suis allé me garer dans une petite rue près de Wilshire Boulevard. J'avais trois cent quatre-vingts dollars en poche... et une heure vingt pour retourner à Burbank. La circulation était dense et bloquée. J'ai rallumé l'appli Uber. C'était l'heure de pointe, où les tarifs sont majorés de cinquante pour cent. Coup de chance, un couple qui logeait dans un Holiday Inn Express au nord de Highland Avenue voulait se rendre à l'aéroport de Burbank. Quarante-six dollars. J'aurais tout juste le temps de les déposer au terminal et de foncer à la clinique pour arriver à l'heure.

À 19 h 42, j'ai envoyé un message à Elise en quittant l'aéroport pour la prévenir que j'étais en chemin. Puis à 20 heures pile pour lui dire que j'étais garé en face. La porte de la clinique s'est ouverte et Elise est sortie, l'air nerveux et épuisé. Elle est montée en toute hâte à l'arrière de ma voiture.

« Je vous ramène chez vous ? »

Un hochement de tête. J'ai tiré de ma poche de chemise les quatre-vingts dollars qu'elle m'avait laissés plus tôt et je les lui ai tendus.

« Qu'est-ce que vous faites ?

— C'est beaucoup trop, et puis j'ai agi comme un dingue tout à l'heure.

— Gardez cet argent.

— Je n'en veux pas.

— Mais si. Parce que vous en avez besoin. Et parce que vous le méritez. Alors gardez-le, s'il vous plaît. »

Ce ton de maîtresse d'école... Il m'angoissait. C'était la voix de l'autorité.

« J'insiste, Brendan.

— D'accord, mais le trajet de retour est inclus.

— Si vous y tenez.

— J'y tiens. »

Le silence est retombé. J'ai démarré la voiture. Nous sommes partis. Une fois sur l'autoroute, elle a demandé :

« Vous vous sentez mieux ?

— J'ai survécu à la journée.

— C'est une bonne nouvelle.

— Pourquoi m'avoir recontacté après que j'ai essayé de nous tuer tous les deux ?

— Parce que je m'en veux. De tout ce que vous avez subi la semaine dernière.

— C'est moi qui ai choisi de le subir. J'ai choisi de m'impliquer.

— Donc je me sens encore plus coupable. Aucune bonne action ne reste impunie, comme on dit... Ça ne m'étonne pas que vous soyez toujours sous le choc. Mais quand vous avez accéléré, j'ai bien vu que vous n'essayiez pas de nous tuer. Vous conduisiez parfaitement bien. Juste très vite.

— Peut-être que j'aurais voulu me tuer. Et que je ne l'ai pas fait parce que vous étiez là, à l'arrière.

— Dans ce cas, je suis contente d'avoir été là. Mais je crains d'avoir provoqué cette crise en vous demandant de me conduire à cette nouvelle clinique.

— Ça fait un moment que je pense à en finir.

— Qu'est-ce qui vous en a dissuadé jusqu'ici ?

— La peur du néant. »

Je lui ai lancé un regard dans le rétroviseur. Elle avait le visage tendu, comme si elle se retenait de pleurer.

« J'ai dit quelque chose qu'il ne fallait pas ? ai-je demandé. Peut-être que je suis trop joyeux pour vous. »

Elle a eu un petit rire. Comme un défi à la tristesse qui l'habitait. Puis elle a ouvert son sac à main et y a pris un mouchoir en papier dont elle s'est tamponné les yeux.

« La vie a été un peu trop difficile ces derniers temps, c'est tout. Affreuse, plutôt. Je ne parle pas seulement de Jose. C'est comme si plus rien n'allait dans ce monde. Enfin, maintenant c'est moi qui suis trop joyeuse pour vous... »

J'ai souri.

« Dure journée ?

— Très dure. La jeune femme que j'ai accompagnée avant son avortement... elle a vingt-quatre ans. Étudiante à l'USC. Elle a été droguée et violée par un camarade de classe, un garçon qu'elle connaît depuis plus d'un an et qu'elle considérait comme un ami. Elle l'a dénoncé à l'université, qui a prévenu la police. Le garçon a été arrêté, interrogé... puis relâché. D'après les policiers, comme elle l'avait invité chez elle, il a très bien pu se méprendre sur ses intentions. »

Vingt-quatre ans. Le même âge que Klara.

Non, je ne devais pas penser à des choses pareilles.

« Est-ce qu'elle lui a dit "non" ? Parce que non, c'est non. Pas de doute possible.

— Elle le voyait comme un ami. Elle l'a invité à boire un verre. Ils ont ouvert une bouteille de vin, elle est allée aux toilettes et il en a profité pour glisser quelque chose dans son verre. À son retour, il a suffi de deux gorgées pour l'assommer complètement. Elle s'est réveillée plusieurs heures après, à moitié nue... et elle a compris qu'il avait couché avec elle. Elle était tellement traumatisée qu'elle a passé les jours suivants sans voir personne, à envisager de se suicider. Ce n'est qu'au bout de deux jours qu'elle a pensé à prendre la pilule du lendemain, parce qu'elle n'était pas sous contraceptif. C'était trop tard.

— Elle était enceinte de combien, aujourd'hui ?

— Dix semaines. Ses parents viennent de Scottsdale, en Arizona. Riches, conservateurs... et très pro-vie.

— Est-ce qu'elle avait des doutes ?

— Non. Elle savait qu'il fallait qu'elle avorte. Elle veut des enfants, oui, mais pas à son âge, et pas à la suite d'un viol. Elle était très déterminée au début de l'opération. C'est ensuite, dans la salle de repos, que ç'a été très dur. Pas parce qu'elle avait des regrets, mais parce que le traumatisme de ce qu'elle a subi l'a heurtée de plein fouet. Un désespoir, une souffrance absolue... sans personne de sa famille ni aucun ami pour la soutenir. J'avais énormément de peine pour elle.

— Où est-elle, maintenant ? »

Si elle était toujours à la clinique, nous pouvions faire demi-tour et la ramener chez elle.

« Elle est partie cinq minutes avant moi. Je lui avais proposé de la raccompagner, mais elle a insisté pour rentrer seule. J'avais beau ne pas être d'accord, je n'ai pas le droit de lui imposer quoi que ce soit, légalement ou moralement. Tout ce que je pouvais faire, c'était lui répéter qu'elle serait mieux en compagnie de quelqu'un. Et elle a choisi de ne pas m'écouter. Alors... »

Elle s'est affalée contre le dossier en fermant les yeux, le corps parcouru d'un frisson.

« Excusez-moi, a-t-elle repris. Je ne devrais pas parler boutique avec vous.

— Pourquoi pas ? Je vous écoute. Le travail que vous faites... ce n'est pas banal.

— On peut le dire comme ça.

— Vous allez dans combien de cliniques par semaine ?

— Deux ou trois. En ce moment, j'envisage de passer à quatre, ou peut-être même cinq. Si on a besoin de moi. J'ai du temps libre. Et ce que je fais compte beaucoup pour les gens que j'accompagne.

— Mais si vous accompagnez des femmes plusieurs fois par semaine, vous devez dépenser une fortune en Uber. Au moins deux cents, trois cents dollars toutes les semaines... Ça fait beaucoup pour une ancienne professeure. Vous touchez une retraite, je suppose ?

— Oui, je touche une retraite. Mon mari était avocat en droit du travail et, même s'il ne gagnait pas des mille et des cents, il a eu la présence d'esprit de mettre suffisamment d'argent de côté pour nos vieux jours. Je ne roule pas sur l'or, je vous assure. Mais comparé à la plupart des gens... disons que, si je fais attention et que je vis modestement, je pourrai finir ma vie sans m'inquiéter de tomber dans l'indigence.

— Autrement dit, vous ne risquez pas de vous retrouver à la rue, c'est ça ?

— Oui, c'est ça.

— Vous en avez, de la chance.

— Je sais. Vous pourriez vous retrouver à la rue, vous ? »

J'ai hésité, avant de choisir mes mots avec précaution.

« Tant que je pourrai faire ce travail, on aura un toit. Mais alors, ai-je ajouté, désireux de changer de sujet aussi vite que possible, c'est votre association qui finance vos trajets ?

— Oui, ils couvrent les frais de transport des doulas, que ce soit en Uber ou en essence pour celles qui conduisent elles-mêmes. Mais ma vision n'est plus ce qu'elle était et, après la mort de mon mari, j'ai fini par admettre que prendre le volant à Los Angeles sera toujours un cauchemar. Voilà pourquoi je suis ici, dans votre voiture. Et je pense qu'on devrait s'arrêter manger quelque part.

— Mais on sera chez vous dans vingt minutes.

— J'ai envie de vous payer à dîner.

— Il faut que je travaille.

— On travaille mieux le ventre plein, non ? »

Dans les faits, je n'avais rien mangé depuis midi. Il était presque 20 h 30. Et puis, par rapport à d'habitude, j'avais gagné une fortune ce jour-là.

« D'accord, mais c'est moi qui invite, ai-je dit.

— C'était mon idée. Vous paierez la prochaine fois. »

À condition qu'il y ait une prochaine fois, ai-je pensé. J'étais fatigué. Et affamé, aussi.

« Bon, j'accepte. C'est très gentil de votre part. »

Elle m'a donné l'adresse d'un restaurant italien près du Hammer Museum, en plein cœur de Westwood. Il était tard pour dîner à L.A. Il ne restait qu'une poignée de clients dans la salle aux murs de pierre décorés de lierre et de vigne, qui évoquait une villa sur la Méditerranée – ou l'idée que je m'en faisais, du moins, moi qui n'avais jamais mis les pieds en Europe ni où que ce soit d'autre. Je ne possédais même pas de passeport.

Ce restaurant avait du style, et une clientèle assortie. On était loin du luxe tape-à-l'œil des endroits hors de prix où je déposais parfois des clients, dans les quartiers de Venice, Santa Monica ou West Hollywood ; il y régnait plutôt une sorte de confort détendu. Je me sentais minable avec mes vêtements bon marché. La première chose que j'ai faite a été d'aller aux toilettes pour me laver les mains et le visage, encore et encore, et tenter de me rendre plus présentable. En revenant, j'ai ouvert le menu et constaté qu'une assiette de pâtes coûtait entre dix-huit et vingt-six dollars. Mon désarroi a dû se peindre sur mon visage, parce que Elise a dit d'un ton rassurant :

« Je peux me le permettre. Et on l'a bien mérité. Vous avez tort de croire que vous n'êtes pas à votre place ici. »

Elle lisait dans les pensées, maintenant ?

J'étais mort de faim, comme souvent après une journée entière à travailler le ventre vide. J'ai commandé des pâtes à la forme tarabiscotée avec une sauce à la viande. Puis j'ai laissé Elise me convaincre de prendre un verre de vin rouge. L'aisance avec laquelle elle s'est adressée au serveur montrait qu'elle avait fréquenté ce genre d'endroit huppé toute sa vie... même si je devinais que son affection pour ce restaurant en particulier tenait justement à sa simplicité.

« Généralement, je fais mes propres repas. J'ai quelques amis que je vois de temps à autre, pour un dîner ou pour un concert au Royce Hall. Une fois par mois, je vais écouter l'orchestre philharmonique de L.A. au centre-ville. J'ai un abonnement. Et j'essaie d'aller au cinéma au moins une fois par semaine. Une vie paisible, en somme.

— Vous avez des enfants ?

— Une fille, qui vit à New York. On ne se voit pas souvent. Elle préfère. Je ne devrais peut-être pas vous raconter tout ça.

— Juste une fille ?

— J'ai fait deux fausses couches avant qu'elle naisse. Alison a été une sorte de miracle.

— Ma fille aussi pourrait prétendre à ce titre. »

Je lui ai raconté comment nous avions perdu Karol à neuf mois, et les longues années qu'il avait fallu à Agnieska pour concevoir à nouveau.

« La mort d'un enfant... C'est la pire chose que je puisse imaginer. Comment avez-vous fait pour vous en remettre, vous et votre femme ? »

J'ai gardé les yeux baissés sur la nappe.

« Je crois qu'on n'a jamais réussi. »

Notre vin est arrivé, et nous avons levé nos verres sans un mot. J'ai bu une petite gorgée. Il était bon.

« D'après ma femme, si elle a pu retomber enceinte, c'est parce qu'elle est allée à Lourdes.

— C'est ce que vous croyez, vous aussi ?

— Je voudrais avoir la foi, mais je n'arrive pas à la trouver. Même quand Klara est née, et qu'elle a grandi sans encombre...

— Elle a quel âge, maintenant ?

— Vingt-quatre ans. Elle habite ici, à Los Angeles. Elle est assistante sociale auprès de femmes battues.

— Un travail important.

— Et difficile. Comme le vôtre. »

Elle a haussé les épaules.

« Vous êtes proches ?

— Oui, très.

— Vous devez être un bon père.

— C'est à Klara qu'il faut le demander. Mais vous savez, toutes ces conversations que ma femme a eues avec Dieu, son voyage en France, les statues qu'elle a touchées, ses prières dans un lieu réputé pour ses miracles... Qu'est-ce qui me dit que ça n'a pas aidé ? »

Elise a réfléchi un moment tout en sirotant son vin.

« Vous avez raison, impossible d'en être sûr. Ça me rappelle une réplique de film. Un personnage disait, en parlant de la prière : "La foi est l'antithèse de la preuve logique." Mais ça reste la foi. Pour beaucoup de gens, c'est suffisant.

— Pas pour vous ?

— J'ai grandi sur la côte Est, chez les épiscopaliens. Des anglicans de la vieille école, très méditatifs, très libéraux. Pour eux, la foi n'a pas besoin de fournir toutes les réponses : ils acceptent sans peine l'ambiguïté de ce qui se trouve au ciel. Mais ça ne plaît pas à tout le monde. Après tout, l'un des moteurs les plus puissants de la foi est le besoin de certitudes dans un univers où tout est incertain. Est-ce qu'il y a des réponses ? Les fondamentalistes pensent que oui. Tout comme le jeune homme qui nous a lancé cette bombe la semaine dernière. Et comme ceux qui l'ont envoyé – parce qu'il a forcément été envoyé par d'autres gens. »

Elle a bu une gorgée de vin avant de demander :

« Je peux vous raconter une histoire ?

— Je ne dis jamais non à une histoire. »

Elle m'a alors parlé d'une de ses cousines du Connecticut. Susan était à présent une évangéliste pure et dure, mais elle n'avait jamais semblé avoir la fibre religieuse avant le drame qui avait bouleversé son existence. Un soir, elle s'était disputée avec son mari, un homme frustré par son métier d'avocat et par leur vie de famille banale ; il était parti en claquant la porte après avoir annoncé qu'il allait chercher leurs deux fils à leur atelier de scoutisme. Susan avait pensé que c'était une bonne idée et que la présence de ses enfants le calmerait. Après avoir récupéré Charlie et Jack, son mari s'était engagé sur l'Interstate 95, entre Fairfield et Westport. Il avait mis le pied au plancher, roulant à cent quatre-vingts kilomètres-heure. Et il avait délibérément conduit sa Volvo droit dans un mur séparant la route d'une station-service. Tous les trois étaient morts sur le coup. La cousine d'Elise avait failli devenir folle. Plus tard, internée dans un hôpital psychiatrique de Stamford après une tentative de suicide médicamenteux, elle lui avait confié que la dernière chose qu'elle avait dite à son mari, au plus fort de leur dispute, avait été : « Si tu n'es pas heureux, tu n'as qu'à te suicider. » Les années suivantes avaient été une véritable descente aux enfers. La petite entreprise de comptabilité de Susan avait fait faillite. Elle s'était mise à boire et à se droguer avec toutes sortes de médicaments. Elle avait été arrêtée plusieurs fois pour conduite en état d'ivresse. Quatre ans après le drame, alors qu'elle venait de vendre sa maison pour payer ses dettes, l'un de ses anciens associés l'avait emmenée dans l'église qu'il fréquentait à Fairfield. La coutume voulait que les nouveaux venus se lèvent à la fin de la messe pour se présenter en quelques phrases. À son tour, Susan avait ouvert la bouche pour dire son nom… et son terrible récit lui avait échappé d'une traite, sans qu'elle puisse s'interrompre.

« La foule a adoré, a soupiré Elise. La tragédie, la culpabilité écrasante, cet appel au secours depuis le fond de l'abîme… Tout ça au milieu de centaines de personnes persuadées qu'il existe un pouvoir divin de rédemption. Elle est tombée à genoux, transportée. Elle a accepté Jésus en sauveur et maître. Et elle a rejoint cette communauté qui lui promettait sa propre version d'une vie heureuse. »

Elle s'est tue un moment, avec une grimace, comme si elle avait un goût désagréable dans la bouche.

« Je vous demande pardon pour ce dernier commentaire. C'était beaucoup trop mesquin, presque méchant. En réalité, la conversion de ma cousine au christianisme évangéliste lui a sans doute sauvé la vie. Il lui a fallu encore un peu de temps, bien sûr. Elle est allée aux Alcooliques anonymes, elle a suivi un catéchisme intensif, elle a rebâti son entreprise. Et comme on pouvait s'y attendre, elle a rencontré quelqu'un dans sa congrégation. Ralph travaille comme responsable des ventes dans un énorme laboratoire pharmaceutique, mais c'est le type le plus sympathique et le plus attentionné du monde… même s'il passe ses journées à distribuer des stupéfiants dans tout le pays. Et voilà, je recommence avec mes sarcasmes…

— Sacrée histoire », ai-je commenté d'une petite voix.

Elle a tout de suite compris mon malaise.

« Si je vous ai raconté ça, ce n'est pas pour vous culpabiliser de la vitesse à laquelle vous avez conduit cet après-midi. Vous saviez ce que vous faisiez, je l'ai bien senti. Vous montriez tous les symptômes du stress post-traumatique, mais vous n'essayiez pas de vous tuer.

— N'empêche, il aurait suffi d'un faux mouvement ou d'une autre voiture qui décide de changer de file pour qu'on ait un accident. »

Elise a siroté son vin d'un air pensif avant de répondre :

« J'étais peut-être dans un de ces états où je tombe régulièrement depuis l'attentat à la clinique et la mort de Jose… À me demander : si je devais disparaître maintenant, est-ce que ce serait si terrible ? »

J'ai évité son regard. Elle venait de mettre des mots sur ce que je ressentais si souvent depuis quelque temps.

Nos plats sont arrivés.

« Étant donné les circonstances, je propose qu'on se passe du bénédicité, a annoncé Elise. Je vais juste vous souhaiter *bon appétit*. »

J'ai goûté mes spaghettis classieux dans leur sauce luxueuse. Un vrai délice. Le serveur a râpé du parmesan directement dessus, ce qui les a rendus encore meilleurs. La portion n'était pas énorme – j'étais habitué à ce qu'Agnieska me serve en grosse quantité. Mais c'étaient les meilleurs spaghettis que j'aie jamais mangés.

« Ça vous plaît ? a demandé Elise.

— Beaucoup. Merci. »

Après quelques minutes passées à déguster nos plats, j'ai repris la parole.

« Vous pensez que votre cousine se remettra un jour de ce qui lui est arrivé ?

— Elle affirme qu'elle a "fait son deuil". À mon avis, c'est pour se rassurer qu'elle dit ça. On ne se parle pas beaucoup. Comme disait mon mari, il y a des gens avec qui il vaut mieux garder nos distances, même s'ils font partie de la famille. Parce qu'ils ont un don pour nous énerver et nous mettre mal à l'aise.

— Votre mari était quelqu'un d'intelligent.

— C'est le moins qu'on puisse dire. Et il supportait ma mauvaise humeur face à la stupidité humaine. Je crois que c'est mon plus gros défaut : les imbéciles m'exaspèrent... et je ne sais pas tenir ma langue.

— Mais ça ne l'empêchait pas de vous adorer.

— C'est peut-être un peu exagéré.

— Il vous trouvait insupportable, alors ? »

Elle a souri.

« Parfois, oui, je crois bien. Mais seulement quand j'étais dans un état de profond conflit avec le monde. C'était un homme très patient.

— Et vous, vous étiez patiente ?

— Vous en posez, des questions.

— À force de véhiculer des gens toute la journée...

— Il s'appelait Wilbur. Un nom très laid, je sais, mais on ne lui avait pas donné le choix : son tyran de père se nommait Wilbur Senior... Mon mari était un homme complexe. On s'est rencontrés à Harvard.

— Vous avez étudié là-bas ? Vraiment ?

— À Radcliffe. C'est comme ça qu'on appelait la partie de Harvard réservée aux jeunes femmes, à mon époque. Mais oui, c'était bien Harvard. Wilbur a été mon premier amour. On s'est rencontrés pendant notre deuxième année et on est restés ensemble trois ans, jusqu'à ce qu'il soit pris à l'école de droit, et moi dans le programme doctoral de la Sorbonne, à Paris. Il voulait m'épouser... mais j'ai choisi Paris. Wilbur a accepté ma décision avec stoïcisme, même si j'ai bien vu que je lui brisais le cœur. Je sais que c'était le bon choix. J'avais besoin de liberté, besoin de fuir la régularité de la vie américaine. Et puis je n'étais pas prête à me consacrer à un seul homme pour le restant de mes jours. Paris m'a offert beaucoup de possibilités pour remédier à tout ça.

— Et pourtant, vous avez fini par vous marier.

— J'ai eu plusieurs petits amis au cours de ces cinq années. Et puis, quelques mois avant que je quitte Paris, j'ai reçu une lettre de Wilbur. Il avait fini son école de droit deux ans plus tôt, et il avait déménagé à Los Angeles pour travailler dans un cabinet d'avocats connu pour son progressisme et ses actions contre l'*establishment*. Il me demandait s'il pouvait me rendre visite en France. J'ai dit oui. Et... »

Subitement, ses yeux brillaient de larmes. Parler de son mari décédé semblait encore difficile pour elle.

« Il doit terriblement vous manquer », ai-je dit.

Elle s'est mordu la lèvre, les paupières closes. Puis elle s'est emparée d'un mouchoir dans son sac à main et s'est essuyé les yeux.

« À chaque heure qui passe, oui... Comme dans tous les mariages, bien sûr, nous avions nos désaccords. Mais Wilbur était un homme bien. Je n'aurais jamais imaginé venir habiter Los Angeles, moi qui ne jurais que par la côte Est. Pourtant, je me suis adaptée. J'en suis même arrivée à aimer vivre sous ce ciel perpétuellement bleu. Enfin... Qu'est-ce qui me prend de déblatérer comme ça sur ma petite personne ?

— C'est très intéressant.

— Vous êtes beaucoup trop gentil, Brendan.

— Il n'y a pas de mal à ça, si ? Et votre fille ? Alison, il me semble... »

Elise m'a expliqué qu'Alison avait suivi les traces de ses parents à Harvard. Mais ensuite, dans un acte de rébellion, elle avait rejoint Wall Street pour devenir un petit génie des fonds de placement. Elle appartenait aux maîtres de l'univers, maintenant. Une véritable « adepte du darwinisme social », pour reprendre les termes d'Elise. Elle faisait des dons au Parti républicain, elle avait même voté pour Trump. Sa mère et elle ne se parlaient pas beaucoup, surtout depuis une grosse dispute politique qu'elle avait eue avec son père un an avant sa mort. C'était d'une tristesse... Mais quand on avait diagnostiqué à Wilbur un cancer du pancréas en phase terminale, Alison n'avait pas hésité à tout laisser en plan pour revenir vivre chez ses parents pendant plusieurs semaines, à régner sur son empire depuis leur modeste salon...

« Le même salon où elle avait grandi, n'est-ce pas ?

— On avait une maison, au début, pas très loin de là où j'habite maintenant. Mais quand Alison est partie à New York, il y a bientôt quinze ans, pour ne pratiquement plus revenir, Wilbur et moi avons décidé d'emménager dans un appartement. Avec une chambre d'amis au cas où elle daignerait nous rendre visite. Enfin, je dis ça, mais elle a été là pour son père quand il n'avait plus que quelques semaines à vivre.

— Et maintenant, vous ne la voyez pas plus souvent ?

— Les relations mère-fille, c'est quelque chose. Et on a toujours eu une dynamique compliquée. Elle me voit comme une socialiste enragée, je la vois comme une ploutocrate sans cœur, mais ce n'est pas tout. J'ai l'impression qu'on n'a pas vraiment d'affection l'une pour l'autre. C'est terrible à dire, mais c'est un fait.

— Je vois très bien de quoi vous parlez. Ma fille Klara est le centre de ma vie, mais entre sa mère et elle... je ne sais pas quoi faire.

— Au moins elle vous a, vous. Et vous l'avez, elle. Et aussi votre femme…

— Je ne sais pas quoi faire pour elle non plus. On est mariés, mais notre mariage est fini depuis longtemps… Si vous voyez ce que je veux dire. Et ce n'est pas seulement sa faute. C'est comme si on s'était perdus. »

Bing. Un message. Je l'ai ignoré : il est discourtois de regarder son téléphone à table. Mais un deuxième est arrivé presque aussitôt.

« Ne vous gênez pas pour moi, a dit Elise, c'est peut-être important. »

J'ai jeté un regard à l'écran. L'un des messages était de ma fille :

Je viens de rentrer du boulot, tu passes me voir ?

Dans une petite heure, ai-je répondu. Tout va comme tu veux ?

La vie ne va jamais comme on veut. Mais je m'en sors. J'ai juste envie de boire une bière avec mon papa. Si tu en as envie, toi.

J'ai esquissé un sourire.

« Bonne nouvelle ? a demandé Elise.

— Ma fille m'invite à boire une bière. »

Je l'ai vue se détourner légèrement pour masquer sa tristesse.

« Vous en avez, de la chance. »

11

KLARA VIVAIT À ECHO PARK, dans une grande rue bordée de maisons modernes sans attrait particulier. Comme ses quatre colocataires, elle payait six cents dollars par mois pour partager un quatre-pièces dans un bâtiment qui ressemblait à un motel. Quinze ans plus tôt, Echo Park avait une réputation de quartier mal famé : insalubre, sillonné de gangs, dangereux. À présent, on y trouvait surtout des jeunes professionnels et des artistes obligés de vivre en colocation pour payer des loyers excessifs. Klara y avait emménagé l'année précédente, après avoir obtenu son diplôme à l'université de Santa Cruz. J'étais fier que ma fille, diplômée avec mention d'une des meilleures universités de Californie, choisisse de travailler dans les œuvres sociales – même si, au fond, j'aurais préféré qu'elle aille en école de droit comme elle avait envisagé de le faire. La moindre mention de ce sujet mettait aussitôt Klara sur la défensive, bien sûr : elle m'accusait de vouloir la pousser vers la « sécurité », exactement comme mon père l'avait fait avec moi. Je l'entendais encore m'affirmer :

« La sécurité, ça ne m'intéresse pas, papa. Et je sais que tu rêves de t'en échapper, toi aussi. »

Elle n'avait pas tort – et, même dans le cas contraire, elle refuserait de l'admettre. Une fois qu'elle se sentait acculée, Klara mettait un point d'honneur à s'arc-bouter sur ses convictions. Deux ans plus tôt, par exemple, elle avait fréquenté un motard qui se disait artiste, ne rêvait que d'ouvrir son propre salon de tatouage, et me semblait avoir à peu près autant de talent que la bécane qu'il chevauchait en permanence – sans parler de son air perpétuellement revêche. Klara était dingue de lui. Le jour où Agnieska l'avait rencontré, elle avait frôlé la crise de nerfs et, après son départ, elle avait sermonné Klara à grands cris sur son mauvais goût en matière d'hommes. Ce qui, bien évidemment, n'avait fait que la pousser encore plus loin dans les bras de ce bon à rien. Ils étaient restés ensemble huit longs mois, au terme desquels elle avait appris qu'il la trompait avec une collègue tatoueuse. Ravi que cet imbécile ait si bien réussi à annihiler tous les sentiments que Klara avait pour lui, j'avais de mon côté convaincu Agnieska de ne pas se lancer dans le grand discours moralisateur auquel elle se livrait chaque fois que quelqu'un essuyait une défaite après avoir refusé de l'écouter. Klara avait fait preuve d'une maturité et d'une finesse exemplaires au moment de mettre ce type à la porte. Pour moi, c'était le signe que l'adolescente rebelle se muait enfin en une jeune femme rationnelle et réfléchie. Mais je me faisais encore du souci pour elle, surtout depuis que le refuge pour femmes battues dans lequel elle travaillait avait subi une intrusion. C'était arrivé quelques mois plus tôt : l'agent de sécurité s'était éloigné de la porte deux minutes pour aller aux toilettes, ce qui avait suffi à un homme pour entrer. Il était incroyablement violent, furieux qu'on ait osé recueillir son épouse. Armé d'un pistolet, il avait menacé de tirer sur le personnel – jusqu'à ce que le vigile revienne, juste à temps pour lui abattre la crosse de son fusil sur le crâne.

« On ne le crie pas sur les toits, mais beaucoup d'hommes nous en veulent terriblement d'avoir soustrait leurs victimes à leur violence. Une violence qu'ils refusent de reconnaître, comme la plupart des agresseurs. Mais la sécurité a encore été renforcée depuis », avait ajouté Klara devant mon inquiétude.

Il en fallait bien davantage pour me rassurer, surtout depuis que j'avais été témoin de l'attentat au centre IVG. Toutes ces pensées ricochaient encore dans ma tête au moment où je me suis garé devant chez Klara. Une règle tacite s'était établie entre nous : nous étions toujours là pour nous soutenir mutuellement, mais nous n'avions pas besoin de confier à l'autre tous les détails de nos vies respectives. Pour un père, ce n'était pas un principe facile à respecter. Mais à force de me demander s'il fallait que je lui raconte ce qui m'était arrivé à Van Nuys, j'ai fini par décider de me taire, du moins pour le moment. Ce n'était pas pour la maintenir dans l'ignorance, non ; j'avais peur qu'elle ne me félicite pour mon « activisme », alors que ça n'avait rien à voir avec de l'activisme. Et surtout, je craignais qu'elle n'en parle à sa mère la prochaine fois que celle-ci l'appellerait, juste pour lui taper sur les nerfs. Même si je lui disais que c'était un secret, elle ne résisterait probablement pas à la tentation d'utiliser cette information pour provoquer Agnieska, dont elle méprisait tant la foi que les opinions politiques. Je n'avais aucune envie que ce drame devienne un sujet de conflit familial.

Le bâtiment dans lequel elle vivait sur North Beaudry Avenue était situé derrière un haut mur de béton. Tout en sortant de ma voiture, je lui ai écrit :

Je suis là.

J'arrive, a-t-elle répondu du tac au tac.

Une poignée de secondes plus tard, la porte s'est ouverte. Klara, une bouteille de bière dans chaque main, semblait avoir perdu encore deux ou trois kilos depuis la dernière fois que je l'avais vue il y a quinze jours. Elle avait également l'air de planer complètement. Derrière elle, un vacarme de musique s'échappait des fenêtres ouvertes de sa maison.

« Salut, papa ! a-t-elle lancé avant de me serrer dans ses bras. Je t'offre une IPA ?

— Où est-ce que tu veux la boire ?

— Sur mon porche. Enfin, si le heavy metal et l'odeur de weed ne te dérangent pas.

— C'est légal en Californie, ai-je dit en la suivant dans le jardin. Et ça fait trois ans que tu es assez grande pour consommer, alors, tant que tu ne te défonces pas au volant, ça ne me regarde pas.

— Mais tu t'inquiètes quand même de savoir si je conduis défoncée. »

L'ameublement du porche laissait à désirer : une vieille table couverte de peinture et de graffitis, deux chaises en métal tordues, un cendrier enfoui sous les mégots et quelques bouteilles de bière vides. De puissantes basses résonnaient à l'intérieur, où une petite foule semblait rassemblée dans le salon – une pièce qui, quand je l'avais visitée, comportait très peu de meubles et un assortiment de matelas étalés sur le sol. J'ai accepté la bouteille tendue par Klara, que j'ai troquée contre une cigarette.

« Si maman nous voyait échanger des pipes à cancer et des bières alors que tu conduis... a-t-elle commenté.

— J'en bois une, pas plus. »

Il s'était passé près d'une heure et demie depuis que j'avais fini mon verre de très bon vin italien. Tant que je me limitais à une seule bouteille de cette bière artisanale, je ne prenais aucun risque.

« Peut-être, mais maman cherche toujours des péchés originels à me coller sur le dos.

— Les cigarettes, l'alcool et les joints... On est plutôt loin du péché originel, ai-je fait remarquer.

— Et pourtant, à ses yeux, tout le monde est en état de disgrâce permanent.

— C'est sa façon à elle de se rendre malheureuse.

— Et toi, tu la supportes.

— Ne parlons pas de ça, tu veux ?

— Papa, tu sais très bien qu'elle n'est jamais contente de moi. Elle ne l'a jamais été et elle ne le sera jamais. Parce que je lui rappellerai toujours son cher premier enfant mort, son fils adoré. Moi, je suis la fille qu'elle n'a jamais voulue.

— Ne dis pas ça.

— Pourquoi ? C'est vrai, non ? Même si c'est triste. Mais c'est comme ça qu'elle me voit : comme un enfant de consolation auquel elle ne s'est jamais attachée.

— C'est un peu plus compliqué que ça. Quand tu auras des enfants...

— Je n'aurai jamais d'enfants.

— Oui, tu me l'as déjà répété plein de fois. Mais admettons qu'un jour tu en aies...

— Ça n'arrivera pas, je te dis.

— D'accord, d'accord, j'ai compris, je n'essaie pas de te faire changer d'avis. Sache juste ça : être parent, c'est se faire du souci en permanence.

— Être un bon parent, peut-être. Contrairement à maman.

— Elle t'aime à sa manière, tu le sais.

— N'importe quoi.

— Ça se passe bien, au boulot ?

— On subit des coupures budgétaires sans arrêt. Je ne voulais pas t'inquiéter – enfin, pas plus que d'habitude – mais, il y a un mois, ma cheffe m'a dit que comme j'étais la dernière recrue, je serais probablement la première à me faire virer.

— Mince. »

J'ai fait de mon mieux pour dissimuler ma préoccupation. Il était si difficile de trouver un emploi, ces temps-ci... En particulier un emploi qu'on aime. Et Klara aimait son travail, malgré toutes les difficultés qui allaient avec.

« Mince, en effet. Mais il s'est passé un truc intéressant, la semaine dernière. Patrick Kelleher, ça te dit quelque chose ? Le grand bienfaiteur de "tonton" Todor ?

— Bien sûr. Qui à L.A. ne connaît pas Patrick Kelleher ? »

Ce n'était pas seulement l'un des hommes les plus riches d'une ville peuplée de millionnaires : fervent catholique, il mettait à profit ses moyens financiers et politiques pour soutenir de grandes causes conservatrices. Et Angels Assist. Vingt ans plus tôt, après avoir fait fortune à Wall Street, Patrick Kelleher avait décidé, alors qu'il n'avait pas encore la quarantaine, de transférer l'intégralité de son empire de fonds de placement en Californie du Sud. J'avais fait quelques recherches sur lui en apprenant qu'il était le mécène principal d'Angels Assist. Depuis son arrivée à L.A., son capital était passé de cinquante à six cent cinquante millions de dollars. Il avait acquis une réputation de tombeur à force de fréquenter des actrices et des mannequins, mais il était aussi connu pour son extravagance et pour ses origines modestes très similaires aux miennes – à ceci près qu'il avait grandi à Boston, où son père était pompier. Lui aussi avait été élevé dans la foi catholique, mais il ne s'embarrassait pas vraiment de ses préceptes dans sa vie quotidienne et refusait catégoriquement de se marier. Jusqu'au jour, en 2010, où il avait rencontré Cheryl Chandler, l'une des jeunes actrices les plus courues de Hollywood à l'époque, avec des millions de fans et une carrière d'héroïne de comédies romantiques. Lors de leur mariage, elle avait vingt-cinq ans et lui cinquante. L'année d'après, elle avait annoncé sa grossesse – puis son avortement, en même temps qu'elle demandait le divorce pour violences physiques et psychologiques : elle accusait Kelleher de vouloir contrôler sa vie.

En retour, Kelleher s'en était pris à la carrière de sa femme. Il avait affirmé dans la presse qu'elle le trompait avec un acteur qui lui avait donné la réplique dans deux de ses films les plus connus : Jason Meese, que Klara m'avait un jour décrit comme « un beau gosse avec un petit pois dans la tête ». D'après Kelleher, Cheryl avait avorté pour écarter le risque d'un test de paternité… car elle ignorait qui, de lui ou de Meese, était le père. L'actrice avait nié cette version des faits, imitée par Jason Meese. Mais la rumeur était lancée, et sa carrière avait énormément souffert de sa nouvelle réputation. Puis, deux ans après un divorce extrêmement médiatisé (dont elle avait émergé avec dix millions de dollars en poche, soit, au regard de la fortune de Kelleher, l'équivalent d'une amende de parking), Meese et elle s'étaient tués dans un accident sur la route de Las Vegas, où elle se rendait pour le tournage d'un petit film indépendant – son premier rôle depuis que sa vie privée avait été jetée en pâture aux magazines people et aux émissions de téléréalité. D'après le rapport de police, publié un peu partout dans la presse, l'un des pneus de sa Porsche avait éclaté alors qu'elle conduisait à cent cinquante kilomètres-heure sur l'autoroute. Le véhicule avait fait trois tonneaux dans le paysage désertique avant de prendre feu et d'exploser.

À la suite de ce décès, Kelleher avait exprimé un chagrin que beaucoup jugeaient sincère. On affirmait qu'il aimait profondément son ex-femme, que leur rupture lui avait brisé le cœur, et que la mauvaise réputation qu'elle avait acquise était entièrement l'œuvre des médias ; lui-même n'y avait pris aucune part. Les amis et les fans de Cheryl n'étaient pas de cet avis. Certains allaient même jusqu'à se demander à haute voix s'il n'avait pas orchestré sa mort. Même quand l'enquête de police avait conclu à un simple accident, beaucoup avaient crié à la corruption. Du côté de Kelleher, ses soutiens dans la presse (en particulier Fox News et le *Wall Street Journal*, propriété du milliardaire Rupert Murdoch) l'avaient farouchement défendu, mettant en avant l'addiction de Meese à la cocaïne et les nombreuses contraventions reçues par Cheryl pour conduite dangereuse. Ils avaient en outre publié de nouveaux clichés racoleurs du couple au lit, que Kelleher avait très publiquement mis sur le compte de paparazzis sans scrupule. Après la mort de son ex-femme, celui-ci était devenu, pour citer Klara, « un vrai tsunami de compassion en toc ». Non content de créer en l'honneur de Cheryl cinq bourses d'études annuelles à l'école d'art dramatique CalArts (où elle avait été élève) destinées prioritairement à des étudiants LGBT ou issus de minorités, il avait fait un don de vingt millions de dollars à un programme éducatif sur les dangers de la drogue au volant – dont Klara, qui s'était penchée sur la question, affirmait que l'enseignement se résumait à : « Si vous avez les moyens de conduire une Porsche, évitez les excès de vitesse quand vous êtes shooté à la cocaïne. » Au cours de plusieurs interviews savamment orchestrées, Kelleher avait confessé que la mort tragique de son ex-femme avait ravivé sa foi. Il s'était mis à donner des deux mains à des programmes alimentaires et éducatifs catholiques, aux États-Unis comme dans le tiers-monde. Mais son plus grand projet, sans aucun doute possible, était Angels Assist. Todor s'était habilement fait son porte-parole ecclésiastique, fidèle à son image publique d'homme compatissant, raisonnable – et inflexible lorsqu'il s'agissait de comparer l'avortement au meurtre d'innocents.

Oui, j'avais entendu parler de Patrick Kelleher.

« La semaine dernière, a commencé Klara, on nous a annoncé que quelqu'un d'important viendrait visiter le refuge dans l'après-midi. On ne nous a pas dit qui, juste que c'était "un potentiel grand mécène" d'après Helen, ma cheffe. Six heures plus tard, Kelleher a débarqué avec son assistant et son garde du corps. Et il était accompagné par Rachel Rancini, l'une des fondatrices du refuge, qui a déclaré plusieurs fois que ce type était l'un des plus grands ennemis des droits des femmes aux États-Unis. Elle était là, en train de lui faire la visite, de répondre à ses questions, de lui expliquer calmement à quel point notre travail est important. Et le plus bizarre, c'est que Kelleher l'écoutait attentivement, l'air très intéressé. Je m'étais attendue à une espèce de monstre biblique, si terrorisé par les femmes qu'il consacrait l'essentiel de sa vie à essayer de restreindre leurs droits. Mais j'avais en face de moi un homme intelligent, qui parlait bien, en parfaite forme physique, avec le costume gris le plus nickel que j'aie jamais vu. Du coup, je me suis méfiée encore plus. Et quand Rachel a demandé à ma cheffe de lui présenter le personnel du refuge, il s'est tout de suite intéressé à moi... »

Oh, c'est pas vrai, ai-je gémi intérieurement. Qu'allait-elle m'annoncer ? Klara a immédiatement décelé mes craintes.

« Ne t'en fais pas, papa, je n'ai pas rejoint les rangs de ses concubines. À vingt-quatre ans, je suis déjà beaucoup trop vieille pour lui. Mais visiblement, il avait décidé de choisir un membre du personnel en particulier à qui poser toutes ses questions... et c'est tombé sur moi. »

Parce qu'elle était belle et intelligente, sans aucun doute.

« Qu'est-ce qu'il voulait savoir ? »

À peu près tout sur la façon de gérer un refuge pour femmes battues ; mais surtout si elle voulait déjeuner avec lui, histoire d'officialiser sa nouvelle position de porte-parole du refuge. Elle lui avait donné sa carte, mais en insistant benoîtement pour qu'il invite aussi Helen, sa cheffe. Helen a la cinquantaine bien tapée, et elle n'a pas l'air commode. Kelleher avait semblé soudain beaucoup moins impatient de déjeuner. Il était parti sans Klara – ni a fortiori Helen – et ne l'avait finalement jamais appelée. Tant mieux : elle se serait sentie obligée d'accepter son invitation pour le bien du refuge.

« Bref, il y a quelques jours, Rachel est revenue nous voir et a réuni tout le monde pour annoncer que le comité de direction du refuge avait rencontré l'équipe de Kelleher la veille... et qu'il s'était engagé à faire un don annuel de deux millions de dollars, avec comme objectif d'ouvrir trois ou quatre nouveaux refuges à L.A. dans les deux ans à venir, et peut-être même de créer une chaîne de refuges dans toute la Californie.

— Donc tu ne risques plus de perdre ton travail ! ai-je lancé en levant ma bouteille de bière.

— On dirait bien que non. » Elle s'est allumé une nouvelle cigarette.

« Ouah. Cache ton enthousiasme, ai-je lancé.

— Patrick Kelleher a été accusé de violences par sa femme. Et quand elle l'a quitté, il a réduit sa carrière en cendres.

— Je crois que ce sont surtout les photos d'elle nue avec son amant qui ont réduit sa carrière en cendres. Sans parler de son avortement...

— Elle avait parfaitement le droit d'avorter.

— Je ne dis pas le contraire. Mais le fait qu'elle n'ait même pas consulté son mari...

— Pourquoi est-ce qu'elle aurait dû le consulter ?

— Elle n'a jamais nié que ça pouvait être son enfant.

— Qu'est-ce que ça change ? C'était elle qui le portait. C'était son corps à elle. Donc c'était à elle de décider si elle voulait le garder ou non. Tu as bien vu ce que fait Kelleher dans sa sinistre association, où il envoie maman et sa tarée de copine Teresa persuader des jeunes femmes démunies de leur servir de poules pondeuses. Une fois que le bébé est né, ils le vendent à de riches familles catholiques qui ont fait un don d'au moins vingt mille balles à Angels Assist pour être sur leur liste d'adoptants. Et tu sais ce qui arrive aux mères de ces bébés, ensuite ? Quelques jours après l'accouchement... ils les remettent à la rue.

— Comment tu es au courant de tout ça ?

— Je me suis renseignée un peu, depuis que je sais que Kelleher va nous racheter...

— Il fait un don à ton refuge, c'est tout. Et ça va te permettre de garder ton travail.

— Pourquoi il veut devenir notre mécène, à ton avis ? Pourquoi les gens de cette droite-là, qui ne font confiance qu'aux Blancs et aux catholiques, ont créé toutes ces bourses d'art dramatique en l'honneur d'une femme que Kelleher a commencé à fréquenter quand elle avait dix-huit ans... et lui quarante-trois ? Équilibré, comme relation, ça c'est sûr. Oui, je sais qu'à dix-huit ans on est considéré comme majeur dans ce pays, mais ça ne change rien au fait qu'il a couché avec une gamine et que personne n'a rien dit. Et maintenant, des jeunes issus de minorités bénéficient de bourses créées par un homme qui a déclaré un jour que l'homosexualité allait à l'encontre de la volonté de Dieu. Et à une autre occasion, qu'il n'arrivait pas à comprendre les couples interraciaux. Bien sûr, il a nié avoir dit tout ça ensuite...

— Peut-être qu'il a changé d'avis. Il s'est rendu compte qu'il avait eu tort de penser ça.

— Oh, je t'en prie, papa. Ce qu'il fait, ça s'appelle brouiller les pistes. Se faire passer pour un type bien en soutenant publiquement ce qu'on déteste tout en sabotant secrètement les gens vraiment capables de changer les choses. Pourquoi est-ce qu'un homme accusé de violences conjugales voudrait faire un don gigantesque à un foyer pour femmes battues ? Pour montrer au monde qu'il se préoccupe des droits des femmes, en nous imposant sa volonté au passage.

— Quelle volonté ? ai-je demandé. Tu crois que Kelleher va te forcer à pardonner aux hommes qui battent leur femme ?

— Très drôle. Mais je te parie que dans quelques mois il aura mis en place une structure de gestion dirigée par ses sous-fifres. Ça va être ce qu'on appelle une acquisition hostile sous le couvert d'un financement généreux, histoire que ses petits copains journalistes puissent écrire des titres comme "Patrick Kelleher, protecteur des femmes !". Exactement comme ces bourses inaugurées en l'honneur de son ex-femme, qu'il a maltraitée et ruinée professionnellement...

— Ce ne sont que des allégations, ai-je nuancé.

— Pourquoi tu défends ce type, papa ? Je te rappelle qu'il laisse ta femme faire son sale boulot.

— Parce que son argent a sauvé ton emploi. Je ne suis peut-être pas d'accord avec ses opinions, ni avec ce que Todor fait en son nom...

— Todor ferait n'importe quoi pour Kelleher parce qu'il sait que c'est le meilleur moyen d'obtenir sa foutue promotion...

ou un poste bien payé dans son entreprise le jour où il en aura marre de confesser les bigotes de Beverly Hills.

— Il n'empêche que Kelleher rend un sacré service à ton refuge. Surtout après toutes ces coupes budgétaires.

— C'est ça, le problème, dans ce pays. Quand on a besoin de moyens, on doit lécher les bottes d'un millionnaire au lieu de demander à l'État. Il ne faudrait quand même pas que l'argent du contribuable finance autre chose que l'armée, la police et les cadeaux fiscaux aux riches. »

Elle s'est tue.

« Je peux avoir une autre bière ? ai-je demandé.

— Tu veux changer de sujet, c'est ça ? » m'a-t-elle taquiné.

Je lui ai rendu son sourire.

« Je veux juste une autre bière. »

Elle a saisi une nouvelle bouteille sous la table et me l'a donnée. J'ai dévissé la capsule.

« Bon, si je bois ça, tu vas devoir me supporter pendant encore une heure. Parce que c'est le temps qu'il faudra à l'alcool pour se dissiper suffisamment avant que je puisse conduire.

— Je devrais survivre encore une heure, a-t-elle plaisanté en ouvrant à son tour une deuxième bouteille. Mais toi, est-ce que tu vas me supporter aussi longtemps ? »

Nous avons trinqué.

« Seulement si je peux fumer une autre cigarette, ai-je dit.

— D'accord, à condition que tu m'en donnes une aussi... Et que tu ne poses pas de questions sur ma vie amoureuse, comme maman le fait tout le temps.

— Tu parles à ta mère ? ai-je demandé, agacé par ma voix pleine d'espoir.

— Elle m'a appelée la semaine dernière pour me demander la permission de faire don des vêtements que j'ai laissés dans ma chambre à une association.

— Quoi ? Mais qu'est-ce qui lui a pris ? Tu peux les garder, ces vêtements.

— Non, je veux les donner. Ce sont de vieux trucs. Et puis maman a fait ça pour avoir une excuse pour me parler, et j'ai trouvé ça gentil. Enfin, jusqu'à ce qu'elle me dise qu'elle avait peur que je finisse vieille fille. Et qu'elle travaillait avec un charmant jeune homme à Angels Assist, un certain Chuck, qui serait parfait pour moi...

— Parce qu'il va à la messe tous les jours, comme toi ? »

Klara a éclaté de rire et m'a assené un léger coup sur le bras.

« Dire que je me trouvais sarcastique.

— Il s'appelle réellement Chuck ?

— Je te jure. Ça me fait très bizarre, un "Chucky" qui milite parmi les pro-vie. Maman vit vraiment dans un univers parallèle où je suis sa parfaite petite fille qui va rencontrer le prince charmant à la messe et lui faire plein de petits-enfants. Alors qu'elle est bien consciente que tout ça n'arrivera jamais.

— C'est un peu plus compliqué que ça, je pense. Et plus triste. Ta mère ne sait pas comment te parler. Elle est opposée à tout ce que tu défends. Et ça lui fait peur. Parce que tu lui manques.

— Et pourtant, elle me maintient à distance parce qu'elle ne veut même pas essayer de comprendre mon point de vue. Et puis encore une fois, quand elle me regarde, elle voit votre fils mort. S'il avait survécu, je ne sais même pas si je serais née.

— Ne dis pas des choses pareilles. Tu es la personne la plus importante au monde pour moi. »

Elle m'a tapoté l'épaule.

« Je sais bien. Et je ne sais pas ce que je ferais sans toi. Mais maman... sa foi, ses croyances... c'est la limite de ce qu'elle voit et de ce qu'elle refuse de voir. Je suis complètement déboussolée avec elle. »

J'ai allumé une nouvelle cigarette en me promettant que ce serait la dernière – parfaitement conscient que c'était un mensonge.

« Déboussolée... ai-je répété. Pour beaucoup d'entre nous, c'est un état permanent. »

12

APRÈS AVOIR FINI ma seconde bière, je suis resté encore deux heures à bavarder avec Klara. Nous avons parlé sans discontinuer. Ce n'est que vers 1 heure du matin, sachant qu'elle devait être au travail à 9 heures le lendemain, que j'ai décidé de m'en aller.

« Désolé d'être resté si tard.

— Je suis un vampire, a-t-elle répondu, souriante. Je n'ai pas besoin de beaucoup de sommeil. Et je suis contente d'avoir un papa avec qui je peux traîner jusqu'au milieu de la nuit. »

Quand je me suis garé devant notre maison, quarante minutes plus tard, j'ai été surpris de voir de la lumière à la fenêtre de la cuisine. Agnieska était assise à table, une tasse fumante entre les mains.

« Je n'arrivais pas à dormir, alors je me suis préparé un thé chaud... Même si rien n'y fait, ces jours-ci.

— Bienvenue au club.

— Bonne journée ?

— Rien de spécial. Mais je viens de passer quelques heures avec notre Klara. »

La peur s'est peinte sur son visage.

« Pourquoi ? Il lui est arrivé quelque chose ?

— Elle avait juste envie de parler.

— Parler de quoi ? Elle s'est encore attiré des ennuis, j'en suis sûre. »

Je lui ai effleuré la main d'un geste apaisant.

« Et moi qui me prenais pour le pessimiste de la famille...
Non, Klara va parfaitement bien. Aucun drame, aucune urgence.
Elle voulait qu'on se voie, c'est tout. »

Agnieska s'est assombrie.

« Avec moi, ça ne lui arrive jamais.

— Si tu le lui proposais, peut-être...

— Elle me déteste.

— Mais non. Seulement, tu devrais éviter de lui rappeler
sans arrêt à quel point vos visions du monde sont différentes.

— Klara est ma fille unique, ma fille adorée. Mais elle est
tellement têtue... Elle n'essaie jamais de comprendre le point
de vue des autres. »

J'aurais eu plusieurs réponses à lui faire, notamment sur
sa propre intransigeance. Mais il était tard. J'étais fatigué.
Je connaissais d'avance le texte de la dispute qui s'ensuivrait et
qui ne nous mènerait nulle part – et, après ces heures joyeuses
passées en compagnie de ma fille, je n'avais aucune envie que
la soirée finisse mal.

« Je te refais du thé ? lui ai-je demandé.

— Non, ça va, merci. Tu sais, j'ai reçu une bonne nouvelle
aujourd'hui.

— Dis-moi.

— Le père Todor m'a appris qu'ils allaient ouvrir une
nouvelle succursale d'Angels Assist dans le sud de L.A., et
qu'il voulait me nommer responsable. Je m'occuperai de toute
l'administration et je serai chargée d'étendre notre influence au
sein de la communauté. Et je toucherai un salaire.

— C'est fantastique ! »

Klara allait adorer... surtout la partie « étendre notre influence
au sein de la communauté », qui ressemblait fort à une formule
toute faite inventée par l'équipe de gestion de Kelleher.
La même équipe, peut-être, qui s'apprêtait à prendre le contrôle
du refuge de Klara.

« Je ne gagnerai pas une fortune : autour de quatre cents
dollars par semaine. Mais ça paiera quelques factures, n'est-ce
pas ? Et c'est un travail que j'adore. Une œuvre de bien. Être
rémunérée pour ça...

— Je suis fier de toi », ai-je dit en déposant un baiser sur ses cheveux.

J'avais des doutes sur le caractère bénéfique de cette « œuvre de bien ». Mais il est si rare de pouvoir faire ce qu'on aime. Je suis allé me coucher – une courte nuit de cinq heures. J'aurais pu dormir plus longtemps car j'avais pris une journée de repos bien méritée. Dans l'après-midi, Elise m'a envoyé un message pour me demander de les conduire, elle et « une personne que j'assiste », le lendemain à 14 h 30.

J'aurai besoin de vous pendant environ six heures. C'est faisable ?

C'est faisable.

Je me suis garé en bas de son immeuble de Westwood dix minutes avant l'heure dite. Elle m'attendait déjà sur le trottoir. Pendant qu'elle s'installait à l'arrière, je lui ai trouvé l'air distrait et tendu.

« Quelque chose ne va pas ? ai-je demandé tout en entrant dans mon GPS l'adresse qu'elle venait de me donner.

— Quelqu'un. La femme qu'on va chercher maintenant. Je viens de lui parler au téléphone, et elle est dans un état préoccupant. Alors, si vous entendez certaines choses quand elle sera avec nous...

— Entendre ? Je n'entendrai rien.

— Vous entendrez tout et vous le savez.

— Mais tel un prêtre, je le garderai pour moi. »

Je lui ai ensuite demandé si elle voulait écouter un peu de musique sur le chemin.

« Oui, s'il vous plaît, Brendan. »

Un ensemble à cordes mélancolique a empli le silence de l'habitacle.

« Bande sonore maussade pour un jour maussade, a commenté Elise. Cela dit, la grisaille ne me dérange pas. Quand je vivais à Paris, les hivers étaient gris, jour après jour. Ça durait des semaines, parfois des mois. Alors au début, quand j'ai suivi mon mari ici, au pays du ciel bleu, j'étais heureuse. Ce n'est qu'au bout de quelques mois de beau temps continuel que les nuages et la grisaille ont commencé à me manquer.

— Ce ciel est le seul que je connaisse.

— Vous n'avez jamais vécu ailleurs ? »

Je lui ai parlé de mes trois saisons passées au sommet de poteaux électriques à Sequoia. La première fois que j'avais vu de la neige tous les jours. La liberté que j'avais ressentie.

« En quelque sorte, ces arbres immenses ont été votre version de Paris.

— Je ne faisais pas de grandes études, comme vous.

— Mais vous aviez chaque jour un paysage magnifique sous les yeux. Et vous étiez loin des responsabilités, des obligations.

— Le plus triste, c'est que, quand on m'a ordonné de rentrer... j'ai obéi.

— Et moi, j'ai accepté la demande en mariage de Wilbur...

— Ce n'était pas un ordre, au moins.

— C'est vrai. Mais les circonstances ont fait que j'aurais eu du mal à refuser.

— Pourquoi ? »

Elle n'a pas répondu tout de suite. J'ai attendu.

« Je suis tombée enceinte.

— De votre fille ?

— Non. Elle est née plusieurs années après. Wilbur m'avait rejointe à Paris pendant trois semaines. Trois semaines de passion. Un soir qu'on avait bu un peu trop de vin – à Paris, ça va très vite –, j'ai oublié de mettre mon diaphragme. »

Elle a poursuivi son histoire d'une voix douce, et c'était le scénario type d'une grossesse non désirée. Qui commence par un retard de règles, un test positif. Elle n'avait que vingt-six ans et ne se sentait pas prête à être mère, pas du tout. Elle a passé un appel longue distance vers la Californie. Wilbur l'a assurée qu'il respecterait son choix quel qu'il soit. Il a même proposé de revenir en France pour la soutenir pendant l'opération. Mais elle savait que son cabinet d'avocats venait de lui confier son premier grand procès, une affaire de « déségrégation » – c'était la cause en vogue à l'époque, en 1975... et elle est toujours d'actualité d'ailleurs, sous d'autres formes. Elle a décliné.

« Vous avez avorté seule ? »

Elle a hoché la tête.

« Ça s'est bien passé ?

— Laissez-moi vous dire une chose que j'ai apprise de cette expérience, et que mon travail me confirme chaque jour : un avortement ne se passe jamais bien. L'opération en elle-même peut se dérouler sans problème, parfois même sans douleur. Mais les émotions qu'elle engendre, le fait de devoir vivre avec pour toujours... Même si c'était ce qu'on voulait, même si on avait toutes les raisons de le faire, même si c'était à la suite d'un viol, ça reste une épreuve terrible à supporter.

— Vous vous êtes sentie comment ?

— Perdue. Triste. Coupable. Vertueuse. Solide. Fière. Folle. Seule. Amère. Déterminée. Féministe. Terrifiée. À me demander si j'avais agi trop vite, tout en sachant que c'était la bonne décision. Et que j'en porterais le poids jusqu'à la fin de ma vie.

— Ça continue à vous hanter ?

— Certains jours, quand je regrette d'avoir des rapports si distants avec ma fille... Quand je repense à mes fausses couches à la suite de l'opération, et au fait que je n'ai pas réussi à avoir d'autre enfant après Alison... Je ne peux me défendre d'un peu de mélancolie, en effet. Cet enfant, qui serait-il, qui serait-elle ? Mais je reste consciente, au fond, qu'à ce moment de ma vie je n'étais absolument pas prête à faire tous les sacrifices inhérents au statut de parent. Et comment savoir si notre mariage aurait été aussi heureux sans les dix ans que nous avons pu passer ensemble juste tous les deux ?

— C'est pour ça que vous faites ce travail, maintenant ? À cause de ce que vous avez subi ?

— Ce que j'ai subi m'a permis de prendre le contrôle de mon corps et de mon destin. Tous les choix qu'on fait dans la vie sont complexes et teintés d'ambiguïté. Mais oui, après mon départ à la retraite, quand j'ai entendu parler de cette association qui aidait les femmes à mettre fin à leur grossesse non désirée, je me suis dit que je pourrais leur donner un coup de main. »

En général, les partenaires, amis ou proches des femmes qu'elle accompagne sont dans l'incapacité de les soutenir. D'autres traversent cette épreuve sans en parler à personne.

Elle les écoute, les aide à surmonter leurs craintes et leurs doutes – mais sans jamais insister si elles changent d'avis avant l'opération, ce qui lui est arrivé plusieurs fois. Elle leur propose des exercices respiratoires pour les détendre avant l'intervention. L'avortement en lui-même dure environ cinq minutes. Ensuite, les patientes prennent des antidouleurs et on les conduit en salle de récupération, où on leur sert du thé et des biscuits. Elise reste avec elles tant qu'elles ont besoin d'elle. Certaines craquent. D'autres n'ont qu'une envie, se rhabiller et partir. Colère, regrets, hystérie, calme absolu, résolution : chaque femme a une réaction particulière face à cet événement et à ses conséquences. Elise leur laisse son numéro au cas où. Elle est un peu une psychologue pour elles, ou plutôt une amie qui ne les jugera jamais.

Le silence est retombé. Il m'a fallu du temps pour trouver quoi dire.

« Je n'en reviens pas que vous m'ayez raconté tout ça sur votre avortement.

— Pourquoi ?

— C'est tellement personnel... tellement intime.

— En dehors de mon mari, je n'en ai parlé qu'à une seule personne. Un ami proche, malheureusement décédé.

— Je vois ça comme une sorte d'honneur, alors.

— J'ai confiance en vous, Brendan. »

Nous allions vers l'est, direction Los Feliz. Une petite rue près de Franklin Avenue. La maison était jolie, complètement rénovée, avec deux belles voitures garées dans l'allée – une Audi Q5 et une Mini Cooper. Avant de descendre, Elise s'est tournée vers moi.

« J'en ai pour une dizaine de minutes. Elle s'appelle Jackie. Je vous préviens, elle n'a pas la langue dans sa poche. Mais vu ce qu'elle est en train de traverser... »

Dix minutes. Largement le temps d'en griller une. J'ai longuement tiré sur mon American Spirit en repensant à tout ce que m'avait confié Elise. *Cette question n'a rien de simple,* ai-je songé. *Peu importe à quel point on nous répète qu'il y a ceux qui ont raison et ceux qui ont tort. La seule et unique vérité, c'est que c'est un choix personnel. Et il revient à chaque femme de faire ce choix.*

La porte d'entrée s'est ouverte sur Elise, accompagnée par la dénommée Jackie. À voir le jean, le sweat noir, les chaussures de sport et les lunettes de soleil qu'elle portait – tous de marque –, je n'ai pas eu le moindre doute : cette femme aux longs cheveux noirs travaillait à Hollywood. Et elle n'était pas n'importe qui. Ce qui m'a frappé ensuite, c'était son évidente détresse. Rien qu'entre la porte et la voiture, elle s'est arrêtée deux fois, tête baissée, comme si elle était sur le point de se mettre à hurler. Elise, un bras passé autour de ses épaules, lui parlait à voix basse tout en l'entraînant vers la voiture.

Je me suis rassis au volant, j'ai allumé la radio sur la fréquence classique, et j'ai attendu, les yeux fixés droit devant moi. Si cette femme se rendait compte que son calvaire avait un spectateur, elle se sentirait encore plus mal. Enfin, toutes deux se sont installées sur la banquette arrière.

« Vous êtes sûre qu'on peut lui faire confiance ? a-t-elle demandé à Elise.

— Absolument. C'est pour ça que je l'ai choisi.

— Dites-lui de mettre la musique plus fort. »

Mon premier réflexe a été d'obéir, mais j'ai retenu mon geste. Mieux valait ne pas lui montrer que je l'écoutais. J'ai attendu l'intervention d'Elise :

« Vous pouvez monter le volume, s'il vous plaît ? »

J'ai obtempéré et, dans ma précipitation, j'ai tourné le bouton au maximum.

« Putain, ça va pas ? a crié la femme.

— Pardon, désolé. »

J'ai baissé un peu, juste assez pour entendre Elise dire :

« On y va ? Plus tôt ce sera fini, mieux ce sera pour vous. »

Jackie a hoché la tête.

« Allons-y, alors », a lancé Elise à mon intention.

J'ai démarré. L'adresse était déjà dans mon GPS : une clinique proche du campus de l'USC.

« Mon mari m'a appelée de Buenos Aires hier soir, a commencé Jackie. Il a une pouffe là-bas, j'en suis sûre. N'épousez jamais un Argentin.

— Il est là-bas pour combien de temps ?

— Il devait aller voir sa vieille folle de mère dans une maison de retraite. Et puis il y a sa sœur, qui fait fortune dans la chirurgie esthétique. Beaucoup de gens se laissent charcuter le visage à Buenos Aires, plus qu'à...

— Quand est-ce qu'il rentre, alors ? l'a coupée Elise.

— Pas avant lundi.

— Tant mieux. Six jours, vous aurez le temps de vous remettre.

— Vous voulez dire, ma chatte aura le temps de se remettre pour qu'il puisse y fourrer sa petite bite et... »

Je n'ai pas pu m'empêcher de hausser les sourcils. Elle a surpris ma réaction dans le rétroviseur.

« Quoi, ça vous dérange, ce que je raconte ? »

Je me suis raidi. Elise a volé à mon secours.

« Il n'a rien dit, Jackie. Et puis, pour votre mari... Vous n'êtes pas obligée de coucher avec lui si vous n'en avez pas envie.

— Vous ne comprenez pas. Il est persuadé que je le trompe avec quelqu'un d'ici. Mais l'homme que j'aime est à New York.

— Et vous êtes sûre que votre mari n'est pas au courant ?

— Non, je n'en suis pas sûre. Mais vu le mal qu'il se donne pour me faire surveiller à L.A...

— Et cet homme de New York, il sait qu'il est le père ?

— Il ne sait rien. Je ne le lui dirai qu'après. Je ne peux pas risquer de perdre Anton. Il vient d'avoir douze ans, vous vous rendez compte ?

— Vous vous sentez obligée d'interrompre cette grossesse pour protéger votre relation avec votre fils ?

— Je n'ai pas le choix.

— On a toujours le choix. Si vous demandiez le divorce maintenant, vous pourriez déménager avec Anton et essayer d'obtenir sa garde...

— Vous dites ça comme si tout allait se passer normalement. Croyez-moi, ça n'arrivera pas. Depuis que je me suis fait virer de cette série, ma réputation professionnelle s'est effondrée. Et je suis presque fauchée.

— Mais votre ami de New York...

— Si je lui en parlais, il me demanderait peut-être de garder le bébé. Ça ne ferait que compliquer encore les choses. Surtout s'il me proposait ensuite d'emménager avec lui.

— Vous voulez dire qu'il serait prêt à avoir un enfant avec vous ? a demandé Elise d'un ton calme.

— Il a laissé entendre, une fois...

— Laisser entendre quelque chose, ce n'est pas pareil que le dire formellement.

— Merci pour le cours de sémantique, professeur.

— Comment savez-vous que...

— Quoi ? Que vous êtes prof à la retraite ? Ça s'appelle Google, vous devez connaître. À moi de vous poser une question : pourquoi vous faites ce travail à la con ? Vous voulez vous acheter une conscience ? La ménopause a réveillé votre féminisme, c'est ça ? »

Derrière moi, Elise observait Jackie d'un air incroyablement détaché.

« J'espère que ça vous a fait du bien de dire tout ça, a-t-elle fini par répondre.

— Connasse.

— J'espère que ça aussi, ça vous a fait du bien. »

Un silence tendu s'est abattu sur la voiture. Je lançais des regards fréquents dans le rétroviseur, prêt à m'arrêter sur le côté de la route si Jackie faisait une rechute d'agressivité. Mais elle s'est mise à sangloter violemment, le visage enfoui dans ses mains. Elise a de nouveau passé un bras autour de ses épaules, sans un mot. Puis, croisant mon regard dans le rétroviseur, elle m'a fait signe de continuer à conduire. *Tout va bien.* Quand Jackie a fini par se calmer au bout de longues minutes, nous n'étions plus qu'à une rue de la clinique. Et... *Oh non, pas ça.* Il y avait un attroupement un peu plus loin. De plus près, j'ai vu que des policiers tentaient de disperser un groupe d'hommes et de femmes qui avaient créé une chaîne humaine sur la route, tout autour de l'entrée du bâtiment. Jackie a commencé à paniquer.

« Vous ne saviez pas qu'ils étaient là ? a-t-elle demandé à Elise.

— J'ai appelé la clinique tout à l'heure, ils n'en ont pas parlé. Ça vient de commencer, j'imagine. Verrouillez les portières », a ajouté Elise à mon intention.

J'ai obéi. Les portières se sont bloquées avec un déclic sonore. Elise regardait Jackie, inquiète.

« On peut revenir un autre jour...

— Non. On y va maintenant.

— Ça me va. Et vous, ça vous convient ? m'a demandé Elise.

— Tant que ce flic me laisse passer... »

Le policier en question, jeune, blanc et visiblement stressé, a frappé à ma vitre. En la baissant, j'ai entendu les activistes scander : « Il y a un autre moyen... Il y a un autre moyen... »

« Qu'est-ce que vous venez faire ici ?

— J'amène ces deux femmes à la clinique.

— Qui est la patiente ?

— Moi », a dit sèchement Jackie.

Il a regardé Elise.

« Et vous ?

— Je l'accompagne pour la soutenir.

— Elle va en avoir besoin. Ils refusent de lâcher l'affaire.

— Je peux aller jusqu'où ? ai-je demandé.

— Avancez jusqu'à la chaîne humaine. Mes collègues escorteront vos passagères jusqu'à l'entrée. Mais je vous préviens, ces gens ne vous feront pas une haie d'honneur. »

L'expression de Jackie s'était durcie.

« Qu'ils essaient seulement de m'arrêter, a-t-elle grondé.

— Conduisez très lentement, m'a encore recommandé le policier. Il ne manquerait plus que l'un d'eux décide de jouer les martyrs en se jetant sous vos roues... »

J'ai avancé le plus lentement possible vers la dizaine de manifestants armés de roses rouges, qui continuaient à scander : « Il y a un autre moyen... Il y a un autre moyen... » Deux policiers en uniforme et un troisième en civil se tenaient à l'entrée de la clinique.

« Bon, voilà ce qui va se passer, a annoncé Elise. Je viens d'envoyer un message à deux de mes collègues à l'intérieur. Ils vont sortir pour nous escorter pendant que la police bloquera les manifestants. Mais ça ne les retiendra pas de vous jeter leurs fleurs, de crier leurs horribles slogans et...

— Et si quelqu'un me prend en photo ?

— La police sera là...

— Mais ils ne pourront pas empêcher l'un de ces tarés de publier ma photo sur Internet. Et si elle est partagée sur les réseaux sociaux... »

Soudain, une femme parmi les manifestants a crié quelque chose à ses comparses, et ils se sont rués sur nous.

« Faites demi-tour, bordel, a hurlé Jackie.

— Trop dangereux ! »

La voiture était déjà encerclée et des gens tambourinaient sur les vitres et la carrosserie. J'ai entendu Jackie se jeter au sol – une bonne idée, car plusieurs manifestants brandissaient leurs téléphones pour nous photographier, Elise et moi. Des insultes avaient remplacé leur slogan.

« Assassins ! Tueurs d'enfants ! »

Les policiers tâchaient de les écarter de la voiture. J'ai fait rugir le moteur, mon pied fermement pressé sur le frein, prêt à décamper à la seconde où la voie serait libre. Elise a mal compris mon intention.

« Ne démarrez pas avant que...

— Vous croyez que je suis dingue ? »

Mais elle n'a pas entendu ma réponse, assourdie par le martèlement des poings contre la carrosserie. C'était terrifiant. Surtout lorsqu'une femme a escaladé le capot de la voiture pour frapper le pare-brise de toutes ses forces en me traitant d'assassin, son regard dément fixé sur mon visage.

Non, ce n'était pas ma femme. La première chose que j'avais faite lorsque j'avais repéré les manifestants avait été de chercher Agnieska parmi eux.

Elle n'y était pas.

Mais la femme à genoux sur ma voiture n'était pas une inconnue, loin de là. C'était la meilleure amie de mon épouse, Teresa.

Même quand un policier a réussi à la faire descendre du capot, elle s'est arrachée à son emprise et s'est jetée contre ma portière en hurlant mon nom.

« Tu le paieras ! »

13

PLUS TARD DANS LA JOURNÉE, j'ai reçu le message que je redoutais. Il venait de Todor.

Brendan, appelle-moi. C'est urgent.

La voix de l'autorité.

Le soleil de l'après-midi martelait Los Angeles. J'étais toujours avec Elise et Jackie. Cette dernière avait mis longtemps à se remettre de sa panique après notre agression par les manifestants. Elle avait bien fait de se jeter au sol dans la voiture : non seulement plusieurs des agresseurs étaient munis de smartphones, mais un cameraman officiel avait filmé une partie de l'incident pour une chaîne d'information locale, y compris mon visage et celui d'Elise.

La police n'y était pas allée de main morte quand la manifestation avait dégénéré. La plupart des attaquants attroupés autour de ma voiture avaient été arrêtés. Teresa elle-même avait fini menottée par une agente en uniforme, mais pas avant d'avoir frappé mon pare-brise si fort qu'une fissure était apparue du côté passager.

« Barrez-vous, bon sang ! » m'avait crié la policière.

Après l'intervention de la police, la route était suffisamment dégagée pour me permettre d'avancer. Une fois hors de danger, j'avais de nouveau été interpellé par un agent qui avait exigé de voir mon permis et les papiers de la voiture.

« Qu'est-ce qui vous a pris de venir vous fourrer là-dedans ?

— Il nous conduisait à la clinique, a répondu Elise de la banquette arrière.

— Il ne peut pas se défendre tout seul ? Vos papiers, à tous les trois.

— Mes papiers, aucun problème, a répliqué Elise d'un ton dur. Pareil pour ce monsieur. Mais vous n'avez pas le droit de demander ceux de la femme que j'accompagne.

— Je suis de la police, madame. Vous ne pouvez pas me dire ce que j'ai le droit de faire.

— Et vous, vous ne pouvez pas enfreindre la loi. Vous ne pouvez pas demander les papiers de cette femme, qui ne fait qu'exercer son droit de se rendre dans une clinique pour un acte médical parfaitement légal.

— Vous allez m'apprendre mon travail, c'est ça ?

— Oui, c'est exactement ce que je fais.

— Sortez de cette voiture, a dit le flic. Je vous arrête pour outrage à agent. Vous aussi, monsieur. »

Nous sommes descendus tous les deux.

« Les mains en l'air. »

J'ai obéi sans discuter. Mais Elise avait dégainé son iPhone pour filmer le badge du policier.

« Donnez-moi ce téléphone tout de suite.

— Vous n'avez qu'à venir le chercher », a-t-elle rétorqué en levant l'appareil au-dessus de sa tête tout en continuant à filmer.

Le type a fait mine de saisir le Taser pendu à sa ceinture.

« Je compte jusqu'à trois et…

— Et quoi ? Vous allez faire à une vieille dame ce que vous avez fait à Rodney King ? »

C'est le moment qu'a choisi une voiture banalisée munie d'un gyrophare et d'une sirène pour s'arrêter près de nous. Un homme et une femme en ont jailli, tous deux vêtus d'un costume cravate.

« Qu'est-ce que tu fous ? a rugi la femme au policier.

— Ils refusaient d'obtempérer.

— J'ai tout filmé, est intervenue Elise.

— Vous pouvez baisser les mains », nous a dit le nouveau venu.

Elise a brandi l'écran au visage des deux inspecteurs.

« Je vais vous expliquer… a commencé le policier.

— Tu t'expliqueras devant les affaires internes, l'a interrompu la femme en désignant une barrière en béton de l'autre côté de la route. Tu vois ce mur ? Attends devant qu'on vienne te chercher.

— Mais laissez-moi au moins…

— Elle t'a donné un ordre, a asséné son collègue. C'est ta supérieure, je te rappelle. Fais ce qu'on te dit. »

Le jeune homme s'est exécuté à pas lents, conscient sans doute que sa carrière dans la police venait d'en prendre un coup.

L'inspecteur nous a présenté ses excuses, puis sa collègue a tendu la main vers Elise.

« Est-ce qu'on peut revoir cette vidéo ? »

Elise a tapé à toute vitesse sur l'écran tactile.

« Si vous voulez ce téléphone, vous allez devoir me présenter un mandat. Pour information, je viens d'envoyer la vidéo et la photo du badge de ce détestable individu aux anciens collègues de mon mari à l'ACLU, l'Union américaine pour les libertés civiles. Mais je veux bien vous donner mes coordonnées, et je prendrai les vôtres : comme ça, je pourrai porter plainte contre ce policier et demander un dédommagement pour harcèlement. Je dirai aussi, bien sûr, combien vous vous êtes montrés professionnels. »

La menace sous-jacente était on ne peut plus claire : *Essayez encore une fois de confisquer mes preuves et je vous causerai tout un tas d'ennuis.* Les inspecteurs ont échangé un regard hésitant, puis la femme a tiré un calepin de sa poche.

« Très bien. Donnez-moi vos nom, adresse, numéro de téléphone et e-mail… s'il vous plaît. Qui est cette femme dans la voiture ?

— Elle préfère garder l'anonymat, pour des raisons évidentes. Et d'après la loi…

— Je connais la loi, madame. Voici ma carte. Si vous voulez me contacter ou savoir auprès de qui porter plainte, vous n'aurez qu'à me téléphoner directement. Et si vous pouviez m'envoyer cette vidéo… »

Elise a pris la carte. L'inspectrice a noté ses coordonnées, puis les miennes. Enfin, son collègue a indiqué que je devrais immédiatement faire réparer mon pare-brise.

« Ce sont les manifestants qui l'ont abîmé, monsieur.

— Vous pouvez demander un dédommagement au LAPD, puisqu'on était censés vous protéger quand on vous a autorisé à avancer vers la clinique, a-t-il dit en me tendant à son tour sa carte. Par contre, avec toute la paperasse, ça risque de prendre quelques mois. »

Je l'ai remercié tout en me demandant comment j'allais bien pouvoir faire d'ici là. La carrosserie était enfoncée à au moins cinq endroits et cette fissure dans le pare-brise m'attirerait des ennuis auprès de tous les flics que je croiserais. Pire : si quelqu'un la signalait à Uber…

Elise a semblé lire dans mes pensées.

« Ne vous en faites pas, Brendan. Je vais prévenir le Women's Choice Group. Ils devraient avoir un fonds d'urgence pour ce genre de problème. »

Une vague d'épuisement s'est abattue sur moi, accompagnée d'une vive douleur dans le bras. Ce n'était pas la première fois, j'avais déjà ressenti ça dans un autre moment difficile où j'avais eu l'impression de me noyer dans la folie du monde. Je me suis appuyé sur le toit fraîchement bosselé de ma voiture.

« Ça va ? s'est inquiétée Elise.

— Remontez dans la voiture, s'il vous plaît. Je vous rejoins dans une minute. »

Je ne voulais pas qu'elle voie ça. La dernière fois que ça m'était arrivé – six semaines après qu'on m'avait condamné à l'obsolescence, sans perspectives d'avenir –, le médecin de garde de St. Vincent m'avait envoyé en urgence au service de cardiologie et branché à un électrocardiographe. Ce n'était pas un infarctus, mais il m'avait averti : j'étais soumis à trop de stress et je devais surveiller la façon dont mon organisme – et surtout mon cœur – réagissait dans ce genre de situation. Puis il m'avait reproché vertement de fumer, à quoi j'avais répondu que je prévoyais d'arrêter… chose qui, je le savais, n'arriverait jamais. Mais sur ses conseils, j'avais tout de même téléchargé une application de « détente » et appris un exercice respiratoire simple, à effectuer debout ou assis, pour tenter de me calmer quand je sentais mon corps m'échapper et que mon bras gauche commençait à me faire mal.

Pendant que Jackie se remettait à crier sur Elise, j'ai fermé les yeux et imaginé qu'une paille reliait ma narine à mes poumons. J'inspirais par cette paille, retenais l'air dans mes poumons noircis de fumée tout en comptant jusqu'à dix, puis relâchais toute la tension accumulée en expirant par le nez et la bouche. J'ai renouvelé l'exercice une douzaine de fois.

« Non, je ne veux pas rentrer chez moi ! »

Jackie ne s'était toujours pas calmée quand je me suis rassis à ma place dans la voiture. Je ne me sentais aucunement calmé non plus mais, au moins, la douleur dans ma poitrine était supportable. J'ai observé la rue à travers mon pare-brise fêlé.

« On devrait partir d'ici, au cas où ceux qui ont échappé à la police reviendraient », ai-je dit.

Elise a croisé mon regard dans le rétroviseur et a hoché la tête.

« Bon, vous me réglez ça ou quoi ? lui a crié Jackie.

— Comme ça, au dernier moment, je ne pense pas que...

— C'est vous qui m'avez amenée ici aujourd'hui, en sachant pertinemment qu'on risquait d'y rencontrer ce genre d'individus.

— Je vous l'ai dit l'autre jour, ces manifestations peuvent cibler n'importe quelle clinique de L.A. sans prévenir.

— Mais ils étaient là avant qu'on arrive. Pourquoi vous n'avez pas... ?

— Parce que personne dans cette clinique ne m'a avertie. Ils ont dû être complètement dépassés quand tous ces gens sont apparus...

— Dépassés ? Dépassés ! Ce que je viens de vivre... Ce que vous m'avez fait subir...

— Elle ne vous a rien fait subir, ai-je dit sans réfléchir. C'est arrivé, voilà tout.

— Vous, je ne vous ai pas sonné.

— Ne lui parlez pas comme ça, a dit Elise. Vous n'avez pas le droit...

— J'ai tous les droits, putain...

— Démarrez », m'a intimé Elise.

Sans destination précise, j'ai conduit jusqu'à un centre commercial du campus de l'USC. Je me suis garé face à un Trader Joe's. Pendant un moment, j'ai observé le ballet incessant des Mini, Audi et BMW de tous ces étudiants huppés qui entraient et sortaient du parking souterrain. Tout le monde semblait soit blond, soit asiatique. Elise a immédiatement jailli de la voiture, téléphone collé à l'oreille, pour faire les cent pas à quelques mètres de là en parlant à toute vitesse, le stress de l'heure précédente palpable sur son visage et dans les mouvements saccadés de sa main libre. Je ne rêvais que d'allumer une cigarette, mais l'incident à l'UCLA dix jours plus tôt était encore frais dans ma mémoire. Je me suis contenté de respirer profondément en tentant de ne pas penser, pour le moment en tout cas, au prix des réparations de la voiture, au temps qu'elles prendraient et à leurs conséquences sur ma situation financière. Elise est revenue.

« Il faut qu'on aille dans un centre IVG de Santa Clarita », a-t-elle annoncé d'un ton contrit.

Santa Clarita, l'ancienne paroisse de Todor... Ce n'était pas la porte à côté.

« Je peux commander un autre Uber si vous préférez avoir la paix, a-t-elle poursuivi. Franchement, je ne vous en voudrais pas.

— Inutile.

— Vous êtes sûr ? »

J'ai hoché la tête.

« La femme sur le capot... Elle vous connaissait, a fait remarquer Elise.

— C'est la meilleure amie de mon épouse.

— Oh non.

— Et mon épouse fait partie de ce même groupe antiavortement.

— Je m'en veux terriblement, a lâché Elise.

— Pourquoi ? C'est moi qui ai choisi de vous conduire. Pas seulement aujourd'hui, mais aussi toutes les autres fois. J'ai choisi de vous emmener dans toutes ces cliniques. Et je vous emmène à celle de Santa Clarita.

— Vous êtes un saint. »

Mon téléphone a sonné : un message. J'ai regardé l'écran, puis je l'ai fait lire à Elise.

Brendan, appelle-moi. C'est urgent.

« Des ennuis ?

— C'est mon ami d'enfance. Il est prêtre. Et c'est lui qui dirige le groupe antiavortement pour lequel travaille ma femme. Les nouvelles vont vite.

— Je suis profondément désolée. Si vous préférez rentrer chez vous pour régler tout ça... »

À cet instant, je n'avais qu'une seule pensée : *Qu'ils aillent tous se faire foutre.*

« En voiture », ai-je dit.

14

JACKIE A PASSÉ LE DÉBUT du trajet à vociférer, en menaçant de faire un procès aux manifestants qui lui avaient barré l'entrée de la clinique, à l'association d'Elise qui avait « compromis sa santé mentale », et même à moi.

« Cet homme n'a rien fait à part essayer de vous aider, l'a raisonnée Elise. Si vous l'attaquez en justice, ainsi que ces gens et l'association qui m'a envoyée vous soutenir, ça reviendra à crier à la face du monde : "J'ai essayé d'avorter pour cacher à mon mari que j'étais enceinte d'un autre homme." Bonne chance pour votre divorce après ça. »

J'ai retenu un sifflement d'admiration : Elise savait se montrer persuasive. Tout en m'engageant sur l'autoroute, j'ai rallumé la radio sur une station de musique classique chère à Elise dans l'espoir d'alléger l'atmosphère.

Personne n'a prononcé un mot jusqu'à l'autoroute 5 en direction de Sacramento. La circulation se densifiait, mais nous avions une heure d'avance sur les bouchons de fin de journée. Il ne nous a fallu que quarante minutes pour atteindre Santa Clarita. Un peu avant notre arrivée, Elise a passé un appel téléphonique à voix basse.

« Rien à signaler dans cette clinique, Jackie, a-t-elle annoncé en raccrochant. Ils vous attendent. Vous vous sentez prête ?

— Je veux en finir le plus vite possible.

— Alors finissons-en.

— On peut s'arrêter dans une banque d'abord ?

— Ils prennent la carte de crédit, a assuré Elise.

— Les cartes de crédit laissent des traces. Je préfère payer en liquide. »

J'ai trouvé une banque à deux pâtés de maisons du centre IVG, et Elise et moi avons regardé Jackie utiliser trois cartes bancaires différentes pour retirer une grosse somme d'argent. En remontant dans la voiture, elle a lancé une liasse de billets sur le siège à côté du mien.

« Pour m'avoir supportée alors que j'étais tellement chiante.

— Merci », ai-je dit.

J'aurais voulu lui souhaiter bon courage pour ce qu'elle s'apprêtait à traverser. Mais après tout ce qui venait de se passer, j'ai jugé plus sage de me taire. J'ai remis le contact. Sur le parking de la clinique, une femme en blouse blanche discutait avec les deux agents de sécurité. Jackie est descendue, suivie de près par Elise.

« On en a pour environ deux heures, m'a dit celle-ci. Vous pouvez laisser votre téléphone allumé, au cas où on aurait besoin de vous plus tôt ?

— Aucun problème. »

Je les ai regardées entrer, bras dessus bras dessous. Puis je suis allé me garer un peu plus loin. J'ai ramassé l'argent sur le siège passager : cinq cents dollars en billets de vingt. C'était parfois tout ce que je gagnais en une semaine. Mais les réparations de la voiture coûteraient au moins quatre fois cette somme – et il était hors de question que je demande à l'association d'Elise de m'aider à payer.

J'avais faim. Je me suis installé dans une aire de restauration non loin et j'ai commandé du porc aigre-doux et deux nems.

Un couple assis à la table d'à côté prononçait le bénédicité au-dessus de son poulet Général Tao. Le tee-shirt de la femme proclamait : *En quête de réponses ? Faites appel à Jésus.* Je n'avais aucune intention de passer ce genre d'appel.

De manière fort à propos, ou peut-être pas, un SMS de Todor est venu s'afficher sur mon écran de portable.

Brendan, je sais que tu es là. Tu ne peux pas m'éviter indéfiniment.

Il avait raison sur ce dernier point. Mais je pouvais au moins l'éviter le temps de finir mon assiette de nourriture chinoise trop grasse. Parfois, se goinfrer de malbouffe est le seul moyen d'affronter le chaos qui nous assiège.

J'ai pris mon temps pour manger. Ensuite, je suis sorti fumer une cigarette sur le parking. Mon téléphone s'est mis à sonner. Todor. J'ai aspiré une longue bouffée de fumée avant de répondre.

« Enfin, tu daignes me parler, a-t-il dit.

— J'ai eu une journée chargée.

— J'ai cru comprendre, oui. Toute la paroisse est au courant. Et ta femme en particulier.

— Oh, je me doute bien que cette malade lui a tout raconté. Tu savais qu'elle a aussi cassé mon pare-brise et abîmé ma voiture ?

— Peu importe. Elle est en garde à vue pour infraction à son dernier sursis.

— Tant mieux.

— Ne sois pas vindicatif, Brendan. Tu n'aurais jamais dû conduire ces femmes jusqu'à cet abattoir d'enfants.

— C'était juste une course, *mon père*. Arrête de faire comme si je m'engageais en politique.

— Tu n'étais pas aussi dans les parages de la clinique qui s'est fait attaquer il y a une dizaine de jours ? »

Ça m'a coupé le sifflet.

« Je ne sais pas de quoi tu parles.

— Si, tu le sais très bien. Et ne me demande pas comment je suis au courant. Je sais aussi que tu sers de chauffeur à une femme impliquée dans cette industrie du mal.

— Arrête d'appeler ça comme ça.

— Pourquoi ? Tu es d'accord avec ce qu'elle fait ? Tu approuves le meurtre d'enfants ?

— Je vais raccrocher.

— Brendan. Quoi que tu sois en train de faire, arrête tout de suite et viens à mon bureau.

— Je dois travailler. J'ai une voiture à faire réparer.

— Si tu viens maintenant, je te promets de trouver quelqu'un pour retaper ta voiture et remplacer le pare-brise. Angels Assist paiera la facture. Et je peux te donner du travail ici pendant quelques jours, histoire que tu ne perdes pas de revenu. Quatre-vingts dollars par jour jusqu'à ce que ta voiture puisse reprendre la route.

— Quelle générosité... Et en échange ?

— Promets-moi de ne plus travailler pour cette femme. Et viens boire un verre avec moi et quelques-unes de mes connaissances pour nous raconter tout ce que tu as vu et entendu quand elle était dans ta voiture. »

Une brusque colère m'a saisi. Une colère noire.

« Comment tu sais tout ça ? ai-je rugi.

— Calme-toi, Brendan. Je t'attends à mon bureau dans une heure.

— Sinon quoi ? Tu vas me filer une retenue ? Ou me mettre une claque derrière la tête comme le père Mulligan l'a fait il y a quarante-cinq ans après m'avoir touché entre les jambes ? »

Clac. Il a raccroché. Je me suis cramponné au volant, soudain nauséeux à la pensée de ce que je venais de dire. Était-ce à cause de tout ce qui s'était passé aujourd'hui que ces paroles m'avaient échappé ?

Ou peut-être que, pour la première fois de ma vie, j'avais refusé de me laisser dicter ma conduite par un homme en position de pouvoir – ce prêtre à col romain, avec ses manières de gangster et ses menaces à peine voilées.

Oui, peut-être que, pour la première fois, j'avais répondu à la voix de l'autorité d'aller se faire foutre.

J'ai incliné mon siège, fermé les yeux et quitté le monde pendant quelques instants. Puis le *bing* de mon téléphone m'a rappelé à la réalité climatisée. C'était Elise.

On a fini. Vous pouvez passer nous prendre dans quinze minutes ?

Je suis arrivé à la clinique à l'heure dite. Quand je me suis garé devant l'entrée, l'un des vigiles s'est approché, la main posée sur le Taser à sa ceinture. J'ai abaissé ma vitre.

« Qu'est-ce qui vous amène ? a-t-il demandé, méfiant.

— Je viens chercher une patiente.

— Il y a deux femmes à l'intérieur qui attendent un Uber. C'est vous ?

— C'est moi.

— Gardez vos mains sur le volant, que je puisse les voir pendant que ces dames sortent. Je ne veux pas d'ennuis, d'accord ?

— Moi non plus.

— J'espère.»

Sans me quitter des yeux une seule seconde, il a reculé jusqu'à l'entrée et fait signe à quelqu'un derrière la porte. Elise est sortie. Le type m'a désigné du doigt et elle a hoché la tête avant de retourner à l'intérieur chercher Jackie, qu'elle a aidée à descendre les marches du perron. La pauvre semblait affaiblie et léthargique. Je leur ai ouvert la portière pour qu'Elise puisse l'installer sur la banquette arrière. Puis j'ai demandé :

« Où est-ce qu'on va ?

— En boîte, a lancé Jackie d'une voix pâteuse. J'ai envie de danser.»

Elle a eu un rire éteint. Les yeux clos, elle s'est mise à pleurer. Elise lui a touché l'épaule.

« Je ne veux pas de votre pitié.

— Très bien. On retourne chez elle, m'a dit Elise en retirant sa main. Vous avez l'adresse ?

— Toujours dans le GPS.»

Nous sommes sortis du parking en direction de l'autoroute vers le sud.

«Vous voulez un peu de musique ? ai-je proposé.

— Vous pensez que ça va me calmer, c'est ça ? a lancé Jackie en grimaçant.

— Je peux remettre du classique.

— Vous pensez que je suis en train de craquer, hein ?

— Vous êtes en train de craquer ? a demandé Elise.

— Je n'ai pas craqué quand on m'a écarté les jambes pour me fourrer un aspirateur dans le vagin, si ?

— Ce n'était pas un aspirateur.

— C'est pareil. Vous savez quoi, monsieur ? Vous voulez entendre ma conclusion philosophique sur cette journée de merde ? "Qu'est-ce qu'on ne ferait pas par amour." Attendez, je répète plus fort : *"Qu'est-ce qu'on ne ferait pas par amour !"* »

Du coin de l'œil, j'ai vu Elise se raidir quand Jackie s'est mise à crier. Mais elle n'a fait aucun commentaire.

« C'est fini maintenant, et tant mieux, a poursuivi Jackie. Pas plus de cinq minutes, comme vous aviez dit. Et à part l'anesthésie locale qui m'a fait un mal de chien – cette infirmière devrait apprendre à se servir d'une seringue –, je n'ai rien senti. Cinq minutes pour anéantir mes chances d'avoir un deuxième enfant, un enfant avec l'homme que j'aime.

— Vous devriez vraiment arrêter, a dit Elise d'une voix basse mais ferme.

— Ça alors, mère Teresa qui me demande de me calmer !

— Je ne vous demande pas de vous calmer. Vous avez envisagé toutes les possibilités. Vous avez fait ce qu'il fallait. Il vous reste toujours Anton. Et vous pourrez retomber enceinte si vous le souhaitez.

— Non. C'est terminé. »

Quarante minutes plus tard, nous étions de retour à Los Feliz. Personne n'avait ajouté un mot. Jackie, qui avait gardé les yeux clos pendant le reste du trajet, est sortie de la voiture sans rien dire.

« Vous voulez que je vous accompagne ? » a demandé Elise.

Jackie a secoué la tête avant de nous tourner le dos. Alors que nous la regardions gravir le perron, mon téléphone a émis une sonnerie. C'était un SMS d'Agnieska.

Ne t'avise même pas de rentrer à la maison. J'ai fait changer toutes les serrures.

15

J'AI MONTRÉ À ELISE le message que je venais de recevoir. Puis je lui ai raconté ma conversation avec Todor.

« Comment sait-il que vous m'avez conduite à toutes ces cliniques ?

— Aucune idée. Il doit avoir des espions un peu partout.

— Ou alors il connaît les gens qui nous ont incendiés à Van Nuys.

— C'est sérieux, comme accusation.

— Juste une théorie. Comment pourrait-il savoir tout ça, autrement ? »

Je n'avais pas de réponse. Ce qui m'importait à présent, c'était de vérifier si Agnieska avait réellement fait changer les serrures.

« Je vais vous déposer chez vous, et ensuite je rentrerai constater l'étendue des dégâts.

— Laissez-moi venir avec vous.

— Pourquoi ?

— Dans ce genre de situation, il vaut toujours mieux avoir quelqu'un pour couvrir vos arrières.

— Vous comptez vous battre avec un prêtre ? »

Elle a souri.

« Ça ne me déplairait pas. Même en admettant qu'il n'ait aucun rapport avec les terroristes de l'autre fois, il mérite bien une paire de claques pour la façon dont il vous a menacé. »

J'aurais ri si j'en avais été capable dans un tel moment.

« Mais si ma femme vous voit...

— Ce ne sera pas la première fois que j'aurai affaire à "l'autre camp". Même si je n'aime pas penser à eux en ces termes. Alors, vous voulez bien que je vous accompagne ? »

Pour être honnête, je ne me sentais pas la force d'affronter cette situation tout seul. Mais si j'appelais Klara pour lui expliquer ce qui arrivait, elle débarquerait à la maison comme une furie, prête à se mesurer à sa mère – et ensuite, elle était capable de s'en prendre à Todor.

« D'accord, vous pouvez venir. Mais si ça tourne mal...

— Ne vous en faites pas pour moi, je suis une grande fille. »

Je n'avais aucun doute à ce sujet.

« Je peux m'installer à l'avant ? » a-t-elle demandé.

J'ai opiné et j'ai attendu qu'elle soit assise à côté de moi pour démarrer le moteur.

« Si la police nous arrête à cause du pare-brise fêlé et de l'autocollant Uber...

— ... je leur dirai que je suis votre cousine et que vous me ramenez chez moi en dehors de vos heures de travail. Ah oui, pendant que nous étions à la clinique, j'ai téléphoné à la directrice de l'association pour lui parler de ce qui s'était passé et de votre héroïsme.

— Je n'appellerais pas ça de l'héroïsme.

— Vous auriez pu nous mettre dehors. Vous auriez pu faire demi-tour. Mais non, vous êtes resté avec Jackie et moi pendant tout ce calvaire. Sans vous plaindre une seconde. L'association insiste pour payer les réparations de votre voiture. »

Je n'ai pas répondu. Je me suis concentré sur la route. Une fois dans mon quartier, j'ai pris une enfilade de petites rues jusqu'à chez moi. La maison était barricadée pour la nuit. Les volets en aluminium installés par mon beau-frère Witold – un cadeau pour nos dix ans de mariage, alors que nous avions déjà été cambriolés quatre fois – étaient en place, verrouillés par des cadenas que je n'avais jamais vus. J'ai garé la voiture et je suis sorti, Elise sur mes talons. Une grande enveloppe adressée à mon nom m'attendait sur le pas de la porte.

« Ça a l'air officiel, a fait remarquer Elise.

— N'y touchons pas. »

Mais Elise l'a ramassée et coincée sous son bras.

« Il y a une autre entrée ?

— Oui, à l'arrière. Mais je vous garantis que la serrure aura été changée aussi. »

Nous avons fait le tour de la maison. Effectivement, la porte de la cuisine avait une nouvelle serrure.

« Elle n'avait pas menti », ai-je soupiré.

Elise m'a tendu l'enveloppe.

« Ouvrez-la, Brendan.

— Pas besoin. Je sais ce que c'est : une ordonnance d'exclusion. »

Je lui ai fait signe de remonter dans ma voiture. J'avais peur de voir apparaître Agnieska, Teresa et Todor. Je n'avais aucune envie d'entendre les arguments culpabilisants de Todor, surtout maintenant que je lui avais tenu tête. Un acte qui me surprenait encore, et me terrifiait tout autant.

J'ai conduit moins d'un kilomètre jusqu'à la station-service la plus proche. Elise a de nouveau essayé de me tendre la lettre, mais je lui ai dit de la lire pendant que je faisais le plein.

« Vous aviez raison, a-t-elle admis tandis que je me rasseyais au volant. C'est une ordonnance d'exclusion. Votre femme vous accuse de l'avoir injuriée et menacée, d'avoir cassé une cafetière pleine de liquide brûlant en la jetant à ses pieds et d'avoir agressé son amie Teresa à cause de ses opinions religieuses. Elle prétend qu'elle se sent en danger par votre faute. Et je suis navrée, mais votre copain prêtre s'est porté garant de ses propos.

— Quel salopard. Il sait pertinemment que je n'ai rien fait de tout ça.

— Il sait surtout frapper où ça fait mal. Je peux montrer ça à un ancien collègue du cabinet de mon mari et voir s'il réussit à la faire annuler. C'est absurde de vous obliger à rester à plus de huit cents mètres de votre propre maison. D'ailleurs, ce document n'est qu'une copie. Pour qu'il soit valide, ils vont devoir vous le faire livrer par huissier. Mais s'ils ne savent pas où vous logez...

— Ils partiront sans doute du principe que j'irai chez ma fille.

— Et c'est le cas ?

— Klara partage un appartement avec quatre autres personnes. Il y aura bien un matelas par terre pour moi.

— J'ai une chambre d'amis.

— Non merci.

— Pourquoi pas ?

— Ce n'est pas correct. Je ne voudrais pas m'imposer...

— À qui ? Je vis seule. La chambre est vide.

— C'est gentil. Mais je peux me débrouiller.

— Votre orgueil s'en remettra, Brendan. On a tous des moments où on a besoin d'aide. Il n'y a pas de mal à ça. Et je peux aussi régler votre problème de voiture : la Volvo de mon mari est au garage, personne ne l'utilise.

— Todor m'a proposé de faire réparer ma voiture en échange d'informations sur vous et votre clique.

— Ma clique ? Vous voulez dire mon escadron d'avorteuses, qui prend pour cible de pauvres femmes qui ne rêvent que d'avoir un enfant après avoir été violées ? Ou encore celles qui n'ont pas de toit et se réjouissent à l'idée de vivre dans la rue avec un bébé ? Sans parler de celles pour qui devenir mère est une responsabilité bien trop écrasante dans le monde hostile qui est le nôtre... Mais tous ces fanatiques qui vomissent leurs préceptes chrétiens sont les derniers à faire preuve de compassion et de décence. Tout ce qui les intéresse, c'est de rendre le sexe punitif. Et voilà, je recommence avec mes grands discours... Je déteste faire ça, je sais à quel point je passe pour une grincheuse. Mais regardez comment ces gens sont en train de vous gâcher la vie.

— Pire, ma femme fait partie de ces gens.

— Et pour elle, ce sujet est si crucial que c'en est une question de vie ou de mort. Pourquoi, à votre avis ?

— Parce qu'elle est profondément déçue par sa vie.

— Même par sa fille ?

— Surtout par Klara.

— C'est affreux.

— Je sais que Klara a toujours voulu être proche de sa mère. Mais elle n'a jamais réussi à établir de complicité avec elle. Un peu le contraire de vous et votre fille.

— J'ai probablement une part de responsabilité dans ma relation avec Alison.

— Comment ça ?

— Je suis si doctrinaire sur presque tout.

— Mais en tant que femme, elle doit être d'accord avec...

— Avec quoi ? C'est mon "féminisme militant", comme elle l'appelle, doublé du socialisme de son père, qui l'a poussée dans cette espèce de rébellion postadolescence. Bon Dieu, vous devriez voir le bonhomme qu'elle envisage d'épouser. Requin de la finance, vingt-cinq ans de plus qu'elle, qui m'a expliqué une fois que le secret de sa réussite, c'était d'avoir décidé à trente-trois ans qu'une fortune de cinquante millions de dollars ne suffisait pas. Il en est à plus de trois cents millions maintenant, d'après ce que m'a dit Alison.

— Il y a des types comme ça.

— Et des femmes comme ma fille qui ont avalé toute cette propagande financière sans se poser de questions. Pour elle, si on ne peut pas faire fortune dans ce monde de brutes, on ne vaut rien.

— Elle me verrait sûrement comme un vrai loser.

— Peut-être. Mais elle aurait tort.

— Qu'est-ce que je suis, alors ? »

Elle a posé sa main sur mon bras.

« Quelqu'un de bien. »

Je n'avais vraiment pas envie d'aller chez elle. Ça ferait de moi un minable et un désespéré... Un loser, justement. Mais quelles étaient mes autres options ? Si je choisissais de coucher sur le plancher de Klara, je devrais lui raconter tout ce qui s'était passé, et donc l'impliquer dans ce désastre. Certes, je pouvais toujours dormir dans ma voiture, mais...

J'ai regardé mon téléphone. Presque 21 heures. Le poids de la journée et de ses événements menaçait soudain de m'écraser, ce qui n'a pas échappé à Elise.

« Allez, garez-vous au sous-sol. »

Nous étions devant son immeuble. Des deux places dont elle disposait dans le parking de la résidence, l'une était inoccupée. Elle m'a montré la Volvo dont elle ne se servait plus : une berline gris foncé en parfait état. J'ai fait le tour pour l'examiner. Pas une seule rayure. Beaux sièges en cuir. Automatique – tant mieux, je déteste les boîtes de vitesses manuelles. Vitres teintées. Un moteur de deux litres sous le capot, j'en étais certain. Trente-cinq mille dollars au bas mot. Grand luxe. Bien trop belle pour moi.

« Je sais ce que vous pensez, a dit Elise. Vous ne méritez pas cette voiture.

— Vous lisez dans l'esprit des gens ? ai-je demandé en souriant presque. On en parlera demain.

— Oui, demain. »

Nous avons pris l'ascenseur jusqu'au troisième étage. Son appartement se trouvait derrière la sixième porte, au bout du couloir. Alors que j'entrais, une seule chose m'a frappé : les livres. Il y en avait partout. Le couloir de l'entrée en était tapissé du sol au plafond. Dans le salon, trois murs sur quatre étaient couverts de bibliothèques. Le mobilier était en bois, très simple, agrémenté de coussins dans les tons bruns et rouges. Des photos de famille occupaient toute une étagère. Le mari d'Elise semblait avoir été un grand échalas amateur de costumes beiges à l'ancienne et de nœuds papillon. Sa fille, tout aussi grande, affichait dès l'enfance une expression de supériorité qui masquait sans doute un manque de confiance en elle. Quant à Elise… Elle avait été une vraie beauté, plus jeune. Même aujourd'hui, elle restait très belle.

La cuisine était impressionnante, avec le genre de gazinière qu'on ne voit habituellement que dans les émissions culinaires, une superbe table en marbre et quatre chaises noires de style années 1950.

« Sacré fourneau. Vous devez être un vrai cordon-bleu.

— Je sais à peine me servir d'un micro-ondes. C'était Wilbur le fanatique de cuisine. Il adorait nous mitonner des petits plats, c'était sa manière de déstresser... et il en avait bien besoin.

— Ça doit être dur...

— ... de me retrouver toute seule ici ? C'est vrai que c'est calme. Près de quarante ans de vie commune. Depuis que mon mari n'est plus là, j'ai parfois du mal à supporter le silence. Surtout le soir. Mais je serre les dents. Je me dis : Tu as eu toutes ces années avec cet homme remarquable. Il avait ses côtés difficiles. Mais je sais qu'il m'aimait, qu'il m'aimait vraiment... malgré mes propres défauts, qui m'ont sans doute coûté ma relation avec ma fille.

— Vous n'avez pas perdu votre fille.

— J'ai bien peur que si. Quoi qu'il en soit, je suppose que je devrais être reconnaissante pour toutes les années passées avec Wilbur. Nos conversations me manquent, bien sûr. Il m'a toujours traitée comme son égale, et je faisais de même. C'est extrêmement rare, d'après ce que je sais. Quand je me sens trop seule, je me répète à quel point j'ai eu de la chance.

— Beaucoup de chance.

— Vous n'avez jamais connu... ?

— Quoi ? Un amour aussi intime, aussi fusionnel ? Non, jamais.

— C'est triste.

— Très. Mais si vous me demandez pourquoi je ne suis pas parti, pourquoi je me suis accroché depuis tout ce temps à quelque chose que je savais être mort... je vous préviens, je me tire d'ici. »

Une fois de plus, j'ai été surpris par ma propre colère. Je n'avais pas l'habitude de m'exprimer si librement. Elise a levé une main apaisante.

« Je ne dirai pas un mot, Brendan. Que pensez-vous d'ouvrir une bouteille de vin ?

— Bonne idée. »

Je n'avais qu'une envie : dormir. Mais j'étais l'invité de cette femme chic et adorable, qui se montrait beaucoup trop gentille et compréhensive face à mon attitude de clown aigri.

Elle a disparu un instant dans la cuisine pour réapparaître chargée d'une bouteille de rouge et de deux verres à pied.

« L'un des avantages du monde moderne, c'est qu'on trouve de plus en plus de bon vin avec un bouchon dévissable. »

Joignant le geste à la parole, elle a débouché la bouteille d'un simple mouvement et rempli nos verres à mi-hauteur.

« Buvez, Brendan. Cette journée n'a été qu'un enchaînement de calamités, a-t-elle soupiré en levant son verre. À nous. On n'abandonnera pas. »

Nous avons trinqué.

« Parlez pour vous, ai-je répondu. J'ai abandonné il y a longtemps.

— Ce n'est pas vrai.

— Et qu'est-ce qui vous fait dire ça ?

— Regardez tout ce que vous avez enduré aujourd'hui. Ça n'est pas le fait de quelqu'un qui a abandonné. »

J'ai bu mon verre d'un trait.

« Si vous êtes sûre que ça ne vous dérange pas que je reste, est-ce que je peux aller me coucher ?

— Évidemment. À une condition.

— Laquelle ?

— Buvez un autre verre de vin. Pour être sûr de dormir. Si vous voulez fumer, il y a un petit balcon avec une table et deux chaises.

— Vous avez envie d'une cigarette, vous aussi ?

— Je ne fume pas le soir. Ça me prive du peu de sommeil qu'il me reste. Ces jours-ci, je ne peux me permettre qu'un verre de vin avant de dormir. »

En sirotant mon deuxième verre, j'ai été submergé par une nouvelle vague d'épuisement. J'ai fermé les yeux. Quand je les ai rouverts, je n'ai pas reconnu tout de suite le lieu où j'étais.

« Ne vous en faites pas, a dit Elise. Vous n'avez dormi que cinq minutes. Venez, que je vous montre votre chambre. »

Je me suis levé, dans un état cotonneux.

« Je n'ai pratiquement pas dormi depuis deux jours.

— C'est le moment de vous rattraper.

— Il faut que je fasse réparer ma voiture.

— Vous prendrez la mienne, je vous l'ai dit. On parlera de tout ça demain. »

Elle m'a guidé jusqu'à une chambre de belle taille, aux murs blancs. Un vieux tapis indien couvrait le parquet au pied d'un lit aux draps blancs et au cadre de bois. L'un des murs était tapissé de photos de sa fille à des âges divers. Une porte menait à une petite salle de bains équipée d'une douche.

« Il y a une brosse à dents neuve et du dentifrice sur le lavabo. Pendant que vous étiez assoupi, j'ai déposé un vieux pyjama de Wilbur sur le lit.

— Il ne m'ira pas, je suis trop gros.

— Vous n'êtes pas gros. Et Wilbur était très grand, alors ça devrait vous aller. Si vous laissez vos vêtements dans le couloir, je pourrai vous les laver pour demain matin.

— Vous n'êtes pas obligée de faire ça.

— Peut-être, mais je vais le faire quand même. Il vous faut autre chose ? »

J'ai fait signe que non, puis je l'ai remerciée.

« Ne mettez pas de réveil, m'a-t-elle conseillé. Vous avez besoin de dormir.

— Vous aussi. »

Après m'avoir souhaité bonne nuit, elle a refermé la porte derrière elle.

Je me suis déshabillé. Entrebâillant la porte, j'ai laissé tomber dans le couloir mes vêtements crasseux et humides de sueur. Après une longue douche brûlante, je me suis brossé les dents et j'ai découvert que je rentrais tout juste dans le bas de pyjama de feu Wilbur. Mon gros ventre m'empêchait de fermer le haut, en revanche. Je me suis donc glissé torse nu entre les draps et j'ai éteint la lumière. Le sommeil ne me vient généralement pas tout de suite, le temps que mes idées noires cessent de ricocher dans mon crâne comme des billes de flipper – mais, dans ce lit si confortable, aux draps frais et doux, et sous le poids de la fatigue qui m'accablait, j'ai sombré en quelques instants à peine.

Quand j'ai ouvert les yeux, il m'a fallu plusieurs secondes pour me souvenir où je me trouvais. J'ai saisi mon téléphone. 11 h 47. Merde. J'avais dormi toute la matinée. Une nuit de douze à treize heures. Comment était-ce possible ? Comment avais-je pu déserter le monde si longtemps ? La réalité s'est rappelée à moi d'un seul coup. Besoin de réparer la voiture. Besoin de retourner travailler. Besoin d'un avocat. Besoin d'argent. Besoin de trouver un endroit où vivre le temps que toutes ces conneries avec Agnieska soient réglées. Sauf que je n'avais les moyens d'aller nulle part.

J'ai enfilé le haut de pyjama, toujours incapable de le boutonner au niveau du ventre – mais je ne pouvais pas rejoindre Elise torse nu.

« Bien dormi ? a-t-elle demandé au moment où j'entrais d'un pas hésitant dans la cuisine.

— Beaucoup trop bien.

— C'est une bonne raison de se plaindre. Vos vêtements sont lavés et repassés.

— Vous n'étiez vraiment pas obligée de faire ça.

— Mais je l'ai fait, et maintenant vous avez quelque chose de propre à vous mettre. Je vous prépare un café ?

— Je vais me le faire.

— Il ne sera pas aussi bon que le mien. »

J'ai tiré mon paquet d'American Spirit de ma poche de pyjama.

« Ça vous dérange si je fume ?

— Je vous en prie. »

Elle m'a indiqué la porte du balcon. Mais une fois dehors, ma cigarette déjà à moitié terminée, j'ai entendu des cris. Les mêmes que la veille, devant la clinique.

« Assassins ! Tueurs d'enfants ! »

Mes épaules se sont crispées d'elles-mêmes, comme en attente d'une pluie de coups sur le toit de ma voiture. J'ai aspiré une longue bouffée de fumée pour me calmer, avant de me rendre compte que les voix venaient de l'intérieur de l'appartement. J'ai écrasé ma cigarette. En rentrant, j'ai trouvé Elise devant la télévision qui trônait sur une étagère du salon. L'écran montrait ma voiture en train de se faire malmener par les manifestants.

« L'une de mes collègues vient de m'écrire pour me prévenir qu'on passait aux informations, a-t-elle expliqué. Visiblement, un autre centre IVG de Studio City, que je connais bien, est assiégé par des militants.

— Ne me dites pas qu'on doit y aller aujourd'hui. »

Elise a eu un rire lugubre.

« Ne vous en faites pas, personne n'a besoin de moi aujourd'hui. Vous avez quelque chose de prévu ?

— Après ce qui s'est passé hier, je pense qu'une journée de repos me ferait du bien.

— C'est sage de votre part. Faites comme chez vous ici, vous entendez ? Et si l'envie vous prend d'aller faire un tour, n'hésitez pas à essayer la Volvo pour voir si vous aimez la conduire.

— Je ne suis pas encore très à l'aise avec l'idée...

— ... de quoi ? m'a-t-elle coupé. L'idée que je vous prête une voiture dont je ne me sers jamais ? Pourquoi je vous la prête, d'abord ? Parce que la vôtre est abîmée. Et pourquoi est-elle abîmée ? Parce que je vous ai demandé de nous conduire, moi et cette pauvre femme, au milieu d'une manifestation pro-vie. Alors pourquoi ne pas prendre ma voiture ?

— D'accord. Je prendrai votre voiture.

— Merci, ça me fait plaisir. Vous voulez un petit déjeuner ?

— Je peux le préparer moi-même.

— Mais on est chez moi, c'est ma cuisine, et vous êtes mon invité. »

Elle m'a fait signe de prendre place à table. À la télévision, le journaliste demandait à une femme médecin à la clinique de Studio City si elle avait l'impression de mettre sa vie en danger en allant travailler. Le visage de la femme s'est crispé.

« C'est la vie de nos patientes que nous mettons en danger si nous refusons de venir pratiquer une opération encore légale dans notre État et dans notre pays. Mais mes deux enfants ont

149

peur qu'il m'arrive quelque chose... et je commence à partager leurs craintes. »

Elise a saisi la télécommande pour éteindre avant de s'accouder au comptoir de la cuisine, les yeux clos, en respirant profondément.

« Ça va ?

— Non, a-t-elle murmuré. Ça ne va pas du tout. »

Puis, après quelques secondes :

« Œufs brouillés ou au plat ? »

J'ai choisi brouillés. Elise a cassé et battu les œufs, puis grillé deux tranches de pain pendant qu'ils cuisaient. Elle a déposé le tout devant moi, accompagné d'un verre de jus d'orange. Elle a répondu à mes remerciements d'un bref hochement de tête.

« J'ai quelques petites choses à régler », a-t-elle annoncé en disparaissant dans le couloir.

Après avoir mangé, je suis retourné dans la chambre où j'avais dormi afin de me doucher, de me raser et d'enfiler les vêtements lavés et repassés par Elise. Que faire ensuite ? J'ai envoyé un message à Klara pour la prévenir que j'avais quelque chose à lui annoncer. Elle n'a pas répondu. Étrange : ma fille réagissait toujours du tac au tac. Quand je suis retourné dans la cuisine, avide d'une autre cigarette, Elise m'attendait. Elle avait revêtu un tailleur sombre et portait une mallette.

« Changement de programme. J'ai une réunion d'affaires à Mid-Wilshire.

— Qu'est-ce qu'il y a là-bas ?

— Le cabinet de mon mari. J'ai quelques questions à régler avec ses associés. Je devrais en avoir pour une heure et demie. Mais comme vous êtes en repos aujourd'hui, je vais commander un Uber.

— Pas question. »

Nous avons pris sa Volvo. La conduite était agréable et fluide, avec une accélération du tonnerre. Vitres closes, avec la climatisation à fond, le rugissement de Los Angeles semblait lointain.

Il nous a fallu une vingtaine de minutes pour atteindre Mid-Wilshire. Après la description qu'Elise m'avait faite du cabinet de son mari – tout sauf huppé, opulent ou bling-bling –, je n'ai pas été surpris que le GPS me mène jusqu'à un bungalow classique des années 1950 avec un panneau de bois tout simple : *Flouton, Greenbaum, McIntyre et Milkavic*. Une bannière au-dessus de la porte proclamait : *Black Lives Matter*, à côté d'un drapeau arc-en-ciel LGBT que j'avais été déconcerté de voir partout jusqu'à ce que Klara m'explique de quoi il s'agissait et m'apprenne que non, ce n'était pas celui d'une équipe de sport locale.

« Les quatre noms sur ce panneau, a dit Elise, un protestant, un Juif, un catholique irlandais et un Polonais... c'était l'une des grandes fiertés de Wilbur quand il a fondé ce cabinet en 1969 avec ces trois autres iconoclastes. Aujourd'hui, seul Stan Greenbaum est encore en vie. Il a pris sa retraite à Carmel, au bord de la mer, mais il est toujours prêt à venir haranguer les foules si c'est pour une bonne cause. »

J'ai garé la voiture.

« À dans une heure et demie, alors ?

— Peut-être moins. Je vous enverrai un message. »

En la regardant s'avancer vers le bâtiment, j'ai remarqué les barreaux d'acier renforçant les fenêtres. Puis la caméra de surveillance, près de la porte d'entrée – visiblement blindée. Ce cabinet avait de toute évidence eu affaire à des types menaçants. Étant donné leurs pratiques gauchistes – « des coups de pied dans la fourmilière capitaliste de l'*establishment* », comme les avait appelées Elise –, ça ne me surprenait pas. J'ai attendu qu'elle soit à l'intérieur pour redémarrer et m'éloigner.

Moins d'une minute plus tard, j'ai reçu un message. Je me suis garé en toute hâte sur le côté de la route. Elise, déjà ? Non.

Je te demande pardon pour mes propos extrêmes d'hier. Le feu de l'instant... Un retour en arrière est possible. S'il te plaît, laisse-moi une chance de te présenter mes excuses face à face, laisse-nous une chance de trouver ensemble une solution à tout ça, pour le bien de tous. Appelle-moi. Todor.

C'était louche. Très louche. Todor avait toujours été mon ami et l'une des rares personnes que je pensais dignes de confiance. Jusqu'à ce qu'il brandisse ses menaces quasi mafieuses. Mais peut-être s'était-il vraiment rendu compte de son erreur. Il pourrait me servir d'intermédiaire raisonnable quand j'annoncerais à Agnieska mon intention de divorcer. Je ne voulais plus de notre mariage, et j'étais prêt à lui céder la moitié de tout ce que je possédais pour pouvoir enfin foutre le camp.

J'ai fermé les yeux. Surtout ne pas penser à Klara, qui n'avait toujours pas répondu à mon message. Ni aux emmerdes sans fin que m'attirerait le partage légal de la maison. Impossible de me concentrer sur quoi que ce soit d'autre. Ma seule consolation était que, quoi qu'il arrive, Agnieska sortirait enfin de ma vie.

J'ai dû m'assoupir. C'est un autre message qui m'a réveillé. Elise était prête. J'ai regardé ma montre : 15 h 18. Les prémices de l'heure de pointe dans toute sa splendeur anarchique. J'ai mis le contact, vérifié qu'il n'y avait aucun flic alentour et opéré un demi-tour parfaitement illégal. Elise m'attendait déjà sur le trottoir quand j'ai freiné devant le cabinet.

« À la maison ?

— On croirait que vous êtes mon chauffeur privé quand vous dites ça.

— Je ne vous appelle pas encore "Madame". »

Elise a émis un rire sans joie. Puis elle a secoué la tête, les yeux clos.

« Ça ne va pas ?

— Pas vraiment, non.

— La réunion s'est mal passée ?

— Disons plutôt qu'elle m'a remis les idées en place. »

Elle n'a rien ajouté. En regardant mon GPS, j'ai vu qu'il nous faudrait maintenant plus d'une heure pour retourner à Westwood.

« On y va ? » ai-je demandé.

Elle a acquiescé. Mais juste au moment de redémarrer, j'ai entendu mon téléphone sonner une nouvelle fois. Un message d'un numéro que je ne connaissais pas.

Papa, j'ai appris que tu avais des ennuis. De mon côté, il s'est passé quelque chose qui m'a forcée à faire un choix et à agir. Résultat, je suis obligée de me cacher. Je préfère ne pas te dire où pour l'instant. Je me suis débarrassée de mon ancien téléphone. Ceci est mon nouveau numéro, intraçable. Appelle-moi.

16

BRUSQUEMENT, J'AVAIS PEUR. Une peur panique. Elise s'en est tout de suite aperçue.

« Ce message... Quelque chose ne va pas ? »

J'ai hésité une fraction de seconde. C'est là que l'évidence m'a frappé : Elise était entièrement digne de ma confiance. Je lui ai tendu le téléphone afin qu'elle lise le message, puis j'ai demandé si je pouvais sortir fumer.

« Vous ne voulez pas appeler Klara d'abord ?

— Pas avant d'avoir fumé une cigarette.

— Compris. »

J'ai coupé le contact et je suis descendu de voiture. Elise m'a rejoint sur le trottoir pendant que je sortais mon paquet d'American Spirit de la poche de ma chemise.

« Évidemment ça ne me regarde pas, mais si votre fille a un problème...

— Pour être honnête, j'ai peur d'apprendre de quoi il s'agit. Mais j'ai besoin de savoir. »

J'ai tiré une clope du paquet et je l'ai allumée.

« Je pourrais en avoir une, moi aussi ? » a demandé Elise.

Je lui ai tendu mon paquet, puis la flamme de mon briquet. Elise a aspiré plusieurs longues bouffées.

« Je fume quand je suis nerveuse, a-t-elle avoué. Et votre histoire m'inquiète. Appelez-la, je vous en prie. Et si vous avez besoin de mon aide...

— Ça va dépendre d'elle.

— Bien sûr. Si vous voulez, vous pouvez mettre la conversation sur haut-parleur pour que j'entende.

— Je lui demanderai d'abord son autorisation. »

Elle a hoché la tête. Nos cigarettes terminées, nous sommes remontés dans la voiture. J'ai pris une profonde inspiration pour me calmer avant d'appeler le nouveau numéro de Klara. Celle-ci a répondu dès la première sonnerie.

« Papa ? »

Elle paraissait extrêmement tendue. Cela n'avait rien d'étonnant, mais m'a tout de même troublé.

« Ma chérie, où es-tu ?

— On en parlera tout à l'heure. J'ai vu toutes les infos sur Internet à propos de la manifestation devant ce centre IVG, avec ta voiture en plein milieu.

— Ce n'est pas risqué pour toi d'utiliser Internet ? »

J'avais en tête une série télévisée dans laquelle le département de la Sécurité intérieure parvenait à localiser n'importe qui si la personne se connectait sur son ordinateur ou son iPhone.

« Ne t'en fais pas. C'était avant que je me débarrasse de mon vieux téléphone.

— Klara, il faut que je sache. Qu'est-ce qui se passe ?

— Plus tard. Mais ne t'en fais pas. J'ai changé de numéro et je ne consulte pas mes mails, donc personne ne peut savoir où je suis. Mais toi, où es-tu ? Pas à la maison, j'espère.

— Non, je n'ai plus le droit de rentrer, ai-je dit avant de lui raconter ce qui s'était passé avec sa mère et Todor.

— Ce vieux connard. Où est-ce que tu as dormi, alors ? »

Je lui ai parlé d'Elise, de son travail de doula et du fait que je l'avais conduite à plusieurs cliniques au fil des semaines précédentes. Je lui ai aussi raconté la journée de la veille, la manifestation dans laquelle nous avons été pris et ensuite les serrures changées par Agnieska.

« Cette femme t'a hébergé ?

— C'était la meilleure solution.

— Tu penses rester chez elle un petit moment ?

— Je n'ai pas trop le choix. Et puis elle est vraiment sympa.

— Tu lui fais confiance, alors ?

— Complètement.

— Elle est de notre côté ?

— Oui, bien sûr. »

Je voulais lui demander : *Alors, pour toi, nous sommes du même côté ?* Mais ce n'était pas le moment de se lancer dans un tel débat. Le plus urgent était de découvrir à quel point les ennuis dans lesquels elle s'était fourrée étaient graves.

« Tu peux me dire où tu es ?

— Dans l'est de la Californie. Pas loin de Twentynine Palms. En lieu sûr.

— Qu'est-ce qui te menace ?

— Je t'expliquerai, papa. Mais d'abord, je dois savoir : la femme qui t'héberge, en quoi consiste son travail dans tous ces centres IVG ?

— Pourquoi veux-tu savoir ça ?

— Ne t'en fais pas, je ne suis pas enceinte. Mais dans la situation où je me trouve, j'aurais besoin de quelqu'un avec ce genre d'expertise. Tu penses que tu pourrais me mettre en contact avec... Comment elle s'appelle ?

— Elise. Elle est là, juste à côté de moi.

— Elle a tout entendu ? Je suis sur haut-parleur ?

— Bien sûr que non. Mais comme je te l'ai dit, je lui fais confiance. Elle a aidé beaucoup de femmes.

— Tu peux me la passer, alors ? »

J'ai tendu le téléphone à Elise. Elle a immédiatement pris la parole d'un ton aussi professionnel qu'amical, avec une pointe d'autorité. J'avais besoin d'une nouvelle cigarette. J'ai laissé Elise dans la voiture et je me suis installé sous un abribus qui se trouvait non loin, désert.

Un quart d'heure et trois clopes plus tard, Elise a ouvert sa portière et m'a fait signe de revenir. Quand je me suis réinstallé sur mon siège, elle m'a rendu mon portable.

« Votre fille est une jeune femme courageuse. Un peu téméraire, peut-être, ce qui me fait craindre qu'elle ne se soit mise en danger... Mais nous avons la possibilité de l'aider. Il y a deux jours, elle a reçu un appel d'une jeune fille appelée Amber, qui lui a dit qu'elle était séquestrée depuis trois ans par un homme qui l'a découverte dans un refuge pour adolescents sans-abri. Et cet homme riche et puissant se trouve être Patrick Kelleher.

— Bon Dieu…

— Dieu fait partie de son idéologie tordue, c'est certain. Mais j'ai la nette impression qu'Il ne serait pas du tout d'accord avec les crimes que Kelleher commet en Son nom.

— Pourquoi avoir appelé Klara en particulier ?

— D'après ce que j'ai compris, Kelleher subventionne à présent le refuge pour femmes vulnérables où travaille votre fille. Elle l'a rencontré il y a quelques semaines et lui a donné ses coordonnées.

— Oui, elle m'a raconté tout ça. Il lui a demandé sa carte pour l'inviter à déjeuner.

— Et Amber a trouvé cette carte. »

Cette gamine était retenue depuis plusieurs années dans un petit pavillon situé sur la propriété de Kelleher à Brentwood. Il venait la voir plusieurs fois par semaine pour coucher avec elle. Il ne la gardait pas dans une petite pièce, non, elle avait une véritable maison rien que pour elle. Amber a dit à Klara que, après le refuge catholique sinistre où elle avait vécu, elle s'était tout d'abord sentie chanceuse de se retrouver chez Kelleher ; elle se sentait soudain choyée par une sorte de père adoptif. Jusqu'à ce que le père adoptif commence à exiger de coucher avec elle. Ce n'était pas longtemps après son arrivée.

« Elle avait quatorze ans. »

J'ai eu un léger hoquet, révulsé.

« Elle n'a le droit de sortir qu'une fois par semaine, accompagnée par un garde du corps de Kelleher. Elle a Internet chez elle, mais ce qu'elle fait est surveillé. Elle n'a pas le droit d'avoir un téléphone. Juste de regarder la télévision et Netflix autant qu'elle veut, de se rendre à la salle de sport et à la piscine de la propriété, et de dépenser mille dollars par semaine en vêtements et gadgets. Mais elle est prisonnière. Et enceinte de cinq mois, alors qu'elle vient tout juste d'avoir dix-sept ans. »

J'ai fermé les yeux. C'était lui, le grand bienfaiteur de Todor. L'homme qui se proposait de rémunérer le fanatisme anti-avortement de ma femme. L'homme qui avait pris en charge le salaire de ma fille.

« Comment elle a obtenu la carte de Klara ?

— D'après Amber, quand Kelleher est rentré de cette visite au refuge, il est immédiatement allé chez elle pour satisfaire ses envies. Ensuite, il s'est endormi sur son lit. Amber a fouillé ses poches et trouvé la carte, qu'elle a cachée dans sa chambre. Kelleher n'a jamais remarqué son absence ; du moins, il ne lui en a pas parlé. Il y a deux jours, pendant sa session shopping hebdomadaire au centre commercial de Beverly Center, Amber a profité d'un essayage pour localiser près des cabines une issue réservée aux employés du magasin. Elle est ressortie pour annoncer au garde du corps qu'elle avait trouvé un tee-shirt et qu'elle retournait l'essayer. Pendant qu'il l'attendait à l'entrée des cabines, elle s'est enfuie dans le couloir du personnel et elle est tombée sur une vigile – une jeune femme compatissante. Klara s'est renseignée sur elle par la suite, c'est une étudiante en travail social qui fait ce job pour payer son loyer. Amber a eu de la chance sur ce coup-là. Elle a supplié la jeune femme de la cacher, mais sans expliquer pourquoi. La vigile a proposé d'appeler la police, mais Amber craignait qu'en apprenant qui était son "tuteur", les policiers ne se laissent intimider par l'influence de Kelleher et ne la lui rendent sans faire d'histoires... après quoi elle n'aurait plus jamais le droit de sortir. Elle a donc donné la carte de Klara à la vigile, qui a décidé de lui téléphoner et de lui expliquer la situation. C'est là que votre fille a pris les choses en main.

— Comment ça ? Elle a dû en parler à sa cheffe d'abord...

— Étant donné l'implication de Kelleher dans les affaires du refuge, elle avait peur que ses supérieures n'insistent pour prévenir la police, voire Kelleher lui-même, si elle y emmenait Amber. »

La vigile lui avait dit de les retrouver devant une entrée peu empruntée du centre commercial. Klara avait récupéré Amber et choisi de lui faire quitter la ville, consciente que Kelleher et ses gorilles chercheraient la jeune fille partout. L'un de ses colocataires possédait un mobile home dans le désert près de Twentynine Palms, hérité d'un vieil oncle hippie. Elle y était déjà allée, et savait que la clé se trouvait sous une pierre près de la porte. Comme son colocataire était en déplacement à Seattle pour la semaine, elle avait décidé de se rendre là-bas et de tout lui expliquer quand il rentrerait.

« Mais avant de partir, elle a réussi à emmener Amber chez un médecin, qui a confirmé qu'elle en était à environ cinq mois de grossesse. De son côté, Kelleher est déterminé à lui remettre la main dessus : l'avortement très médiatisé de son ex-femme alors qu'ils étaient encore mariés lui est resté en travers de la gorge. »

Sous le choc de cette avalanche d'informations, j'ai balbutié : « Klara doit confier cette fille à la police tout de suite. Kelleher a peut-être le bras long et des complices partout, mais il a commis au moins deux crimes graves : abus sexuels sur mineur et enlèvement. La police sera obligée de l'arrêter.

— Il n'y a pas que ça. Amber veut absolument avorter. Et comme elle est au-delà du délai légal, l'État la forcerait probablement à aller jusqu'au bout de sa grossesse. À dix-sept ans... Sans compter ce qu'a entendu Klara aux informations régionales : la jeune vigile du centre commercial, celle qui a aidé Amber à s'échapper... Elle a disparu. Ses parents ont passé un appel dans les médias pour demander si quelqu'un sait où elle se trouve, c'est comme ça que Klara l'a appris. Elle soupçonne Kelleher et ses sbires d'être derrière tout ça. Après avoir perdu Amber, ils ont sûrement mené des recherches auprès des gérants du centre commercial, graissé quelques pattes et compris ce qui était arrivé. Alors ils ont enlevé cette brave jeune femme à la fin de son service, et...

— Et quoi ? Finissez votre phrase.

— Pas besoin. Ce n'est que l'hypothèse de Klara. Ce qui n'a rien d'une supposition, par contre, c'est le SMS anonyme qu'elle a reçu avant de se débarrasser de son ancien téléphone, et qui disait à peu près ça : On sait qui vous cachez. On sait qui vous êtes. On vous retrouvera toutes les deux. Ramenez la fille à L.A., à l'endroit qu'on vous indiquera, et il n'y aura de conséquences ni pour elle ni pour vous.

— Alors ils ne savent pas où elle est ?

— Pas encore, a nuancé Elise.

— Mais ils trouveront un moyen de la localiser. Il faut qu'elle prévienne les autorités.

— Je suis d'accord… Et elle aussi, mais seulement quand Amber aura pu avorter. Ce qu'elle essaie d'organiser en ce moment même.»

J'ai baissé la tête. Ce n'était pas possible. C'était un cauchemar. Elise a posé sa main sur la mienne.

« J'ai peut-être un plan, une manière de régler tout ça. Mais je n'en ai pas parlé à Klara au téléphone, parce qu'il était évident qu'elle n'avait pas l'intention de changer de trajectoire.

— C'est sa plus grande force et aussi son défaut le plus redoutable : quand elle décide quelque chose, c'est pour la vie.

— Voyons ce que je peux faire pour qu'elle change d'avis. Elle m'a donné l'adresse où elle se cache à Twentynine Palms. On va devoir s'y rendre dès aujourd'hui.»

17

IL ÉTAIT PRATIQUEMENT 16 heures. L'heure de pointe était à son apogée. J'ai entré l'adresse fournie par Klara dans mon GPS, qui a indiqué que nous atteindrions Twentynine Palms en quatre heures et douze minutes. Elise a fait la grimace en apercevant cette estimation. De toute évidence, elle réfléchissait à quelque chose. Alors que j'allais démarrer le moteur, elle m'a arrêté.

« Pas encore.

— Qu'est-ce qui ne va pas ?

— Je dois passer un dernier coup de fil avant de partir.

— On n'a pas vraiment le temps.

— Cinq minutes, pas plus. »

Elle est sortie de la voiture, téléphone à l'oreille, avant même que j'aie pu répondre. Tandis que je la regardais s'éloigner, mon propre téléphone a émis une sonnerie. Un autre message de Todor.

Il faut qu'on parle, Brendan. Je me doute que tu te méfies de moi après mes propos d'hier. Mais si tu te souviens de la conversion de Paul sur la route de Damas... Je ne suis pas en train de dire que j'ai changé d'avis sur la question de l'avortement, non. Mais après avoir vu ce qui t'est arrivé devant cette clinique hier, j'ai bien fait comprendre à tout le monde que ce genre de violence et d'intimidation est inacceptable. Je viens d'être interviewé par l'émission de radio « All Things Considered », qui sera diffusée ce soir. J'espère vraiment que tu m'appelleras.

Pourquoi avais-je l'impression que ces bons sentiments étaient un tissu de mensonges ? D'un autre côté, le petit prolétaire irlandais en moi, celui qui avait été élevé dans le respect du prêtre de paroisse et de sa rigueur morale, voulait croire de toutes ses forces que Todor avait juste laissé la situation lui échapper. Peut-être avais-je tort de penser qu'il était au courant des terribles crimes de son bienfaiteur. Après tout, rien n'indiquait que Kelleher ait informé son ami prêtre de son secret le plus noir. Et étant donné le profond malaise que lui inspirait la simple mention de la sexualité et de la procréation, Todor aurait été horrifié de savoir ce qui était arrivé à Amber... mais plus encore, j'en étais certain, s'il apprenait qu'elle voulait se faire avorter à cinq mois de grossesse. J'avais l'impression de connaître de moins en moins mon ami d'enfance. Peu à peu, il me devenait étranger.

Elise est revenue.

« Ce que j'ai à dire ne va sans doute pas vous plaire, a-t-elle annoncé en claquant la portière, mais j'ai pensé qu'on avait besoin d'un avis légal sur toute cette histoire. Alors j'ai téléphoné à Stanley Greenbaum.

— Klara nous a demandé de ne parler de ça à personne.

— Je sais bien. Mais Stan est mon avocat, et c'est un vrai jésuite quand il est question de garder un secret... Dans ce genre d'affaire, c'est le meilleur homme sur lequel on puisse compter. C'est pour ça que je voulais lui parler de ce qui se passe.

— Vous lui avez dit, pour Kelleher ?

— Oui, mais en précisant bien que rien ne pouvait être fait tant que je n'aurais pas rencontré la jeune fille et appris toute l'histoire. D'après lui, vu le SMS menaçant reçu par Klara, il est fort possible qu'ils aient aussi décidé de surveiller le téléphone de son père. »

J'ai dû me retenir de frapper du poing le tableau de bord.

« Alors je ne peux pas utiliser mon portable ?

— Surtout pas. On se servira de mon GPS. Et je vais écrire à Klara pour lui dire de ne pas réessayer de vous joindre. À partir de maintenant, elle devra passer par mon numéro.

— Merde, merde, merde.

— On va s'en tirer. Le plus important est de garder la tête froide. »

Il nous a fallu plus d'une heure pour nous frayer un chemin jusqu'à l'autoroute 10 vers l'est à travers les embouteillages. Quand Elise a prévenu Klara que nous étions en route, elle a rapidement répondu :

Vous pouvez apporter à manger ? Impossible de la laisser seule.

« Ça ne me dit rien qui vaille, ai-je maugréé.

— À moi non plus. Il faut qu'on trouve un supermarché sur le chemin pour faire quelques courses.

— Je peux chercher sur...

— Non, vous ne pouvez pas. »

Apercevant l'horloge du tableau de bord, j'ai demandé à Elise si elle connaissait la fréquence de la station radio nationale.

« Elle est enregistrée au numéro 2, a-t-elle dit en désignant le poste. Ça devrait bientôt être l'heure des informations. »

Je lui ai répété ce que m'avait écrit Todor sur son interview et sa volte-face concernant les manifestations violentes. Je lui ai aussi fait part de mes doutes : je me demandais vraiment s'il était au courant de quoi que ce soit à propos de Kelleher et d'Amber.

Elise, les lèvres pincées, n'a pas répondu tout de suite.

« Je voudrais croire qu'un homme de Dieu ne protégerait jamais un monstre comme Kelleher. Mais c'est de la naïveté, je le sais. »

J'ai pressé la touche 2 de la radio et une voix légèrement pontifiante nous a informés que nous écoutions l'émission « All Things Considered ». J'étais trop préoccupé pour suivre ce qui se disait – jusqu'à ce que commence un reportage sur les manifestations violentes organisées ces derniers jours devant des centres IVG de Los Angeles. La directrice de la clinique où nous avions été attaqués la veille a pris la parole.

« Ces extrémistes, qui se prétendent pro-vie, montrent leur véritable visage en ignorant le droit fondamental des femmes à interrompre une grossesse. Ils bravent ouvertement la loi, ils vont à l'encontre des principes de séparation de l'Église et de l'État... Pire encore, ils bafouent la dignité humaine la plus élémentaire et les droits génésiques des femmes. »

Ensuite, ça a été au tour de Teresa, qui s'est présentée comme « la plus militante de notre groupe de militants ».

« Nous ne reculerons devant rien pour défendre les droits des enfants à naître, jusqu'à l'abolition de l'arrêt *Roe v. Wade* et la fermeture de toutes les usines de mort qui défigurent notre pays. Les proavortement ont le culot de prétendre protéger les femmes ; mais ces femmes, dès lors qu'elles se retrouvent enceintes, doivent accepter la responsabilité de la vie humaine qu'elles portent en elles. "Interrompre" cette grossesse, pour employer l'euphémisme hélas en usage, revient à commettre un homicide. Et ceux qui refusent d'admettre cette réalité se rendent complices du meurtre de tous ces enfants. Ils nous accusent de bafouer leurs droits élémentaires alors qu'on n'a jamais attaqué personne, ni menacé quiconque de violences physiques... »

La journaliste l'a interrompue pour rappeler que, la veille, le groupe dont elle faisait partie s'en était pris au véhicule d'un chauffeur Uber en train de conduire une femme vers une clinique. Teresa ne s'est pas laissé démonter, froide et solide sur ses appuis.

« Est-ce si grave de frapper le toit d'une voiture quand une vie humaine est en jeu ? »

Elise a poussé un soupir.

« Ils répètent toujours la même chose. C'est triste à dire, mais on ne pourra jamais convaincre les gens comme elle de témoigner la moindre empathie envers les femmes qui prennent une décision aussi difficile. Une décision qui est tout sauf un meurtre... »

Elle s'est interrompue quand la journaliste a annoncé un nouvel invité, « intermédiaire entre ces deux points de vue farouchement opposés : le père Todor Kieuchikov, prêtre de la paroisse St. Ignatius Loyola à Beverly Hills, figure locale de la lutte antiavortement depuis de nombreuses années et fondateur de l'association Angels Assist, soutenue par le célèbre financier Patrick Kelleher.

« Votre ami d'enfance vient de se bâtir un profil médiatique national », a fait remarquer Elise.

Je n'ai pas répondu. Tout ce qui m'intéressait, c'était d'entendre ce nouveau point de vue dont Todor m'avait parlé. Sa voix a jailli des haut-parleurs de la voiture.

« Avant toute chose, je tiens à préciser que je suis opposé à l'avortement pour des raisons éthiques et morales. J'ai convaincu beaucoup de mes paroissiennes, qui hésitaient entre avorter et mener leur grossesse à terme, de choisir la vie pour leur enfant. Si la mère ne peut pas ou ne souhaite pas élever le bébé elle-même, nous avons toujours la possibilité de confier celui-ci à un couple qui désire désespérément un enfant ou à une famille heureuse de l'accueillir. D'après mon expérience de prêtre, les femmes qui acceptent de subir un avortement ont très souvent d'immenses regrets par la suite. Parce qu'elles savent, au fond de leur âme, qu'elles ont empêché un enfant de venir au monde. Elles lui ont refusé la vie. Mais celles qui mènent leur grossesse à terme et donnent leur bébé à l'adoption peuvent renouer avec lui plus tard, dans des circonstances plus favorables. Il est très courant pour un enfant adopté de vouloir rencontrer sa mère biologique, ce qui peut donner lieu à une réconciliation miraculeuse. »

Elise secouait la tête avec amertume.

« Ce qu'il ne faut pas entendre… Une réconciliation miraculeuse, oui… après des années et des années de souffrance insoutenable. »

Mais quelle souffrance est la pire ? me suis-je demandé. Mettre fin à sa grossesse ou confier son enfant à quelqu'un d'autre ?

« Cela dit, a poursuivi Todor, je condamne sans retenue l'intimidation des femmes contraintes de prendre ce qui est littéralement une décision de vie ou de mort concernant l'enfant en train de grandir en elles. Crier sur ces femmes, frapper des voitures, et même s'approcher avec des fleurs en affirmant qu'il y a un autre moyen… Je comprends très bien que des personnes qui croient au caractère sacré de la vie enragent de voir ces femmes s'en remettre à l'industrie abortive. Mais ça ne leur donne pas le droit de les menacer, ni de les effrayer, surtout dans l'état de vulnérabilité et de détresse émotionnelle dans lequel elles se trouvent. Ces femmes ne méritent pas de se sentir comme des criminelles. Ce n'est pas humain. Ce n'est pas chrétien. Ce n'est pas juste. »

La journaliste lui a demandé quelle était, selon lui, la meilleure approche à adopter pour les militants pro-vie… et ce que pensait son éminent bienfaiteur de toutes ces manifestations violentes.

« Je n'aurai pas l'audace de parler au nom de M. Kelleher, mais je peux affirmer avec certitude, d'après les nombreuses conversations que nous avons eues à ce sujet, que M. Kelleher est farouchement opposé à l'intimidation des femmes. Il l'a d'ailleurs prouvé en faisant un don grandiose de deux millions de dollars au refuge des femmes du centre-ville de Los Angeles : la lutte contre les violences faites aux femmes lui tient particulièrement à cœur.

— Décidément, a soupiré Elise, Kelleher est passé maître dans l'art de cacher son conservatisme à coups d'opérations marketing.

— Donc, pour répondre à votre question, poursuivait Todor, quelle est la meilleure approche à adopter pour les militants pro-vie ? En premier lieu, il faut arrêter d'effrayer les femmes qui veulent avorter. Mieux vaut utiliser tous les moyens légaux à notre disposition pour empêcher les cliniques de pratiquer ces avortements. En parallèle, nous devons éduquer les gens pour leur montrer qu'il y a d'autres solutions plus raisonnables. Mais la coercition et le terrorisme n'ont pas leur place dans les campagnes antiavortement. Tout ça doit cesser. »

Tout d'abord, j'ai été soulagé que Todor dénonce les agissements d'Agnieska, de Teresa et de tous leurs petits copains radicaux. Mais Elise n'avait pas entendu le discours de cette oreille.

« Ce type ne dit que des conneries. Des conneries très dangereuses.

— Dangereuses ? Je ne trouve pas. D'accord, il est anti-avortement, mais il a clairement dit que les débordements ne pouvaient plus durer.

— Ce qu'il dit vraiment, c'est qu'il ne s'arrêtera pas tant que l'avortement sera encore légal dans ce pays. Il fait partie de ce mouvement que Wilbur appelait le "Flower pervers" : il se fait passer pour un humaniste ouvert d'esprit et compréhensif, mais la position qu'il défend est profondément rigoriste... et on voit bien qu'il ne connaît rien aux femmes ni à la manière dont chacune d'entre elles réagit à un avortement. À entendre cet imbécile, tout le monde passe par les mêmes émotions préétablies. »

Sa colère m'a déconcerté. Je ne l'avais encore jamais vue si véhémente. Mais je n'étais pas surpris : elle avait survécu à un attentat à la bombe, après tout, et l'un de ses collègues n'avait pas eu autant de chance.

« Écoutez, vous avez toutes les raisons de haïr les pro-vie après ce que vous avez traversé. Et je vois bien que Todor essaie de se faire passer pour un type cool et débonnaire. Mais il s'est toujours aligné sur la position réactionnaire du Vatican concernant l'avortement, et il travaille avec cette folle de Teresa et ses acolytes – dont fait partie ma femme – depuis des années. Alors, l'entendre dire qu'il faut arrêter les manifestations et les violences envers les cliniques... croyez-moi, c'est un sacré progrès. »

Elise a esquissé une grimace de dégoût. Puis elle a simplement haussé les épaules.

« Ce qu'il dit ne me plaît pas, c'est tout. Mais vous avez peut-être en partie raison. Je suis épuisée par tous ces débats sans fin, cette lutte incessante. Et je me rends bien compte qu'on ne trouvera jamais de terrain d'entente. Aucun compromis n'est possible, aucun camp n'est prêt à reculer d'un pouce. C'est notre nouvelle guerre de Sécession, sauf qu'elle n'oppose pas le Nord au Sud... Enfin, on n'en est pas loin. Les chrétiens forcenés contre les gens comme nous, qui croient encore que notre pays est censé être un tant soit peu laïque. Mais qui a raison ? Moi ou votre ami prêtre ? J'essaie juste de protéger des femmes et de les accompagner pendant un moment difficile de leur vie, parce qu'elles souffriront forcément, d'une manière ou d'une autre. Pourquoi faire de ce choix personnel une prise de position, une frontière pour nous diviser encore davantage ? »

Bing. Un message sur le téléphone d'Elise. C'était Klara.

Faites vite, a lu Elise à voix haute. Ça va mal, ici.

Elise a jeté un œil au GPS, d'après lequel il nous restait encore près de deux heures de trajet.

« On ne peut pas prendre une autre route ? a-t-elle demandé.

— Depuis le temps que vous vivez ici, vous devez connaître la règle d'or des routes californiennes : il suffit d'avoir besoin de se rendre quelque part en urgence pour que la circulation soit un cauchemar.

— Bon. Je réponds : Bouchons sur la 10. Impossible d'avancer. On fait au plus vite. C'est grave ? »

Quelques secondes plus tard, *bing*.

Plutôt, oui. Elle a un pistolet pointé sur moi.

18

LES DEUX HEURES SUIVANTES ont compté parmi les plus longues de ma vie. La circulation a commencé à se fluidifier alors que nous traversions la petite ville de Whitewater. Une fois sur la route 62, j'ai enfin pu accélérer – mais j'étais conscient de la présence de policiers guettant les excès de vitesse, le genre à me coller une grosse amende d'une somme curieusement spécifique comme trois cent trente-quatre dollars. Ce n'était vraiment pas le moment de me faire sermonner par un flic.

« Ça va ? m'a demandé Elise, avant de remarquer mon expression. Cette jeune femme ne tirera pas, j'en suis sûre. Elle a simplement paniqué et...

— Si elle est assez tarée pour pointer un flingue sur la femme qui a tout risqué pour la sauver, elle est tout à fait capable de tirer. Envoyez un autre message.

— Je lui ai déjà écrit il y a trente minutes pour lui dire où on était et dans combien de temps on arriverait. J'ai peur de la réaction d'Amber si elle voit Klara envoyer trop de messages. Elle pourrait se faire des idées, après avoir été séquestrée et violée pendant tout ce temps... Quelque part, elle se rend compte que Klara est de son côté, mais elle ignore aussi où elle se trouve et ce qui va lui arriver. Enfin, ce ne sont que des suppositions. J'essaie de comprendre ce qui se passe. D'où sort-elle ce pistolet, bon sang ? »

Alors que nous longions une enfilade de supermarchés, à environ un quart d'heure de notre destination, Elise m'a rappelé que nous étions censés apporter de quoi manger.

« Non, ai-je rétorqué sèchement. On n'a pas une minute à perdre.

— Elle verra ça comme un signe de normalité.

— Cette putain de situation n'a rien de normal. Ma fille est...

— Faites-moi confiance. Amber a besoin de savoir qu'on vient en paix. J'en ai pour moins de dix minutes. »

Je me suis garé devant un Ralphs.

Je suis resté dehors à fumer comme un forcené. Klara. Ma fille unique. La seule personne que j'aimais d'un amour inconditionnel, et la seule raison qui me retenait parfois de foncer droit dans un mur de brique avec ma Prius pour m'en remettre aux ténèbres éternelles. S'il lui arrivait quoi que ce soit...

Non, ne pense pas à ça. N'imagine pas le pire avant que le pire se produise. Écoute Elise. Elle comprend comment fonctionnent les gens. Elle sait quoi faire.

Elise est revenue chargée de deux énormes sacs de courses.

« J'ai pris un gros gâteau au chocolat et un pack de Corona.

— Vous pensez vraiment qu'on va boire tout ça ? Je conduis. Et la gamine est enceinte, sans oublier qu'elle n'a que dix-sept ans.

— Oh, elle ne boira pas, je vous assure, même si elle essaie de me convaincre que ça ne fait rien parce qu'elle ne gardera pas l'enfant de toute façon. »

Je n'ai pas répondu. La simple idée d'avorter un fœtus à cinq mois de grossesse me semblait monstrueuse. Mais je n'avais aucune envie d'aborder le sujet. Pas avec tout ce qui était en train de se passer.

Le GPS nous a fait emprunter l'autoroute pendant encore cinq kilomètres avant de nous aiguiller vers une simple route goudronnée serpentant entre les dunes. Nous étions en plein désert, avec une température avoisinant encore les quarante degrés malgré le début de soirée. L'air était terriblement sec. Pas la moindre trace d'humidité. Des plaines désertiques à perte de vue, quelques collines basses. Une poignée de maisons. Puis un étroit chemin de terre montant en pente douce vers un mobile home. Les pneus de la voiture crissaient sur le sable.

J'ai demandé à Elise de prévenir Klara que nous arrivions. Il y avait des lumières à l'intérieur et à l'extérieur du mobile home, une vieille construction en tôle blanc crème cabossée et tachée de rouille. Un climatiseur vétuste grinçait à l'une des rares fenêtres. La porte s'est ouverte sur Klara. Une jeune fille se tenait derrière elle, le ventre arrondi, ses cheveux blonds descendant en cascade jusqu'à sa taille.

J'ai fait un signe de la main, auquel Klara a répondu d'un hochement de tête raide.

« Salut, papa », a-t-elle dit d'une petite voix.

Amber la tenait par le bras gauche. De l'autre main, elle pressait le canon d'un pistolet contre sa mâchoire.

« Vous avez apporté à manger ?

— Oui, on a de quoi manger, a répondu Elise.

— C'est qui, la vieille ?

— La vieille est là pour vous aider.

— T'es médecin ?

— Je travaille avec les médecins qu'il vous faut. Je m'appelle Elise. Et si vous nous laissez entrer, je vais préparer à dîner. »

Amber nous a fait signe de la suivre à l'intérieur sans cesser de menacer Klara, qu'elle a forcée à s'asseoir dans un fauteuil défoncé. La décoration était typique des hippies des années 1970. Je me suis approché de ma fille pour lui prendre la main.

« Qui t'a dit de faire ça ? a aboyé Amber en pointant son arme sur moi.

— C'est vraiment nécessaire ? a demandé Elise d'un ton étrangement léger, presque jovial.

— Toi, la ferme.

— D'accord, a répondu Elise en déballant les courses. Vous avez faim ?

— La ferme, j'ai dit. »

Armant le chien du pistolet, Amber l'a braqué sur la tempe de Klara. Impossible de le lui arracher des mains, à présent.

« Vous allez la tuer si je ne me tais pas ? a demandé Elise tout en ouvrant les tiroirs de la cuisine à la recherche d'un couteau.

— Je vous tuerai tous.

— Pourquoi ? »

Munie d'un petit couteau au manche de plastique noir, Elise s'est attaquée à un oignon.

« Parce que vous essayez tous de m'entuber, a sifflé Amber.

— Ça fait combien de temps que vous n'avez pas dormi ?

— Ta gueule.

— Combien de temps ?

— Deux jours.

— Pas étonnant que vous soyez aussi instable.

— Dis ça encore une fois et je la bute. »

Elise s'affairait à émincer des oignons, la voix toujours aussi calme – comme si cette conversation n'avait rien d'inhabituel.

« Pourquoi faire une chose pareille ? Surtout à une femme qui a risqué sa vie pour vous sauver. Et sous les yeux de son père, en plus. Vous la tuez, vous nous tuez, et ensuite ? Vous allez où ? En prison, à perpétuité. Mais c'est peut-être ça que vous voulez. C'est ça que vous avez l'impression d'être devenue : aussi mauvaise et perverse que l'homme qui... »

Sans prévenir, Amber a pointé le pistolet sur Elise. Klara a profité de l'occasion pour lui décocher un coup de poing en plein visage, la déséquilibrant au moment où elle tirait. La détonation a empli la pièce, assourdissante. Amber s'est effondrée sur le canapé en tentant de viser Klara. Je me suis jeté sur son bras, que j'ai plaqué de toutes mes forces contre les coussins. Alors qu'elle essayait de tirer à nouveau, Klara a entrepris de la gifler à toute volée en criant :

« Qu'est-ce qui t'a pris !? Tu veux que je te ramène à L.A. ? Droit dans la gueule du loup ? »

Amber s'est mise à hurler. Klara l'a giflée à nouveau.

« Lâche ce flingue, putain. »

Les hurlements ont redoublé. Les gifles aussi. J'ai resserré ma prise sur son poignet, prêt à le briser si elle tentait de tirer encore une fois. Elise, qui s'était jetée au sol derrière le comptoir de la cuisine quand le tir était parti, s'est relevée en toute hâte et a saisi le bras de Klara, interrompant la pluie de coups.

« Ça suffit. »

Elle s'est tournée vers Amber.

« Écoutez-moi, je vous en prie : nous sommes là pour vous. Arrêtez ça. Faites-nous confiance. Nous sommes votre seul espoir. »

Amber a fermé les yeux. Elle a laissé échapper l'arme, que j'ai immédiatement ramassée. Quand je lui ai lâché le poignet, elle s'est levée d'un bond pour se jeter dans les bras d'Elise en pleurant sans pouvoir s'arrêter. Klara s'est affalée sur le sofa, tremblante. Je l'ai relevée, attirée contre moi et serrée de toutes mes forces pendant un très long moment. Puis j'ai murmuré à son oreille :

« Tu vas me faire perdre dix ans d'espérance de vie. »

Elle s'est mise à sangloter, le visage enfoui dans mon épaule. Je n'avais jamais vu Klara pleurer si fort.

« Allons dehors », a-t-elle fini par dire.

Elle s'est tournée vers Elise, qui tenait toujours Amber entre ses bras.

« Ça va aller, avec elle ? »

Elise a acquiescé en silence. J'ai suivi Klara à l'extérieur, où j'ai sorti mon paquet de cigarettes pour le lui tendre.

« Donne-moi le Glock, papa.

— Tu connais la marque ? Comment ?

— À ton avis ? C'est le mien.

— Depuis quand tu as une arme, merde ?

— Depuis que je fais ce boulot. Il y a un paquet de types énervés qui n'aiment pas qu'on les empêche de cogner sur leur femme. »

Après quelques secondes d'hésitation, j'ai obéi. Il y avait quelque chose de profondément perturbant dans le fait de tendre un pistolet à ma fille. Elle a enclenché la sécurité d'un geste expert avant de déloger le chargeur pour l'examiner avec attention. J'ai allumé deux cigarettes.

« Tu as appris à te servir de ce truc ? ai-je demandé en lui en donnant une.

— On n'achète pas un Glock sans apprendre à s'en servir.

— Il est déclaré, j'espère.

— Évidemment, tu me prends pour qui ?

— Comment cette pauvre folle a réussi à mettre la main dessus ?

— J'avais besoin d'aller aux toilettes. Je n'avais pas dormi depuis quarante-huit heures, j'étais à bout. Bêtement, j'ai laissé mon sac dans la pièce principale. Quand je suis revenue, elle pointait le Glock sur moi. J'ai essayé mille fois de lui expliquer que j'étais de son côté. Ça fait des heures qu'elle me menace avec ce truc, à hurler des insanités. Qu'elle va me tuer, puis tuer le bébé, et retourner à Brentwood avec le cadavre du gosse de Kelleher – c'est le fils qu'il a toujours voulu –, tirer dans les couilles de l'homme qui l'a traitée comme une esclave, lui verser un bidon d'essence dessus et le transformer en torche humaine.

— Mon Dieu...

— Je sais, c'est un vrai conte de fées. Mais il faut la comprendre : elle a été tellement maltraitée, humiliée et coupée du monde... Pas étonnant qu'elle déraille complètement. D'accord, ce n'était pas une excuse pour me mettre en joue avec un flingue ou tirer au hasard. Après deux jours avec elle et toutes ces heures de menaces, j'ai un peu perdu mes nerfs.

— Elle va vraiment avorter ?

— Elle ne veut rien entendre d'autre.

— Mais elle est enceinte de plus de cinq mois.

— Ça ne te regarde pas, papa.

— J'ai quand même le droit de dire ce que je pense.

— Et moi, je te dis que je me fiche de savoir à quel point sa grossesse est avancée. C'est son choix, sa décision. Ce fœtus est le produit d'un viol, et le père est un homme qu'elle hait plus que tout. Si elle veut s'en débarrasser...

— À ce stade, ce n'est plus un fœtus. C'est un enfant.

— Ne te mêle pas de ça.

— C'est toi qui m'y as mêlé, Klara. »

Elle m'a lancé le regard revêche auquel j'avais déjà droit quand je lui demandais de ranger sa chambre à quinze ans. Ma montre indiquait 21 h 08. Je n'avais qu'une envie : me reposer quelque part.

« Qu'est-ce qu'on fait, maintenant ?

— Ça va dépendre d'Elise, a répondu Klara. Il n'y a qu'un seul lit, en plus du canapé.

— Je vais lui en parler.

— Attends, je vérifie que la crise est passée. »

Elle s'est avancée jusqu'à la porte pour jeter un coup d'œil à l'intérieur.

« C'est bon, tout va bien. »

Amber était couchée dans le lit, dont Elise avait réussi à arranger suffisamment les draps et les oreillers pour lui donner une apparence douillette. Roulée en boule, elle suçait son pouce. La voir ainsi m'a fait l'effet d'un coup de poing à l'estomac. Klara est allée s'asseoir près d'elle sur le lit, lui a pris la main et lui a parlé à voix basse pendant quelques minutes. Au bout d'un moment, Amber s'est redressée et s'est blottie contre elle pour se laisser bercer doucement entre ses bras.

« Je suis désolée de t'avoir frappée, Amber. C'était tout le contraire de ce que je voulais. Mais tu aurais pu tuer quelqu'un, tu comprends ? Fais-nous confiance, on va t'aider à commencer une nouvelle vie ailleurs.

— Mais il viendra me retrouver...

— Tu es en sécurité ici. On trouvera le moyen de te faire changer d'identité. Pour qu'il ne te retrouve jamais. Repose-toi, maintenant. On va bientôt manger. »

D'un geste plein de douceur, Klara a reposé la tête d'Amber sur l'oreiller. Celle-ci s'est immédiatement remise à sucer son pouce, les yeux écarquillés de peur, d'épuisement et de confusion. Dans la cuisine, Elise s'occupait de faire sauter des oignons, de l'ail et des légumes émincés dans une poêle ; elle y a ajouté une boîte de haricots rouges, une boîte de tomates et une cuillerée de piment en poudre.

« La bière est dans le réfrigérateur, m'a-t-elle dit. Servez-vous. D'ailleurs, si quelqu'un pouvait en prendre une pour moi... »

Je me suis emparé de trois bouteilles de Corona dont j'ai dévissé les capsules avant d'en donner une à Elise et une à Klara. Nous n'avons pas pris la peine de trinquer. La bière était fraîche, exactement ce dont j'avais besoin. Klara s'est laissée tomber dans un fauteuil usé, a bu longuement, puis s'est pris la tête entre les mains avec un profond soupir. Je suis venu m'installer avec précaution sur le bras du fauteuil, m'attendant

177

à moitié à ce qu'il s'effondre sous mon poids. Par miracle, il a tenu bon. J'ai pressé l'épaule de ma fille.

« C'est derrière nous, maintenant.

— Elle est calmée, a ajouté Elise tout en remuant le chili. Elle ira beaucoup mieux après une bonne nuit de sommeil. Mais les choses ne vont pas se passer comme prévu.

— Comment ça ? a demandé Klara.

— Elle garde le bébé. »

19

CETTE NUIT-LÀ, j'ai dormi dans un motel bon marché à une vingtaine de kilomètres du mobile home. C'est Elise qui l'a trouvé sur Internet. La chambre était on ne peut plus basique. Mais le lit double ne s'affaissait pas, la climatisation fonctionnait correctement, et la télévision recevait les chaînes principales. Elise m'a donné deux autres bouteilles de Corona à emporter. Elle-même dormirait sur le canapé du mobile home afin de s'assurer, m'a-t-elle dit, que le plan qu'elle avait prévu de mettre en œuvre serait prêt le lendemain matin. À mon avis, elle craignait aussi que Klara ne fasse quelque chose de radical pendant la nuit. Ma fille avait en effet réagi de manière très violente à la nouvelle qu'Amber allait garder l'enfant.

J'étais soulagé de quitter enfin ce mobile home. Parce qu'après le coup de feu, les cris et les pleurs, j'ai encore dû assister à la violente dispute opposant Klara et Elise. Le dîner a permis de repousser les hostilités à plus tard : malgré son indignation, Klara avait désespérément besoin de manger quelque chose, et ne voulait pas faire une scène devant Amber. Lorsque celle-ci s'est levée pour nous rejoindre à table, nous avons tous tâché d'entretenir un semblant de conversation tranquille. Je voyais Klara se retenir d'aborder le sujet. Pour le dessert, Amber a mangé deux parts de gâteau au chocolat avant d'accepter la tisane proposée par Elise. Puis elle nous a remerciés et a serré Klara et Elise dans ses bras en affirmant qu'elle se sentait maintenant en sécurité.

« Désolée d'avoir complètement déconné tout à l'heure. »

Elle a terminé sa tisane, s'est mise au lit et a sombré presque instantanément dans le sommeil.

Klara a fait signe à Elise de la suivre à l'extérieur. Je leur ai emboîté le pas, conscient qu'elles auraient sans doute besoin d'un arbitre. Et puis je redoutais que ma fille ne perde son sang-froid – et j'avais raison.

« Vous êtes à la solde de ces connards de pro-vie, ou quoi ? a-t-elle sifflé à Elise aussitôt que la porte s'est refermée derrière nous.

— Laissez-moi vous expliquer...

— M'expliquer quoi ? Pendant tout le trajet de L.A. jusqu'ici, Amber a répété au moins dix fois que la première chose que je devais faire en arrivant était de lui trouver un médecin pour l'aider à avorter. Tout de suite. Et là, vous passez dix minutes avec elle et elle change d'avis comme par magie. Ça pue l'embrouille. »

Dans sa voix, la colère le disputait à la provocation. Mais Elise ne s'est pas laissé démonter : elle s'est plantée face à elle, les yeux dans les yeux, et l'a toisée d'un regard qui m'a furieusement rappelé celui d'une directrice d'école.

« Je fais mon travail de doula depuis plus de cinq ans. En moyenne, j'accompagne trois femmes par semaine pendant leur avortement. Des centaines de femmes dans tous les états mentaux et émotionnels qu'on puisse imaginer. Je n'ai jamais, jamais, essayé de forcer quiconque à changer d'avis. Je n'ai jamais dit à une seule de ces femmes qu'elle devait renoncer à l'opération. Mais deux choses rendent cette situation différente de la norme : tout d'abord, Amber a dix-sept ans. Elle est mineure. Et ce qui est plus grave, elle n'est pas enceinte de cinq mois, comme vous le prétendiez au début. Elle m'a dit tout à l'heure que le médecin avait estimé sa grossesse à six mois et dix jours.

— Ah, tu vois, ai-je lancé à Klara. J'en étais sûr...

— Reste en dehors de ça, papa.

— Et pourquoi ? a rétorqué Elise. C'est vous qui l'avez fait venir ici. Vous lui avez demandé de m'emmener. On a conduit pendant des heures pour vous aider, vous et cette pauvre jeune femme.

— Elle n'arrête pas de dire qu'elle refuse de porter l'enfant de l'homme qui l'a violée. Vous ne pouvez pas l'y obliger...

— Je ne participerai pas à l'avortement d'un fœtus de plus de vingt-cinq semaines. Et tout médecin qui se respecte sera du même avis, jeune fille.

— Ne prenez pas ce ton condescendant avec moi. Si vous ne voulez pas vous en charger, je trouverai quelqu'un d'autre.

— Alors je vous assure que vous n'aurez pas affaire à un vrai médecin, mais à un dangereux escroc qui n'a aucune idée de ce qu'il fait.

— Je trouverai quelqu'un de fiable. De toute façon, la loi californienne est assez vague : la limite pour pratiquer un avortement se situe entre vingt-trois et vingt-huit semaines. Je suis sûre qu'on est encore dans les temps.

— Vous oubliez qu'Amber est mineure. À son âge, une grossesse de vingt-cinq semaines ne devrait pas être interrompue. Avorter maintenant, ça veut dire faire appel à l'un de ces avorteurs clandestins auxquels les femmes devaient avoir recours avant l'arrêt *Roe v. Wade*. Pour le coup, vous commettriez réellement un crime.

— Mais elle ne veut pas le garder...

— Oui, c'est ce que vous a répété cette jeune femme de dix-sept ans hystérique, maltraitée, violée et – d'après ce qu'elle m'a dit – sodomisée à répétition. Mais étant donné qu'elle est mineure, l'État décrétera sans doute que...

— Mais j'emmerde l'État ! a crié Klara.

— Alors quoi ? Vous voulez basculer dans l'illégalité et mettre toutes les cartes entre les mains de ceux qui vous poursuivent ? Sur ce point, la loi a raison.

— Kelleher fera tout pour récupérer le bébé, vous le savez très bien.

— Pas si on emmène Amber à la brigade des crimes sexuels du LAPD pour qu'elle y raconte toute l'histoire. C'est ce que vous auriez dû faire dès l'instant où vous l'avez récupérée dans ce centre commercial.

— Mais la première chose qu'elle m'a dite, après m'avoir expliqué qu'elle était l'esclave sexuelle de Kelleher depuis ses quatorze ans, c'était qu'elle refusait de donner naissance à ce bébé conçu en captivité. Si j'avais prévenu la police...

— Je comprends bien pourquoi vous avez préféré venir ici. Votre priorité était de mettre Amber en sécurité. Il reste qu'elle est tout de même mineure, et...

— Vous répétez sans arrêt la même chose, merde !

— Je respecte ce que vous faites, a poursuivi Elise, imperturbable. Je suis très impressionnée par ce que vous êtes prête à risquer pour Amber... même si vous avez terrorisé votre pauvre père avec toutes ces imprudences.

— Ce n'étaient pas des imprudences, s'est entêtée Klara. C'était ce qu'il fallait faire.

— Tu as failli y rester, ai-je rappelé.

— J'ai neuf vies. Comme les chats de gouttière.

— N'importe quoi, a dit Elise. Vous savez très bien que s'il vous arrivait quoi que ce soit, votre père ne s'en remettrait jamais.

— Je pense qu'il est assez grand pour s'exprimer lui-même.

— Mais est-ce que tu m'écouterais ? ai-je demandé. Tu as réussi à te mettre à dos le type le plus puissant de Los Angeles. Il n'y a pas de quoi plaisanter. Regarde ce qui est arrivé à la pauvre vigile qui t'a appelée quand elle est tombée sur Amber : est-ce que quelqu'un l'a revue depuis ? »

Klara a secoué la tête, l'air angoissé.

« Dès qu'elle aura avorté, je préviendrai la police et j'enverrai Kelleher en taule jusqu'à la fin de ses jours.

— Mais bien sûr, a ironisé Elise. Prévenir la police après avoir organisé un avortement illégal pour une mineure, alors que vous auriez pu impliquer les autorités dès le début ? C'est vous qui finirez en prison. Et vous donnerez à Kelleher le bâton pour vous battre devant le monde entier : au lieu de sauver le bébé, cette ultraféministe sans scrupule a forcé une jeune fille mineure à subir un avortement clandestin ! Même si Amber affirme que c'était son choix, même si par miracle Kelleher est démasqué et arrêté pour ce qu'il lui a fait, les médias sauteront sur l'occasion de vous ériger en symbole des féminazis infanticides. C'est comme ça qu'ils fonctionnent, vous le savez aussi bien que moi. L'enfant que porte Amber est à moins de dix semaines du jour de sa naissance. Il mérite de vivre. Nous devons respecter ça, Klara. C'est ce que j'ai expliqué à Amber tout à l'heure. Je lui ai demandé si elle pourrait vraiment se pardonner d'avorter cet enfant à un stade aussi avancé de son développement. Sans compter que la meilleure façon pour elle de se venger de l'homme qui l'a maltraitée et violée serait de mettre son fils au monde et, puisqu'elle ne veut pas l'élever elle-même, de le confier à des parents qui lui offriraient la meilleure existence possible. Mon association peut facilement lui trouver un endroit sûr et confortable où passer le reste de sa grossesse, lui assurer un suivi médical optimal jusqu'à la naissance du bébé, et organiser l'adoption en toute confidentialité avant de révéler son histoire à la police et au reste du monde.

— Je suis d'accord avec ce que vous avez dit tout à l'heure, ai-je fait remarquer à Elise. Le plus sage serait de tout raconter à la police dès maintenant.

— Mais Amber a raison, est intervenue Klara. Si on prévient la police, Kelleher et ses alliés s'en mêleront immédiatement... et qui sait comment ça finira ? Ce type a l'Église et tous les puissants de la ville dans sa poche. Vous pouvez faire autant de grands discours que vous voulez sur la morale, les zones grises et les limites du devoir civique, Elise, mais il n'empêche qu'on est en guerre – en guerre contre le mâle blanc qui sent ses privilèges lui échapper et ne reculera devant rien pour garder le pouvoir. Et ces salopards ne se plient à aucune règle. Ils piétinent les droits des femmes, les minorités, les immigrés, les personnes LGBT... Petit à petit, ils transforment ce pays en république bananière entièrement contrôlée par une élite d'ultrariches.

— Vous croyez que je ne sais pas tout ça ? Que je ne le vois pas ? Je suis comme n'importe quelle Américaine avec un cerveau : la direction que prend notre pays m'inquiète profondément. On pourrait passer la nuit à débattre de théorie, Klara, mais le fait est qu'on a un problème pratique à résoudre : comment mettre Amber en sécurité ? Hors de vue, hors de danger... Et c'est valable pour vous aussi. Alors dites-moi si vous avez une meilleure idée que celle que je vous ai donnée. Allez-y, je vous écoute. »

Klara s'était mise à faire les cent pas. Je percevais sa peur. Mais quand je me suis approché pour la prendre dans mes bras, elle s'est dégagée sans ménagement.

« Je n'ai pas besoin que tu me rassures, papa. Je me suis fichue toute seule dans ce pétrin, c'est à moi de m'en sortir.

— Pas si tu laisses Elise t'aider. Et aider Amber. »

Klara est restée silencieuse un moment, les yeux baissés sur la table. Puis elle s'est approchée de moi pour prendre le paquet de cigarettes qui dépassait de ma poche de chemise et en a sorti une avant de la montrer à Elise d'un air interrogateur. Quand celle-ci a hoché la tête, Klara a placé deux cigarettes entre ses lèvres, a accepté le briquet que je lui tendais, les a allumées et en a donné une à la seule femme que je connaisse capable de réduire ma fille au silence et de lui faire envisager un point de vue différent.

« Je veux en parler avec Amber quand elle se réveillera demain matin, a-t-elle fini par déclarer en exhalant une bouffée de fumée. Je promets de ne pas lui mettre la pression, ni de lui dicter quoi faire. Mais je veux l'entendre dire qu'elle accepte de garder le bébé. Dans ce cas, je vous laisserai faire. De mon côté, je vais devoir trouver le moyen de disparaître de la circulation pour quelque temps.

— Mon association peut vous aider, là aussi. Les femmes qui la dirigent ne verront aucun inconvénient à vous héberger en lieu sûr.

— À me cacher pour le restant de mes jours, vous voulez dire ?

— Si Kelleher finit en prison, tu seras tranquille, ai-je fait remarquer.

— Sauf s'il envoie ses hommes de main me régler mon compte pour se venger. »

J'avais du mal à respirer, soudain. De la part d'un tel homme, ça n'aurait rien de surprenant.

« Voyons d'abord comment les choses se passent, a tempéré Elise. Vous pouvez… vous devez parler avec Amber demain matin. Maintenant, si ça ne vous ennuie pas, je vais aller trouver un motel pour votre père et téléphoner loin d'ici. Juste au cas où mon portable serait surveillé. Votre prêtre, Brendan, a dit qu'il savait que vous travailliez avec moi.

— Mais il ne peut pas surveiller votre téléphone, ai-je dit.

— Rien ne m'étonnerait de la part de ce connard, a sifflé Klara. Surtout qu'il est à la solde de Kelleher.

— J'ai besoin de dormir. »

Deux minutes plus tard, après avoir serré longuement ma fille contre moi, je me suis remis au volant de la Volvo. Elise m'accompagnait, elle en profiterait pour faire quelques courses et je la ramènerais ensuite au mobile home. Nous avons de nouveau emprunté l'autoroute jusqu'à une petite ville du nom de Yucca Valley, où nous avons fait halte dans un motel bon marché. Puis, une douzaine de kilomètres plus loin, nous avons trouvé une supérette encore ouverte. Elise est sortie faire quelques achats et passer un coup de fil tandis que je restais assis dans la voiture, comptant sur la climatisation pour me maintenir éveillé. À son retour, Elise m'a dévisagé d'un air soucieux.

« Vous êtes sûr que vous êtes en état de me ramener au mobile home ?

— J'ai l'habitude de conduire fatigué. »

Pendant que je redémarrais, Elise a griffonné un nom et un numéro de téléphone sur un carnet tiré de son sac à main.

« Ma collègue se nomme Judy Rainer. Je lui ai tout expliqué, elle va prendre les dispositions nécessaires. On repassera ici demain pour que je puisse l'appeler et savoir ce qui nous attend. Mais je préfère vous prévenir : dès qu'Amber sera en sécurité avec mon association, notre intention – avec sa permission, bien sûr – est d'impliquer le système judiciaire aussi vite que possible pour éviter que Kelleher ne nous court-circuite. Même si je n'aime pas agir en douce, Amber est dans un état beaucoup trop fragile en ce moment. Et votre fille est tellement préoccupée par l'idée de la protéger qu'elle refuse de voir la vérité : Kelleher est en train de tout mettre en œuvre pour retrouver Amber avant qu'elle avorte ou qu'elle prévienne la police. Notre association travaille avec de nombreux avocats, et même quelques juges à la retraite, qui peuvent monter un dossier contre Kelleher rapidement et discrètement et faire en sorte que l'État nous confie la garde d'Amber jusqu'à la naissance de l'enfant. Mais je sais que Klara criera à la trahison et refusera de me laisser faire si elle apprend que je veux mettre cette affaire entre les mains du procureur après-demain au plus tard. Kelleher est un adversaire redoutable, et s'il nous retrouve avant ce moment…

— Klara restera toujours dans sa ligne de mire, pas vrai ?

— C'est une possibilité, Brendan. Mais on va s'en occuper, et les autorités aussi…

— Je ne peux pas la perdre. Si elle est obligée de se cacher pour de bon…

— Brendan, envisager le pire ne nous avance à rien pour l'instant. Attendons de voir ce qui va se passer. »

Je me suis mis à trembler. De fatigue, de peur. J'ai resserré ma prise sur le volant en étouffant un sanglot. Sans ma fille, ma vie n'aurait plus de sens. Elle était tout ce que j'avais au monde. Elise m'a touché le bras avec douceur.

« Vous n'êtes pas seul. Sachez-le. »

Mais je ne m'étais jamais senti aussi seul.

Sur le côté de l'autoroute se dressait une église moderne avec un énorme panneau :

Église Victory Cavalry – Nous vous aiderons à voir la lumière !

« Tous les hommes cherchent la lumière, n'est-ce pas ? a soupiré Elise. Comme si, une fois qu'ils l'auront trouvée, toutes les réponses allaient leur apparaître.

— Je ne sais pas grand-chose. Ce dont je suis sûr, c'est qu'il n'y a pas de vraies réponses.

— Pas pour vous, ni pour moi. Mais pour ceux qui pensent avoir trouvé la lumière, il y a une certaine aura de certitude. Et c'est ce halo qui nous rend si méfiants à leur égard.

— Parce que leurs réponses ne sont pas les mêmes que les nôtres ?

— Peut-être parce que les réponses ne laissent que peu de place à la différence. Si l'histoire nous a appris une chose, c'est que ceux qui croient détenir la lumière condamnent souvent les autres à l'obscurité. »

Aucun de nous n'a ajouté un mot jusqu'à ce que je me gare une fois de plus devant le mobile home. J'avais prévu d'entrer avec Elise pour voir comment allaient Klara et Amber, mais toutes les lumières étaient déjà éteintes.

« Inutile de mettre un réveil demain, m'a dit Elise. Reposez-vous.

— Comment allez-vous dormir ?

— Mal. Mais je me sentirai plus sereine si je reste avec les filles pour veiller sur elles.

— Je devrais rester, moi aussi.

— Allez dormir. Maintenant. »

De retour au motel, je me suis déshabillé dans ma chambre. J'ai pris une très longue douche brûlante. J'ai éclusé les deux Corona. Allongé dans le lit, j'ai allumé la télévision sur un talk-show de hasard. Le sommeil m'a emporté en quelques secondes.

Puis c'était le matin. Il était tard : 11 h 08 d'après le réveil numérique sur la table de nuit. Je me suis redressé d'un bond. Comment la nuit s'était-elle passée au mobile home ? Je me suis emparé de mon portable. S'il y avait eu une urgence, Klara aurait sans doute pris le risque de m'envoyer un message. Et même si mon téléphone était surveillé, je me trouvais suffisamment loin d'elle pour ne pas la trahir.

J'ai rallumé l'appareil. *Bing. Bing. Bing. Bing. Bing.* Cinq messages d'une personne dont je n'avais jamais de nouvelles : Graznya Pawlikowski, la plus jeune sœur de ma femme. Le dernier message disait :

Brendan, où es-tu ? Rappelle-moi dès que possible. Peu importe l'heure.

J'ai rappelé. Graznya a décroché dès la première sonnerie.

« Brendan, où étais-tu ? a-t-elle demandé d'une voix tendue par le stress. Ça fait des heures que j'essaie de te joindre.

— Qu'est-ce qui se passe ?

— C'est affreux… Agnieska a fait une embolie hier soir. Suivie d'un arrêt cardiaque. Les médecins craignent qu'elle ne passe pas la journée. »

20

LA CULPABILITÉ. Elle ronge l'âme. Elle nous chuchote que rien ne pourra nous racheter, que – comme me le répétait l'Église à l'âge où j'étais tout disposé à la croire – la vie n'est qu'un cheminement pénible dont la compensation ne se trouve qu'à la fin. Et encore, seulement pour ceux qui ont obéi au programme sans faillir.

La culpabilité. Pendant tout le trajet vers le mobile home, je me suis répété : *Ce n'est pas ta faute.* D'après ce que m'avait expliqué Graznya, Agnieska avait été extrêmement stressée ces derniers jours. La veille, à 21 h 30, elle avait appelé sa petite sœur en se plaignant que sa poitrine lui faisait « un mal de chien ». Graznya s'était précipitée chez elle, l'avait trouvée à demi évanouie sur le sol de la cuisine et avait prévenu les secours. Avant de sombrer dans une espèce de coma dû au manque d'oxygénation du cerveau, Agnieska avait eu le temps de lui murmurer :

« Je sais que j'ai été horrible avec Brendan. Demande-lui de me pardonner et de prier pour moi. »

« J'aurais dû être là pour elle, ai-je murmuré au téléphone.

— Je ne te reproche rien, Brendan. Mais elle m'a aussi dit qu'elle t'avait pardonné. À mon avis, elle s'est trop investie émotionnellement dans votre dispute… Elle m'avait déjà parlé de la femme à qui tu servais de chauffeur et de ce qu'elle faisait. Alors, quand tu as disparu pendant plusieurs jours, elle n'a sans doute pas pu le supporter. Où étais-tu, ces dernières vingt-quatre heures, enfin ?

— Elle ne t'a pas dit qu'elle m'avait chassé de la maison ? »

Graznya n'a pas répondu tout de suite.

« Si, elle me l'a dit. Et elle m'a expliqué pourquoi.

— Après notre dispute, j'ai pris une chambre dans un motel. J'ai éteint mon téléphone. Si tu savais comme je regrette…

— Reviens, tout de suite. Et emmène Klara. Il faut qu'elle dise adieu à sa mère. Où est-elle, en ce moment ?

— Elle travaille. Mais je sais où la trouver.

— Ça va te prendre combien de temps pour revenir ici ?

— Quelques heures. Est-ce qu'elle tiendra ?

— Je l'ignore. Quand les ambulanciers nous ont déposées à Dignity, hier soir, l'équipe des urgences m'a dit qu'ils ne pouvaient pas faire grand-chose pour elle. Elle était déjà aux portes de la mort. Je n'arrivais pas à te joindre, mais le prix d'un séjour à l'hôpital est exorbitant et je savais que ma sœur préférerait quitter ce monde dans son propre lit. Alors j'ai décidé à ta place. On l'a ramenée chez vous ce matin.

— Merci, Graznya. Est-ce qu'elle souffre ?

— Elle n'en est plus là, maintenant.

— Il y a d'autres gens avec elle ?

— Notre frère est en route depuis Fresno. Je suis terriblement désolée, Brendan. Fais au plus vite, s'il te plaît… et sache que je prie, non seulement pour Agnieska, mais pour toi aussi. »

Une fois de plus, j'ai eu l'impression que quelque chose me comprimait la cage thoracique. C'était la fin, ce coup-ci, j'en étais sûr : mon châtiment pour tout ce que j'avais provoqué. Mon téléphone à présent muet est tombé sur la table de chevet. Je me suis rallongé sur le lit, les yeux clos. Sans réfléchir, j'ai récité une dizaine de chapelets et trois Je vous salue Marie. La douleur s'est arrêtée en haut de mon bras gauche au lieu de se propager jusqu'au bout de mes doigts comme à l'ordinaire. Je n'irai pas jusqu'à dire que mes prières avaient fonctionné – mais le mal tapi quelque part en moi, sans doute au beau milieu d'une artère, et qui n'attendait que le bon moment pour me rayer des vivants, avait décidé de me laisser un jour de répit pour affronter ma femme mourante dans la maison dont elle m'avait banni.

Quand la douleur s'est dissipée, je me suis traîné jusqu'à la douche. Puis j'ai repris la route. À 12 h 30, j'étais de retour devant le mobile home. Je redoutais la réaction de Klara.

Mais c'est Elise qui est sortie me saluer. En voyant mon visage, elle s'est raidie.

« Vous avez reçu une mauvaise nouvelle, je me trompe ? » Je lui ai résumé la situation.

« C'est terrible, a-t-elle murmuré, livide comme si quelqu'un venait de la frapper. Les médecins lui donnent encore combien de temps à vivre ?

— Elle ne passera sans doute pas la journée.

— Vous devez partir tout de suite.

— Je sais. Et je dois le dire à Klara... »

Elle s'est approchée pour me poser une main sur l'épaule.

« Je suis profondément navrée. »

Elle m'a suivi à l'intérieur. Amber était assise dans un coin, absorbée par un dessin animé à la télévision. Klara découpait des légumes dans la cuisine, son pistolet posé sur le plan de travail devant elle. À mon approche, elle a levé les yeux.

« Qu'est-ce qu'il y a ? »

Je le lui ai dit.

Elle a laissé tomber son couteau et a agrippé le rebord du meuble, la tête baissée. Puis elle a fermé les yeux et prononcé un seul mot :

« Maman. »

Je me suis avancé vers elle. Je l'ai prise dans mes bras. Elle a pleuré, le visage contre mon épaule. Mais juste un instant.

« Combien de temps il reste avant... ?

— Je ne sais pas. D'après ta tante, quelques heures. Peut-être.

— Je ne peux pas laisser Amber.

— Si, vous pouvez, a dit Elise. Je reste avec elle. Amber ne risque rien tant que je suis là. Je peux prendre votre voiture pour l'emmener en lieu sûr demain, quand j'aurai contacté mes collègues du Women's Choice Group pour savoir ce qu'ils ont prévu pour elle. Je vous tiendrai au courant par message, Klara. Si tout va bien, Amber sera hors de danger dès demain.

— Elle est sous ma responsabilité...

— C'est notre responsabilité à tous, à présent. Elle sera entre de bonnes mains pour la suite de cette affaire. Votre mère est mourante. Vous devez aller la voir. »

Elise s'est emparée du pistolet.

« Rendez-moi ça, a ordonné Klara.

— Quand vous reviendrez.

— Arrêtez vos conneries.

— Vous jouez les dures à cuire, mais vous vous laissez emporter par vos émotions comme une adolescente. »

Dans le silence qui a suivi, Amber s'est approchée, curieuse de savoir ce qui se passait – et a écarquillé les yeux en apercevant l'arme dans la main d'Elise. Celle-ci lui a rapidement expliqué la situation. Alors Amber a étreint Klara de toutes ses forces, murmurant des condoléances, avant de conclure par :

« Tu dois aller la voir. »

Klara, qui s'était raidie au contact d'Amber, s'est dégagée nerveusement et a commencé à arpenter la pièce, comme je l'avais souvent vue faire dans les moments de stress.

« Seulement si vous me rendez mon arme, a-t-elle fini par lancer à Elise.

— Le pistolet reste ici.

— Qu'est-ce qui vous donne le droit de décider ?

— Là où vous allez, vous n'en aurez pas besoin. On ne se rend pas au chevet de sa mère avec une arme à feu. Vous n'êtes pas d'accord, Brendan ? »

J'ai acquiescé d'un signe de tête.

« Très bien. Alors je n'y vais pas », a déclaré ma fille.

Amber lui a saisi la main.

« Elise a raison, il faut que tu y ailles. On peut lui faire confiance, tu sais. On sera en sécurité ici, elle et moi, et ses amies viendront nous chercher demain. »

Sa voix s'est faite pressante.

« J'ai perdu ma mère quand j'avais treize ans. Elle n'était pas la meilleure des mères, mais je n'aurais jamais atterri dans cet endroit horrible si elle avait survécu. Ta mère à toi n'est peut-être pas parfaite, mais elle t'aime quand même plus que tout, j'en suis sûre. »

Même Klara a été prise de court par la véhémence de cette enfant maltraitée et violée. Elle a baissé la tête, les yeux débordants de larmes.

« Elle n'a jamais eu d'affection pour moi.

— Amber a raison, l'ai-je contredite avec douceur. Ta mère t'aimait. Elle avait juste du mal à accepter ce qui ne collait pas à sa vision limitée du monde. Et elle se laissait facilement influencer par les gens charismatiques. »

Je parlais déjà d'Agnieska au passé.

Une heure plus tard, alors que nous roulions vers l'ouest sur l'autoroute, Klara s'est tournée vers moi.

« Je ne te l'ai jamais raconté, mais un jour, quand j'avais six ans, je suis rentrée de l'école et j'ai renversé mon verre de lait sur la table. Maman était furieuse. Elle s'est mise à me gifler en criant que c'était mon frère Karol qui aurait dû vivre, pas moi. Qu'elle était bien obligée de m'aimer, mais qu'elle n'avait pas d'affection pour moi. Et qu'elle n'en aurait sans doute jamais.

— Elle était folle de chagrin, à l'époque.

— Tu essaies de lui trouver des excuses, papa ?

— Non, je dis juste... qu'elle a vécu un véritable enfer.

— Sauf que, depuis toutes ces années, elle n'en est jamais vraiment sortie. Elle ne pouvait même plus travailler jusqu'à ce qu'elle commence à militer pour Angels Assist. Et là, d'un seul coup, elle a assez d'énergie pour harceler des femmes qui veulent se faire avorter.

— Ne dis pas des choses pareilles maintenant. Dans quelques heures, elle nous quittera pour toujours. Peut-être même avant qu'on arrive à la maison. Tu peux trouver la force de lui pardonner.

— C'est ça, la différence entre nous deux, papa. Tu supportes les saloperies de tout le monde. Même les miennes. »

J'ai souri. Pour la première fois depuis le début de cette horrible journée.

« J'avais prévu de quitter enfin ta mère quand toute cette histoire serait réglée.

— C'est pas trop tôt. Ça fait des années qu'elle n'est plus là pour toi. »

J'ai tourné et retourné cette phrase dans ma tête pendant quelques secondes. Klara était beaucoup trop observatrice.

« Je vais t'apprendre quelque chose que tu ne sais pas encore : n'essaie jamais de deviner ce qui se passe au sein d'un couple marié, surtout pas celui de tes parents. C'est souvent incompréhensible même pour les deux personnes en question. »

Klara n'a pas répondu, le regard flottant sur le paysage. Un très long moment s'est écoulé.

« C'est dur de savoir qu'un de tes parents ne t'apprécie pas, a-t-elle fini par murmurer.

— C'est une vérité douloureuse. J'aurais voulu que ce soit différent. Mais tu as raison. Je ne t'ai pas beaucoup parlé de ton grand-père, mais c'était un type difficile. Je n'étais jamais assez bien à ses yeux. Ce qui me pousse à croire, même maintenant, que je ne suis vraiment assez bien pour personne.

— Tu sais que je ne pense pas ça. Et Elise non plus.

— Tu es dans un sale pétrin, Klara, ai-je dit en ignorant délibérément sa dernière phrase. Kelleher a tout le pouvoir qu'offre l'argent.

— Mettons Amber en lieu sûr. Elise a dit qu'on pourrait me cacher quelque temps, moi aussi. Après ça... Le groupe d'Elise a de l'argent et des contacts un peu partout. Je devrais peut-être disparaître pendant un moment, mais tu ne me perdras pas. Je trouverai le moyen de m'en sortir autrement que les pieds devant.

— Ce n'est pas drôle.

— Je sais. »

La circulation est restée fluide jusqu'aux abords de Los Angeles. J'ai rallumé mon téléphone et lancé le GPS, qui m'a informé que la ville était complètement embouteillée. La nuit commençait à tomber. Nous n'arriverions pas avant 19 h 13.

« Il faudrait envoyer un message à ta tante pour lui dire quand on sera là, ai-je fait remarquer.

— Je m'en occupe. »

Je me suis concentré sur ma conduite pour ne pas céder au torrent de mes émotions – chagrin, rage, et la conscience que je m'apprêtais à dire adieu à la mère de ma fille adorée. À la femme que j'avais sincèrement cru aimer, même si je savais aujourd'hui que je m'en étais simplement convaincu. À celle que j'aurais dû quitter depuis des années déjà. Cette pensée me laissait un goût de compromis triste et amer, d'occasions gâchées, de temps perdu. Tous mes choix craintifs et timorés, au nom de... quoi ? Des apparences ? De l'image d'homme responsable que j'avais voulu montrer au prêtre et à la communauté ? De mon désir éternel de faire ce qu'on attendait de moi ? Et maintenant ?

Bing.

Un message de Graznya. Klara me l'a lu à voix haute.

Faites vite. Le temps presse.

Il y avait un accident sur l'autoroute. J'ai pris une sortie en direction de North Hollywood, qui nous a coûté encore vingt minutes. Quand je me suis enfin engagé dans notre rue, il était près de 20 heures.

« Si elle nous a quittés... » ai-je commencé.

Mais Klara m'a interrompu.

« Pourquoi tous les volets de sécurité sont fermés ?

— C'est une longue histoire. »

J'ai garé la Volvo dans notre petite allée, derrière une Subaru blanche que j'ai reconnue comme étant la voiture de Graznya. Klara et moi avons échangé un regard.

« On va y arriver, ai-je dit.

— D'une manière ou d'une autre. »

Une fois devant la porte, j'ai poussé le battant : avec Graznya à l'intérieur, ce ne serait sûrement pas fermé. J'avais raison. À l'intérieur, le couloir était sombre, seulement éclairé par le tube à néon de la cuisine située à l'autre extrémité. J'ai fait quelques pas.

« Graznya ? »

Klara s'est avancée derrière moi.

« Où est-ce qu'elle est ?

— Elle est partie faire un tour », a répondu une voix.

Une voix de femme. Une voix que je connaissais bien.

La porte s'est refermée dans notre dos alors qu'on nous plaquait sans ménagement contre le mur. L'homme qui me tordait le bras a appuyé le canon de son pistolet contre ma joue. Juste à côté, Teresa tenait Klara à la gorge, une arme pointée sur son crâne.

« Alors, a dit l'homme d'une voix rauque, qui veut mourir en premier ? »

21

LA VOIX DE TODOR a retenti dans la cuisine.

« Ricky, j'avais dit ni armes ni violence. »

Todor. Merde. Derrière moi, le type qui me tenait en joue a sifflé :

« Le boss m'a dit de faire ce que j'avais à faire. »

Il m'a contourné pour me faire face, le canon de son pistolet toujours pressé contre ma joue. Une véritable armoire à glace en costume cravate noir et chemise blanche. Klara se débattait contre l'emprise de Teresa, debout derrière elle. Quand elle a voulu se tourner vers moi, Teresa l'a frappée à la tempe avec son arme, si fort qu'elle a poussé un cri.

« Non ! » ai-je rugi, ce qui m'a valu à mon tour un coup sur le côté du crâne.

La douleur, intense, m'a aveuglé quelques instants.

« Vos gueules, a grondé le dénommé Ricky. Conduisez-nous jusqu'à elle, tout de suite.

— Jusqu'à qui ?

— Continue à jouer au con et ta fille prend une balle dans la tête, a craché Teresa.

— Où est Agnieska ? »

Todor est sorti de l'ombre.

« Ailleurs.

— Elle est déjà… partie ? ai-je soufflé.

— Non, elle n'est pas là ce soir, a répondu Todor en me regardant droit dans les yeux.

— Comment ça ?

— Je l'ai envoyée ailleurs pour qu'elle ne soit pas mêlée à tout ça. »

Malgré moi, j'ai haussé le ton.

« Elle n'est pas mourante ?

— Elle se porte comme un charme. Mais je devais trouver le moyen de vous faire revenir ici, alors j'ai demandé à sa sœur de te raconter cette petite histoire.

— Espèce de malade », a crié Klara.

Teresa l'a frappée une nouvelle fois, lui arrachant une plainte. Todor s'est avancé vers Teresa pour lui murmurer quelque chose.

« C'est quoi, ces messes basses ? a lancé Ricky d'un ton furieux.

— Vous avez peut-être les armes, mais ce sont eux qui ont le bébé, a répondu Todor en se retournant vers lui. Et ton "boss" m'a promis qu'on ferait preuve du moins de violence possible.

— C'est pas en jouant les mauviettes que le boss aura ce qu'il veut.

— Et moi, je te dis d'être raisonnable et d'arrêter de te comporter comme une brute. »

Puis il s'est adressé à moi.

« Je vais avoir besoin de ta coopération, Brendan. Je suis désolé de t'avoir joué ce mauvais tour, mais je te promets qu'il ne sera fait aucun mal à la mère du bébé... et que tu seras généreusement récompensé pour ton aide.

— Laisse-moi deviner. Lui, ai-je dit en désignant Ricky, c'est un garde du corps de Kelleher. Et toi et Teresa, vous êtes grassement payés pour retrouver Amber.

— Tout juste. Ton talent de déduction est remarquable. Mais avant de me juger, sache que cette jeune fille est la pupille d'un homme de bien, qui a été très choqué quand il s'est rendu compte qu'elle était enceinte d'un de ses gardes du corps. Tout ce qu'il veut, c'est la ramener en sécurité chez lui pour qu'elle puisse donner naissance à l'enfant... qu'il élèvera ensuite comme si c'était le sien. »

Klara s'est mise à hurler :

« Ton "homme de bien", c'est Patrick Kelleher, et il a violé cette fille mineure pendant des années jusqu'à ce qu'elle tombe enceinte de lui... »

Teresa lui a intimé de se taire.

« Sinon quoi ? a rétorqué Klara. Tu me tires dessus ? Et après ?

— Ça suffit ! a dit Todor. Assez d'hystérie.

— C'est toi qui nous as attirés ici, lui ai-je rappelé. Tout ça pour de l'argent.

— En une seule soirée, tu gagneras assez pour refaire confortablement ta vie ailleurs, Brendan.

— Et toi ? s'est égosillée ma fille. Espèce de Judas...

— Ne te mêle pas de ça, a ordonné Teresa en la frappant une fois de plus. Amber sera en sécurité. Il ne lui arrivera rien. On sait ce qu'on fait. Maintenant, donnez-moi vos portables, tous les deux.

— Viens le chercher », a sifflé Klara.

Teresa a armé le chien de son pistolet.

« Je n'ai jamais pu te supporter, espèce de petite teigne. J'ai bien vu la façon dont tu traites ta pauvre mère, avec tes horreurs féministes. Et tu es une tueuse d'enfants. Alors dis-moi ce qui me retient de tirer, là, maintenant. »

Je voyais son doigt trembler sur la gâchette. J'ai cru que mes jambes allaient se dérober sous moi.

« Les menaces ne mènent à rien, Teresa, a dit Todor. Je suis certain que Klara va me donner son téléphone. »

Il a tendu une main. Klara, livide de terreur, a attrapé l'objet dans sa poche droite pour le déposer entre ses doigts écartés. Puis Todor a répété son geste dans ma direction. Quand je me suis exécuté à mon tour, il a fait signe à Teresa, qui a baissé son arme.

« Vous voyez ? Pas besoin de mélodrame. Et puis, si je ne me trompe pas, un long trajet nous attend.

— Demande-leur l'adresse, a dit Ricky.

— Brendan va me la donner. Et je serai le seul à la connaître, comme on l'a décidé tout à l'heure. »

Il m'a regardé.

« On va prendre deux voitures. »

Klara, a-t-il expliqué, conduirait le second véhicule, avec Teresa pour lui tenir compagnie. Cette dernière l'a fait avancer de force jusqu'à une Camry blanche, le pistolet braqué entre ses côtes. Ricky m'a guidé de la même manière, un sac de toile noire à l'épaule, pendant que Todor vérifiait que la rue était déserte. Todor a déverrouillé la Camry à distance avant d'en confier les clés à Teresa, qui a ordonné à Klara de s'installer et de garder les mains sur le volant, puis a contourné le pare-brise pour ouvrir la portière passager. Pendant toute l'opération, elle n'a pas cessé une seule seconde de tenir ma fille en joue. Elle s'est ensuite servie du porte-clés électronique pour démarrer le moteur dans un rugissement.

« Je préfère que Ricky conduise, m'a dit Todor. Tape l'adresse dans son GPS. Comme ça, on pourra discuter tranquillement à l'arrière. J'ai prévenu le boss que, puisqu'il m'avait chargé de résoudre ce problème, cette opération se déroulerait selon mes règles. Je ne veux pas que Teresa connaisse l'adresse, au cas où elle déciderait de nous doubler pour prendre les choses en main. Tu sais qu'elle a un sacré tempérament.

— Qu'est-ce qu'elle fabrique ici, si tu ne lui fais pas confiance ?

— Je vais tout t'expliquer. En attendant, Klara et Teresa n'auront qu'à nous suivre. Si elles nous perdent de vue, je vais dire à Teresa de m'appeler, et on s'arrêtera quelque part pour les attendre. C'est à combien de temps d'ici ?

— Trois heures, je dirais. »

Il a regardé sa montre.

« On devrait y être juste après minuit. Je vais parler à Teresa. »

Il s'est éloigné pour toquer à sa vitre, tout en faisant signe à Ricky de retourner jusqu'à la Volvo garée dans l'allée. Ricky m'a poussé du bout de son arme. Avant de faire demi-tour, j'ai lancé un dernier regard à Klara. Elle affichait une expression que je ne lui avais jamais vue : de la terreur pure.

« Avance », a aboyé Ricky.

Une fois près de la Volvo, il a ajouté :

« Les clés. »

Todor nous a rejoints tandis que je les lui donnais. Il a échangé quelques phrases avec Ricky, qui a ensuite ouvert la portière arrière. Je me suis installé, toujours sous la menace de son arme. Il m'a tendu son téléphone.

« Tape l'adresse. Et si tu essaies de te foutre de ma gueule… »

Il a souligné sa phrase en appuyant le canon contre mon crâne.

« On n'est pas au cinéma, Ricky, a soupiré Todor. De toute façon, Brendan va faire tout ce qu'on lui demandera. Pas vrai, Brendan ? »

J'ai hoché nerveusement la tête tout en entrant l'adresse du mobile home dans le GPS. Ricky l'a observée un instant avant de presser une touche.

« Deux heures cinquante-trois, a-t-il annoncé à Todor.

— Parfait. En route. »

Ricky est allé déposer son sac de toile dans le coffre pendant que Todor se glissait sur la banquette à côté de moi. Puis l'homme de main est allé s'asseoir au volant, a reculé le siège, ajusté le rétroviseur, et a tourné la clé de contact. Avant de démarrer, il s'est retourné vers moi pour me menacer une dernière fois avec son pistolet.

« Pas d'histoires, sinon… »

Ça n'a pas plu à Todor.

« Tu n'as pas entendu ce que je viens de dire ? Baisse cette arme tout de suite. On a un long chemin à faire. Mon ami va nous guider jusque-là, on réglera nos affaires calmement, et on se séparera en bons termes. Maintenant, conduis. »

J'ai vu la mâchoire de l'homme se crisper, mais il n'a rien dit et s'est contenté de faire sortir la voiture de l'allée pour s'engager dans la rue, un œil sur le GPS. Quand nous avons dépassé la Camry, il a fait un appel de phares. Je me suis retourné. Klara nous suivait de près. Je lui ai adressé deux pouces en l'air et elle m'a répondu d'un signe de tête crispé : Teresa avait toujours son pistolet braqué sur elle.

Ricky a allumé la radio, et l'habitacle s'est soudain empli de musique classique. Aussitôt, il a pianoté sur son téléphone pour la remplacer par du heavy metal assourdissant.

« Je veux écouter ma musique, a-t-il grogné avant de monter le son.

— Libre à toi », a dit Todor.

Croisant mon regard, il a posé un doigt sur ses lèvres. Personne n'a rien ajouté pendant plusieurs minutes. Ricky se concentrait sur la route et le fracas de sa musique rendait toute conversation impossible.

« Tu peux lui demander de baisser ? ai-je fini par lancer à Todor.

— Je préfère qu'il ne nous entende pas. »

Haussant le ton, Todor a demandé à Ricky s'il pouvait augmenter encore le volume. Comme ce dernier ne répondait pas, ni ne semblait même saisir la question, Todor m'a adressé un petit sourire.

« On peut parler tranquillement.

— Alors, parle.

— Je sais bien que tu me détestes, à cet instant. Mais avant de me le confirmer, écoute-moi...

— Je t'écoute.

— C'était le prix à payer, Brendan. Tu es mon plus vieil ami, alors je vais jouer cartes sur table. Quand cette jeune femme a disparu, M. Kelleher a fait appel à moi, désespéré. Il l'avait sauvée d'un refuge sinistre pour adolescents sans-abri, lui avait donné un logement sur sa propriété et avait fait en sorte qu'elle ne manque de rien. Mais après quelques années, il s'est rendu compte qu'elle avait une liaison avec l'un de ses gardes du corps... et qu'elle était enceinte, à dix-sept ans. Elle ne voulait pas garder l'enfant. Et tu connais l'opinion de M. Kelleher sur l'avortement...

— Tu crois vraiment à cette histoire à dormir debout, *mon père* ? »

Todor a lancé un regard à la dérobée vers Ricky, qui beuglait en rythme avec le vacarme, pour s'assurer qu'il n'entendait vraiment rien.

« La vérité est un concept flexible, Brendan.

— Bien sûr... Surtout quand on fait le sale boulot de quelqu'un d'autre. Du coup, je me demande : il te paie combien ?

— Ça me regarde. Mais j'ai négocié quelque chose pour toi aussi. Je pense que deux cent mille dollars devraient grandement te faciliter l'existence.

— Non merci.

— Comme tu veux. Tant pis pour toi.

— Et tant mieux pour toi. Je suis sûr que tu gagnes cinq, ou dix, ou même quinze fois plus.

— Je te le répète, ça me regarde.

— Je n'en doute pas, *mon père*. Mais, puisque tu nous as impliqués dans cette histoire, moi et ma fille...

— Rectification : c'est Klara qui est allée se fourrer dans les affaires des autres en enlevant cette jeune fille pour lui procurer l'avortement illégal qu'elle demandait.

— Ma parole, tu es vraiment doué pour tourner une histoire à ta sauce moralisatrice. Ton "boss", comme l'appelle cette brute épaisse devant, a adopté une gamine de quatorze ans pour en faire son esclave sexuelle. Et tu prétends que tu n'étais pas au courant ?

— Croix de bois, croix de fer... Je ne savais même pas que cette jeune femme existait. Les seules fois où M. Kelleher m'a invité à sa propriété, c'était dans son bureau, ou dans l'un de ses salons. Quand la demoiselle a disparu et qu'ils ont appris que ta fille l'avait récupérée au centre commercial...

— Ils l'ont appris parce qu'ils ont kidnappé la vigile qui a aidé Amber à fuir, l'ai-je coupé, furieux. Tu savais que personne ne l'a revue depuis ? »

Todor a écarquillé les yeux.

« Non, j'ignorais tout de ça aussi. Croix de bois, croix de fer, a-t-il répété. M. Kelleher ne m'a contacté qu'après avoir appris que Klara était impliquée, qu'elle était la fille d'Agnieska, qu'Agnieska était depuis peu l'une de ses employées, que Teresa était sa meilleure amie et que, toi et moi, on se connaissait depuis toujours...

— Alors, au lieu d'envoyer un ou deux gorilles liquider tout le monde et récupérer Amber, il a préféré faire appel au copain prêtre du père et à la meilleure copine de la mère pour tout régler à sa place.

— C'est bien plus raisonnable, comme approche, tu ne trouves pas ? D'accord, il a insisté pour qu'un de ses gardes du corps nous accompagne au cas où Klara refuserait de nous livrer Amber... et au cas où la demoiselle elle-même ne voudrait pas nous suivre. Mais même s'il n'en a pas l'air, Ricky a reçu pour ordre de ne presser la gâchette sous aucun prétexte, et de s'assurer que tout soit résolu rapidement et sans violence.

— Et quand il aura récupéré Amber ? ai-je demandé. Tu crois vraiment que Klara et moi allons tenir notre langue à propos de tout ça, maintenant qu'on sait tout ce qu'il a fait subir à cette gamine ? Il n'en est probablement même pas à son coup d'essai. »

Todor a pincé les lèvres. Après un énième regard en douce vers Ricky, toujours absorbé dans son heavy metal, il s'est penché vers moi.

« Je pourrai certainement négocier une rémunération généreuse pour Klara, en échange de son silence. Mais si elle ou toi décidez d'aller crier cette histoire sur les toits… les conséquences pourraient être déplaisantes. »

Je l'ai fusillé du regard, outré.

« En somme, tu nous donnes le choix entre prendre l'argent et nous taire… ou recevoir une balle dans la tête. À moins que Kelleher ne décide d'orchestrer un autre accident, comme avec son ex-femme et le type qui l'avait mise enceinte ?

— C'est la police qui a conclu à un accident, je te rappelle. Il y a eu une enquête.

— On peut tout acheter dans notre merveilleux pays. Surtout quand on est riche à millions. Tu connais tous les secrets les plus noirs de ce type, pas vrai ? »

Todor s'est laissé aller contre le dossier, sans répondre, pendant un long moment.

« Je suis le confesseur de M. Kelleher, a-t-il fini par lâcher. Mes vœux de prêtre m'interdisent de trahir sa confiance. Mais laisse-moi te dire une chose, Brendan : je ne suis pas en train de vous menacer, toi et ta fille. Au contraire, je vous propose une issue lucrative à ce "problème" auquel nous sommes tous mêlés. Est-ce aussi un moyen d'acheter votre silence ? Tout à fait. Est-ce que les choses risquent de mal tourner si vous refusez de vous taire ? Je préfère ne pas répondre à ça… Parce que ce qui suivra, dans ce cas, ne sera pas de mon fait. Mais je suis ton ami, et…

— Tu n'es plus mon ami.

— J'espère que tu ne le penses pas vraiment. Mais quoi qu'il en soit, voici mon conseil pour Klara et toi : prenez l'argent et laissez M. Kelleher s'occuper de la suite. Je t'assure qu'aucun mal ne sera fait à la fille. Une fois que son enfant sera né et officiellement adopté par M. Kelleher, elle recevra assez d'argent pour pouvoir refaire sa vie quelque part. À son âge, c'est facile de repartir de zéro. Tu as ma parole qu'elle s'en remettra très bien.

— Ta parole n'a plus aucune valeur pour moi. Et tu sais parfaitement qu'Amber ne s'en remettra jamais. Mais je me pose une question : qu'est-ce que tu comptes faire des deux ou trois millions que Kelleher t'a promis ? J'ai bien compris que tes vœux de prêtrise vont bientôt expirer... s'ils ne sont pas déjà morts et enterrés. »

Todor a mis longtemps à répondre.

« Ça fait des décennies que je donne tout à mes paroisses, à mon Église. Je vais bientôt avoir soixante ans. Maintenant, j'ai envie de me... diversifier. Je me dis qu'après avoir tant sacrifié pour une si noble cause, j'ai bien droit à une récompense.

— Même si la récompense va à l'encontre de toutes tes belles leçons de morale.

— Ah oui, j'oubliais : tu es l'un des rares hommes purs et éthiques que je connaisse. Tu as toujours respecté les règles.

— Parce que tu répétais que c'était mon devoir. J'aurais dû mettre fin à mon mariage, mais je suis resté. Même si, d'une certaine manière, il est terminé depuis bien longtemps. J'ai négligé Agnieska, je le reconnais. Mais elle a aussi fait tout son possible pour me pousser à bout. Qui a raison, dans cette histoire ? Aucun de nous deux. Mais toi, tu adores jouer la carte du bien et du mal. Comme quand tu m'as menacé, il y a quelques jours, juste parce que je conduisais une dame très honorable...

— Jolie voiture, d'ailleurs, m'a-t-il interrompu. C'est à elle, je présume ?

— Tu es un vrai salaud, Todor.

— Tu te trompes. Je suis ton seul ami au monde, et je vais te faire gagner deux cent mille dollars... que tu accepteras. Du point de vue du boss, cet argent garantira ton silence. »

Je me suis détourné pour plonger mon regard dans la noirceur de la nuit californienne.

« Pense seulement à tout ce que tu pourras faire de cet argent, a poursuivi Todor. Si tu souhaites quitter Agnieska dès demain, c'est possible. Tu n'as qu'à lui laisser la maison et partir où tu veux. Il y a plein d'endroits, dans ce beau pays qui est le nôtre, où tu peux acheter une maison pour cent mille dollars et prendre un nouveau départ avec le reste. Tu vas enfin pouvoir divorcer d'avec cette femme que tu hais.

— Je ne hais pas Agnieska. J'ai de la peine pour elle. Mais c'est toi qui m'as persuadé de rester avec elle pendant toutes ces années.

— Je plaide coupable. Et maintenant, je t'offre la clé de ta prison. Tu peux changer de vie dès demain.

— À t'entendre, tout va marcher comme sur des roulettes. Je te rappelle qu'on a affaire à cette brute, juste devant, et qu'il est payé par un baron de la pègre. Et s'il avait reçu l'ordre de tous nous abattre une fois qu'il a la fille ?

— Ne t'en fais pas, j'ai pris mes précautions. M. Kelleher a insisté pour que Ricky nous accompagne au cas où ta fille refuserait de nous livrer Amber... Mais toi et moi, on va s'assurer que tout se déroule sans accroc. M. Kelleher sait aussi que, si je n'ai pas contacté ma secrétaire d'ici à 7 heures demain matin, elle a pour ordre de prévenir la police. Pourquoi ai-je enrôlé Teresa, à ton avis ? J'ai conclu un accord avec M. Kelleher : Teresa va emmener Amber en lieu sûr pour qu'elle y passe la fin de sa grossesse avec tout le confort et la tranquillité nécessaires, superviser l'accouchement en compagnie de médecins envoyés par M. Kelleher, puis lui confier l'enfant – le tout à condition qu'on ne touche pas à un cheveu d'Amber. »

Vu comme ça, ce n'était pas si différent de notre plan. Mais je n'ai rien dit.

« Quand tout ça sera réglé, a continué Todor, j'aurai besoin de tes coordonnées bancaires. J'imagine que l'équipe légale de M. Kelleher te demandera aussi de signer un accord de confidentialité. Mais crois-moi, il veut en finir avec cette histoire aussi rapidement et aussi calmement que possible. Tu recevras l'argent en quelques jours.

— Si je l'accepte, ai-je nuancé. Ce qui est hors de question. Toi, par contre, tu n'hésiteras pas une seule seconde. Voilà la plus grande différence entre nous deux : tu es un vendu sans scrupule.

— Insulte-moi autant que tu veux, Brendan. Je m'occupe simplement d'aider un homme qui, en retour, peut régler tous nos problèmes.

— Après cette nuit, je ne veux plus jamais entendre parler de toi.

— Je vois que tu t'es enhardi, à force de fréquenter cette tueuse d'enfants professionnelle. J'aime bien ce nouveau Brendan. L'agressivité te va à ravir. »

Je n'ai eu qu'une réponse :

« Je t'emmerde, *mon père.* »

Aucun de nous deux n'a ajouté un mot. À la demande de Todor, Ricky a enfin consenti à baisser le volume de la musique en bougonnant, et Todor n'a pas tardé à s'assoupir. Je passais mon temps à me retourner pour vérifier que Klara nous suivait toujours dans la Camry. Elle ne s'est pas laissé distancer une seule fois pendant ce trajet interminable. Je me répétais sans cesse que Todor avait pensé à tout, et que l'échange se déroulerait sans bavure… Mais Amber serait horrifiée de nous voir débarquer avec un garde du corps de Kelleher. J'ai décidé que la meilleure solution consisterait à me laisser entrer seul dans le mobile home pour attirer Elise à l'extérieur et lui expliquer que nous n'avions pas d'autre choix que d'obéir à Todor. Alors ce serait à elle de rentrer convaincre la jeune femme. Comment Amber le prendrait-elle ? Très mal, sans aucun doute.

Ricky, les yeux rivés sur la route, ne s'est retourné que deux ou trois fois pour me toiser d'un air idiot et menaçant, histoire certainement de me rappeler qui détenait le pouvoir dans cette voiture. Todor s'est réveillé au bout d'une heure environ. Alors qu'il se frottait les yeux, j'ai vu qu'il mettait quelques secondes à se rappeler où il se trouvait.

« J'ai dormi combien de temps ?

— Un bon moment, ai-je dit.

— On arrive quand ?

— Dans une heure et demie, à peu près.

— Les filles sont toujours derrière nous ? »

J'ai regardé par la vitre arrière pour la quarantième fois au moins. J'ai adressé un signe de main à ma fille, même si elle ne pouvait sans doute pas me voir sur la petite autoroute mal éclairée où nous roulions.

« Toujours là, oui.

— Je veux parler à Amber en premier, quand on sera sur place, a annoncé Todor.

— Ce n'est pas une bonne idée. Elle ne te connaît pas. Elle risque de refaire une crise. Laisse-moi y aller d'abord, que je puisse tout lui expliquer lentement et calmement. »

Todor a réfléchi un instant.

« D'accord, tu auras deux minutes. Pas besoin de s'éterniser. »

Le silence est retombé. J'ai continué à me retourner compulsivement à intervalles réguliers. Klara était là, derrière moi. Comment allais-je expliquer à Elise que ma fille et moi étions tombés droit dans un guet-apens, et que nous n'aurions pas d'autre possibilité, sous la menace de toutes ces armes, que de leur livrer Amber ? J'imaginais déjà sa panique à l'idée de rendre à son bourreau cette jeune femme maltraitée et violée. Les promesses de Todor ne feraient rien pour la rassurer : elle verrait tout de suite qu'il mentait. Je n'aurais jamais dû laisser Elise parler avec Klara. Je n'aurais jamais dû l'impliquer dans tout ce chaos.

« Fatigué ? m'a interrogé Todor.

— Difficile de s'endormir quand le type qui conduit a un flingue chargé à portée de main. »

Il a eu un petit sourire crispé.

« Quand tu étais jeune, a-t-il soudain demandé, tu n'as jamais pensé à devenir prêtre ?

— Quelle drôle de question.

— Tu serais le candidat idéal. Avec tous tes principes et ta vertu.

— Dommage que je n'aie pas la foi.

— Vraiment ?

— Je l'ai compris vers treize ans. J'étais enfant de chœur, je te rappelle, et le prêtre de la paroisse me tripotait… Ça m'a montré que toute cette doctrine et tout ce dogme que vous prêchez, et surtout cette idée rassurante et débile de la vie éternelle, ce n'était pas pour moi. Incompatible avec mon cerveau d'ingénieur, si on veut. Je n'ai jamais été touché par la foi. Contrairement à toi.

— Plus que toucher, il faut se laisser déborder par la foi. C'est un peu comme tomber amoureux, je suppose.

— Tu es déjà tombé amoureux, toi ?

— Ne me demande pas ça, Brendan.

— Pourquoi pas ?

— Une fois.

— Et tu es passé à l'acte ?

— Ça reste entre mon confesseur et moi.

— Alors, ce vœu de chasteté ?...

— Pas de ça, mon ami.

— Je te l'ai dit tout à l'heure : je ne suis plus ton ami.

— Dommage. Je suis encore le tien. Tu me détestes peut-être maintenant, à cause du mauvais tour que je t'ai joué, mais tu me remercieras plus tard, Brendan. Quand tu auras enfin la nouvelle vie et la latitude dont tu rêves depuis si longtemps.

— Est-ce vraiment une nouvelle vie si on l'achète avec de l'argent sale ? »

Ma remarque a mis fin à la conversation. Quand nous sommes passés devant le motel où j'avais dormi, j'ai annoncé : « Quinze minutes.

— Je vais envoyer un message à Teresa, a dit Todor.

— Qu'elle ne s'approche pas de la porte quand on sera sur place, ai-je prévenu. C'est moi qui entre en premier, comme prévu.

— Très bien, mais on sera juste derrière toi. »

Cette fois, il a ordonné à Ricky d'éteindre complètement sa musique : il était temps de parler affaires. Le silence, après toutes ces heures de heavy metal, était un soulagement. Todor a détaillé le « plan d'attaque » qui devrait se dérouler à notre arrivée. Ricky n'était pas convaincu.

« Et s'ils essaient de se barrer par l'arrière ?

— C'est un mobile home, ai-je dit. Il n'y a pas d'issue à l'arrière. Et c'est en plein désert, on n'aurait nulle part où aller.

— Ça ne me plaît pas, qu'il entre en premier, a insisté Ricky.

— Je lui fais confiance », a dit Todor.

Bing. Un message de Teresa sur le téléphone de Todor. « Elle est d'accord avec le plan. Tu vois ? Elle est raisonnable.

— Tant qu'elle braquera son arme sur ma fille, elle n'aura rien de raisonnable. »

Les huit dernières minutes du trajet se sont déroulées en silence. Le crissement des graviers sous nos pneus m'a indiqué que nous empruntions le chemin de terre qui menait au mobile home. La lumière était allumée au-dessus de l'entrée. Nous nous sommes garés côte à côte et tout le monde est sorti. Mais quand Klara a voulu se diriger vers moi, Teresa l'a agrippée par le bras et lui a enfoncé le canon de son arme dans le dos.

« N'essaie même pas de faire un mouvement sans ma permission », a-t-elle sifflé.

Todor lui a lancé un regard sévère, un doigt sur les lèvres. Je brûlais de me jeter sur elle pour l'étrangler, mais, avec son pistolet pointé sur ma fille, je ne pouvais rien faire. Klara regardait droit devant elle, le visage déformé par la fureur. Ricky était nerveux : il faisait les cent pas, son arme brandie, impatient de donner l'assaut. Todor a posé une main sur son épaule pour le tranquilliser, tout en me faisant signe d'avancer vers le mobile home.

Soudain, un cri a retenti à l'intérieur. C'était la voix d'Elise. « Non, Amber, non ! »

La porte s'est ouverte à la volée. Amber, armée du pistolet, a tiré. Le sol a explosé aux pieds de Teresa, qui a immédiatement fait feu à son tour, blessant Amber au ventre – juste avant qu'Elise ne saute sur la jeune fille pour faire écran de son corps. Teresa a continué à tirer sans retenue, et j'ai hurlé en voyant Elise touchée à la poitrine et à la gorge. Je me suis précipité vers elle juste à temps pour amortir sa chute alors qu'elle s'effondrait en avant. Klara s'est mise à crier. Ricky était devenu fou. Courant vers Teresa, il l'a frappée au visage avec la crosse de son pistolet, puis lui a tiré plusieurs balles dans le crâne en rugissant comme une bête sauvage.

Elise se vidait de son sang. Je l'ai serrée contre moi, les mains plaquées tant bien que mal sur ses blessures. Elle a voulu me toucher le visage, mais n'en avait déjà plus la force. Son regard a happé le mien, choqué, incrédule. Elle a murmuré un mot : « Pourquoi ? »

Puis elle s'est affaissée entre mes bras.

J'ai enfoui mon visage contre elle avec un cri étranglé. L'espace de quelques secondes, j'ai oublié où je me trouvais – je ne pouvais qu'étreindre Elise et tenter d'endiguer avec mes mains le flot de sang coulant de ses plaies, en me répétant encore et encore : *Elle ne peut pas être morte… Elle ne peut pas être morte…*

La voix de Klara m'a rappelé au présent tandis qu'elle me hurlait d'appeler les secours. Levant les yeux, j'ai vu qu'elle s'était jetée en travers du corps d'Amber. Ricky est tombé à genoux près de la jeune fille, son téléphone à la main. Il lui promettait en bégayant que tout irait bien, que le bébé survivrait, qu'on allait l'emmener à l'hôpital, que…

Un coup de feu a retenti. Le visage de Ricky s'est ouvert en deux. Todor avait saisi la main flasque de Teresa, qui tenait toujours son arme, et, positionnant ses doigts autour des siens, avait tiré la dernière balle dans la tête du garde du corps. J'ai levé les yeux au moment où il lâchait le bras de la morte, reculait d'un pas hésitant jusqu'à la Volvo et se laissait tomber contre le véhicule comme un homme conscient qu'il vient de tout perdre. Klara s'est levée d'un bond, révulsée, lorsque le corps de Ricky a roulé dans la poussière tout près d'elle. Puis elle s'est précipitée à l'intérieur du mobile home dont elle est vite ressortie avec une couverture qu'elle a pressée contre la plaie d'Amber.

« Viens m'aider ! » a-t-elle braillé à l'intention de Todor.

Celui-ci, tête baissée, tambourinait des deux poings contre la carrosserie de la Volvo. Il s'est brusquement interrompu, comme arraché à sa rage par la prise de conscience de ce qu'il lui restait à faire. D'une démarche raide, il est retourné se pencher sur Teresa et, tirant un mouchoir de la poche de son pantalon, a entrepris d'essuyer méthodiquement l'arme. Enfin, il s'est avancé vers moi et m'a tendu le morceau d'étoffe.

« Tu dois d'abord me tirer dessus.

— Quoi ?! ai-je crié.

— Tire-moi dessus.

— Si on ne l'emmène pas tout de suite à l'hôpital, elle va mourir, est intervenue Klara.

— Où est l'hôpital le plus proche ?

— Qu'est-ce que j'en sais, putain ?

— J'en ai vu un sur le bord de la route, ai-je dit. À dix ou quinze minutes d'ici, près de Joshua Tree. J'appelle les secours. » Todor a secoué la tête.

« Non. Tu vas prendre l'arme de Ricky avec ce mouchoir, viser mon épaule, tirer et foutre le camp d'ici avec ta fille.

— Et la laisser mourir ? s'est récriée Klara. Pas question !

— J'appuierai sur sa plaie pour ralentir le saignement, a assuré Todor. Si l'hôpital est aussi proche, ils devraient faire vite. Elle s'en sortira.

— On ne partira pas d'ici », a déclaré fermement Klara.

Todor a plongé la main dans sa poche et m'a tendu les deux portables qu'il nous avait confisqués.

« Si, vous allez partir. Parce que vous ne voulez pas être mêlés à tout ça. Je raconterai une autre version de l'histoire. Ma version. Sans vous. C'est pour ça que je dois être blessé par balle, moi aussi. Va-t'en, Brendan. Casse-toi d'ici. Et emporte le sac de Ricky avec toi. Mais d'abord, tire-moi dessus, bordel de merde.

— Je refuse d'écouter ce type, a dit Klara.

— Pas moi, ai-je répondu. Appelle les secours, Todor.

— Papa... »

Mais Todor avait déjà composé le 911. D'une voix enrouée de panique, il a expliqué à toute vitesse qu'il y avait eu une fusillade au 32 Caravan Fields, à Twentynine Palms. Trois morts. Deux blessés, lui-même et une femme enceinte.

« Elle va mourir si vous ne vous pressez pas... Oui... Oui... Je vous en prie, dépêchez-vous. »

Il a raccroché.

« Ils seront là dans neuf minutes. Tire, maintenant ! » a-t-il vociféré.

Je me suis avancé vers le corps sans vie de Ricky, les doigts recouverts par le mouchoir. Sa main tenait toujours l'arme à feu. Je l'ai ramassée. Todor s'est penché légèrement en avant, un air de crainte sur le visage, pendant que je plaçais maladroitement mes doigts enveloppés de tissu autour de ceux de Ricky. Je lui ai dit de s'approcher, ce qu'il a fait sans hésitation. Posant mon index sur celui du mort, j'ai pressé la détente. Je n'avais jamais utilisé d'arme à feu – je ne m'attendais pas à la force du recul, qui m'a déséquilibré. Todor a poussé un hurlement lorsque la balle a déchiré son épaule droite. Il s'est effondré sur le flanc avant de ramper jusqu'à Amber, qui marmonnait des mots incohérents, à demi inconsciente. Todor a écarté Klara pour prendre le relais et continuer à presser la couverture contre la plaie.

« Fichez le camp, maintenant ! » nous a-t-il crié.

J'ai couru jusqu'à la voiture. Klara, qui me suivait, a brusquement fait demi-tour pour murmurer quelque chose à l'oreille d'Amber. Elle lui a pris le pistolet et s'est relevée pour se précipiter vers moi. Mais Todor a lancé :

« La balle tirée par Amber ! Cherche-la près de Teresa. S'ils la trouvent, ils reconnaîtront l'empreinte de ton arme… Tu seras foutue. »

Klara et moi avons entrepris de fouiller le sol autour du corps de Teresa. Du sable, partout. Mais la vie nous accorde parfois un moment de grâce. Au bout de quelques secondes à ratisser la poussière des deux mains, j'ai senti un petit objet métallique.

« Je l'ai », ai-je dit en fourrant la balle dans la même poche que le mouchoir.

Quelques secondes plus tard, Klara et moi étions dans la Volvo.

J'ai démarré. Nous nous sommes élancés dans la nuit.

22

J'AI CONDUIT VITE. Dangereusement vite. À soixante-dix kilomètres-heure sur la route de gravier. Couvert de sang, tout comme ma fille au bord de la crise de nerfs à côté de moi, et conscient que je ne pourrais jamais m'ôter de la tête la vision d'Elise en train de rendre son dernier souffle entre mes bras. Elise. Qui avait sauvé Amber de la salve de balles tirée par Teresa. Elise. Mon amie, qui m'avait témoigné de la compréhension, de la gentillesse et du respect – qualités rares au sein de l'existence étrange et furieuse que nous menons aujourd'hui. Elise...

Je me sentais sur le point d'éclater face à la puissance de mon chagrin, une peine inconsolable qui menaçait de dissoudre jusqu'à ma volonté de vivre. Jamais je ne me pardonnerais de l'avoir laissée là, dans la poussière. De l'avoir abandonnée aux policiers, aux ambulanciers, au médecin légiste. J'aurais dû la tenir jusqu'à ce qu'ils arrivent, la garder serrée contre moi...

Ma tête menaçait d'exploser. Sur le siège voisin, Klara pleurait sans retenue. Je n'avais qu'une envie : me garer sur le côté de la route pour m'effondrer à mon tour. Mais la police et les secours ne devaient plus être loin, et il fallait avant tout que je quitte ce chemin de terre. Nous avions beau être innocents, Kelleher mettrait immédiatement notre tête à prix s'il apprenait que nous avions assisté à la scène. Et je ne donnais vraiment pas cher de notre peau.

Enfin, nous sommes passés du gravier au bitume lisse d'une route à deux voies. J'ai pris à droite en direction de l'autoroute.

215

À peine le virage effectué, j'ai entendu les sirènes au loin. Deux voitures de police et deux ambulances fonçaient dans notre direction. Juste avant qu'elles ne nous croisent, Klara a ouvert la boîte à gants pour y fourrer en toute hâte son pistolet.

« Ils y seront dans deux ou trois minutes, ai-je dit.

— Si elle meurt...

— Elle ne va pas mourir.

— Le bébé est mort, j'en suis sûre.

— Tué par Teresa.

— On aurait pu empêcher ça, a gémi Klara.

— Comment ? Personne ne pouvait prévoir...

— On aurait pu empêcher ça, merde ! »

Je n'ai rien trouvé d'autre à répondre que :

« Dans quarante kilomètres, on n'aura plus d'essence. »

L'horloge numérique du tableau de bord indiquait 1 h 12 du matin.

« On n'a qu'à trouver une station-service fermée, ai-je ajouté, avec l'une de ces pompes automatiques qui prennent les billets. Personne ne doit nous voir couverts de sang comme ça.

— Todor... C'est lui qui a tout ce sang sur les mains. C'est lui qui a tué Elise, le bébé d'Amber... et Amber elle-même, pour ce qu'on en sait.

— Elle va s'en sortir.

— Comment tu peux en être si sûr, à la fin ?

— Elle va s'en sortir. Et nous aussi. »

À une quinzaine de kilomètres, juste avant l'entrée de l'autoroute, se trouvait une petite station Sunoco fermée pour la nuit. J'ai glissé un billet de vingt dollars dans la fente de la pompe automatique et, tout en faisant le plein, j'ai demandé à Klara d'aller chercher le sac de toile noire de Ricky dans le coffre. J'ai entendu la fermeture Éclair, puis une exclamation étouffée :

« Oh, putain. »

Elle est revenue vers moi.

« Le sac est plein de billets, m'a-t-elle annoncé. Une fortune en petites coupures.

— Sans doute l'avance de Todor, ai-je supposé. Ou alors la part de Teresa. Todor m'a assuré que moi aussi, je serais grassement payé pour ma participation... mais je n'aurais jamais accepté l'argent de Kelleher.

— Ce fric est taché de sang, lui aussi, même si ça ne se voit pas. Je sais que je vais devoir quitter le pays, mais pas question que je m'en serve. Jamais. »

Quitter le pays. C'était la meilleure décision, bien sûr. Mais Klara n'avait pas un sou de côté... Et moi, il me restait moins de quinze mille dollars sur mon fonds de pension, à force d'y puiser sans cesse quand mon travail de chauffeur ne suffisait pas à payer les factures.

« J'ai mon passeport sur moi, a poursuivi Klara. Il faut qu'on trouve un endroit où dormir et qu'on se débarrasse de ces fringues. Demain, tu m'emmèneras à l'aéroport et je prendrai un vol pas trop cher vers l'étranger.

— Où iras-tu ?

— Je déciderai là-bas. Tu devrais venir avec moi.

— Je n'ai pas de passeport.

— C'est le moment de t'en faire faire un. Et vite. »

Encore sous le choc, Klara se raccrochait à tout ce qu'elle pouvait trouver de rationnel. Elle tremblait, des sanglots dans la voix – mais je voyais bien qu'elle s'était déjà fixé une stratégie d'évasion. Rien ne la convaincrait de rester aux États-Unis.

« Je ne pense pas que ce soit une bonne idée de rallumer mon portable, ai-je dit.

— Le mien non plus. On devrait aussi quitter l'autoroute. Elle avait un GPS dans sa voiture ?

— Si oui, elle ne me l'a pas dit. »

Brusquement, j'ai pris conscience que nous parlions d'Elise au passé.

Klara s'est mise à pianoter sur l'écran tactile du tableau de bord, en quête d'un itinéraire à l'écart de toute artère majeure.

« Si cette voiture est recherchée, que ce soit par Kelleher ou la police, ils installeront des barrages sur les voies principales. Quand j'y pense, on ferait peut-être mieux de ne pas retourner à L.A. L'aéroport de San Francisco serait une meilleure idée.

— D'accord. On va prendre les petites routes jusqu'à San Francisco. Mais je tiens à peine debout, et tu n'as pas beaucoup dormi…

— Je n'ai pas dormi du tout.

— On n'a qu'à se garer sur le bord de la route pour se reposer quelques heures.

— Mais si un flic passe par là et repère notre voiture… et voit qu'on est couverts de sang…

— Tu en as moins sur toi », ai-je fait remarquer.

Seul le tee-shirt de Klara avait été taché par la blessure d'Amber.

« Si on trouvait quelque chose pour te couvrir, ai-je pensé tout haut, et un motel où on peut se garer directement devant la chambre…

— Attends, arrête-toi là.

— Pourquoi ?

— Il y a un cimetière de voitures sur la droite. Je dois me débarrasser du Glock. »

En effet, sur le côté de la route se trouvait l'une de ces décharges pleines de carcasses rouillées. J'ai conduit jusqu'au portail, fermé par des chaînes. Une clôture métallique encerclait la propriété. Klara est sortie en faire rapidement le tour. Il n'y avait pas le moindre éclairage ; par chance, la nuit était claire et la lune permettait de distinguer ce qui nous entourait.

« Ni caméras ni barbelés, a-t-elle déclaré en revenant. D'un autre côté, qui voudrait voler ces tas de ferraille ?

— Plus de gens que tu ne crois.

— Je vais escalader la grille.

— Dépêche-toi. »

Elle s'est attelée à la tâche avec détermination et a franchi la clôture de quatre mètres en moins d'une minute. Alors qu'elle parvenait au sommet, j'ai eu un moment de crainte – si elle perdait l'équilibre, elle risquait de se blesser. Mais elle est redescendue avec souplesse de l'autre côté avant de s'avancer vers une file de carcasses. Elles attendaient visiblement leur tour devant le compacteur monstrueux qui occupait tout un côté de la décharge. Je l'ai vue se pencher à l'intérieur d'une Oldsmobile hors d'âge et mangée de rouille, puis se retourner et escalader la clôture en sens inverse sans l'ombre d'une difficulté.

« Bien joué.

— J'ai préféré ne pas le cacher dans le coffre ou dans la boîte à gants, au cas où quelqu'un déciderait de jeter un dernier coup d'œil avant de transformer cette pauvre bagnole en cube. Je l'ai fourré entre les ressorts du siège passager. Et j'ai planqué le chargeur à part, histoire que le flingue n'explose pas quand il sera broyé. Normalement, on ne devrait plus jamais en entendre parler. Donne-moi une minute.

— Où tu vas ?

— Je vais regarder ce qu'on a dans le coffre. Ça pourrait nous aider. »

Je suis sorti à mon tour. J'avais à peine posé les pieds au sol que j'ai été pris d'une violente crise de tremblements, plus forte que tout ce que j'avais connu jusque-là – le corps tout entier agité de secousses, la gorge obstruée, et le bras gauche parcouru d'élans douloureux. Je me suis cramponné à la poignée de ma portière comme si c'était la seule chose qui pouvait me maintenir debout. Klara n'a rien vu de tout ça, trop occupée à fourrager dans le coffre de la Volvo. Soudain, elle a brandi un ballot de vinyle vert.

« Elle gardait un anorak dans la voiture ! »

Une heure plus tard, alors que 2 h 30 approchaient et que je commençais à lutter contre l'épuisement, nous avons atteint les abords d'une petite ville. Un panneau lumineux au-devant signalait un Motel 6.

« Il faut qu'on s'arrête, ai-je dit.

— D'accord, laisse-moi gérer ça. Arrête-toi ici. »

Nous étions encore à plusieurs centaines de mètres du motel. Il faisait noir comme dans un four – et tout aussi chaud. Presque trente degrés d'après le thermostat du tableau de bord. Je me suis arrêté rapidement, juste le temps que Klara sorte enfiler la veste en maugréant. Quand elle s'est rassise près de moi, je me suis demandé tout haut si l'employé du motel n'allait pas se poser des questions à la voir débarquer en pleine nuit, vêtue d'un anorak, par une telle chaleur.

« Il est 2 heures du mat' et c'est un Motel 6 paumé au milieu de nulle part. Il ou elle aura d'autres chats à fouetter. Donne-moi ton permis de conduire. »

J'ai pris la carte dans mon portefeuille. Puis nous sommes allés nous garer sur le parking du motel.

« Attends-moi ici », a dit Klara en remontant la fermeture Éclair de l'anorak.

Elle est entrée dans la petite salle qui servait d'accueil, et est ressortie quelques minutes plus tard avec deux clés.

« On a des chambres côte à côte. Elle m'a aussi dit qu'il y avait un Walmart à un quart d'heure de route. Qu'est-ce que tu fais comme taille ?

— Du XXL.

— Tu devrais vraiment perdre du poids, papa.

— Pas ce soir, tu veux ?

— Très bien.

— Je dois avoir soixante dollars en liquide sur moi.

— J'avais retiré de l'argent avant de quitter L.A. Je peux payer les vêtements et les chambres. Pour la suite, on verra plus tard. »

Elle m'a tendu l'une des clés.

« Je suis dans la chambre 17. La réceptionniste a dit qu'il suffit de taper 7 puis le numéro de la chambre pour téléphoner. Si tu as besoin de quelque chose, je serai juste à côté. Demain matin j'irai chez Walmart et je prendrai des fringues et du café. Je peux avoir la clé de la voiture, s'il te plaît ? »

Une fois dans la chambre, je me suis déshabillé complètement puis j'ai jeté mes vêtements sous le comptoir qui servait de bureau. Ce n'est que sous la douche que je me suis enfin laissé aller aux larmes. J'ai sangloté de manière incontrôlable, sans pouvoir m'arrêter. L'horreur en moi le disputait à une terrible sensation de perte. Elise... tuée sur un coup de colère par une femme qui passait son temps à se proclamer « pro-vie ». Disparue à jamais.

Je me suis glissé entre les draps en polyester. J'ai éteint la lumière. Le sommeil n'est pas venu. J'avais envie d'appeler Klara pour lui demander si elle aussi était frappée d'insomnie, et comment elle se sentait. Mais si elle avait réussi à s'endormir, je ne voulais pas la réveiller en sursaut au milieu de la nuit. Il y avait un minibar dans la chambre. J'ai bu coup sur coup deux bières et deux mignonnettes de Jack Daniel's. C'était suffisant. Le sommeil m'a englouti.

Le téléphone a sonné sur la table de nuit. Je l'ai attrapé d'une main maladroite. C'était Klara. « Il est 11 heures et quart. On doit partir dans moins d'une heure. Je vais bientôt toquer à ta porte, et je laisserai deux sacs devant : un avec des vêtements neufs, et un avec un café et un pain aux raisins. Et allume CNN, les infos ne parlent que de ça. »

Je me suis immédiatement senti réveillé. Quand elle a frappé à la porte, j'ai attendu une petite minute avant d'entrouvrir pour m'emparer des sacs. Puis j'ai allumé la télévision. L'émission sur CNN traitait d'un autre sujet, mais le bulletin d'information se répétait sans doute toutes les trente minutes. J'ai sorti les habits achetés par Klara : un pantalon de treillis, un tee-shirt et un sweat à capuche, ainsi que des sous-vêtements, des chaussettes, une brosse à dents, du dentifrice et un déodorant stick. Le café était encore chaud, et le pain aux raisins était le bienvenu – je n'avais rien mangé depuis la veille. J'ai pris une douche, avec le volume de la télévision monté au maximum pour ne rien manquer. Dès que j'ai entendu la phrase « Une fusillade meurtrière dans l'est de l'État », je suis sorti de la salle de bains, enveloppé dans ma serviette, et je me suis séché en regardant un reporter parler devant le mobile home strié de ruban de police. Plusieurs taches brunes s'étalaient sur le sable.

« Le bilan est de trois morts et deux blessés, dont un prêtre catholique. Les raisons de cet échange de tirs sont encore inconnues. L'autre blessée, une jeune femme enceinte, se trouve à l'hôpital. Son état est stable mais l'enfant qu'elle portait n'a pas survécu. »

Je me suis habillé. Un regard dans le miroir m'a appris à quoi je ressemblais : un gros type en noir, avec de larges cernes violacés sous les yeux.

Deux minutes plus tard, on a frappé à la porte.

« On ferait mieux de déguerpir, a lancé Klara en ouvrant le sac plastique qu'elle tenait entre les mains. Mets tes vêtements d'hier là-dedans. Il ne faut rien laisser derrière nous. »

Le sac contenait déjà ses habits ensanglantés. J'ai rassemblé les miens. Tout en les laissant tomber dans le sac, j'ai pensé : *Le sang qui les recouvre est celui d'Elise.* J'étais en train de faire disparaître les ultimes traces de son existence.

Au dernier moment, j'y ai ajouté la balle, retrouvée dans la poche de mon pantalon de la veille.

« Tu as vu le reportage sur CNN ? a demandé Klara alors que nous marchions vers la voiture.

— Oui. Ils ne savent pas grand-chose.

— Oh, ne t'inquiète pas, Todor est sûrement en train de concocter une belle histoire pour les flics. Espérons juste qu'il ne nous mette pas les meurtres sur le dos.

— Aucune des armes ne porte nos empreintes.

— C'est pour ça que je suis retournée prendre mon Glock dans la main d'Amber. Il est enregistré à mon nom, ce qui aurait automatiquement fait de moi une suspecte.

— Bon réflexe.

— Quand on fait le genre de boulot que j'ai fait, de bons réflexes peuvent te sauver la vie.

— Et maintenant que tout ça est derrière toi…

— Tu crois que je vais abandonner la lutte ?

— Occupons-nous d'abord de t'envoyer quelque part en Europe où tu pourras te faire oublier un moment. Il sera toujours temps de vivre dangereusement plus tard. On n'est pas encore tirés d'affaire. Tu as raison : on ne peut pas savoir ce que Todor va raconter aux flics.

— Je suis prête à parier qu'il nous mettra tout sur le dos.

— Mais il n'a aucune preuve. Alors, comment en être sûr ? Todor est un salopard opportuniste, et il est à la solde de son "boss", comme il l'appelle. Ça ne m'étonnerait pas qu'ils soient en train de faire tout leur possible pour étouffer cette histoire… si ce n'est pas déjà fait. »

Nous avons roulé pendant six heures, avec plusieurs pauses pour faire le plein, aller aux toilettes et prendre deux repas dans des gargotes en bord de route. Le soir venu, nous avons choisi un autre motel bon marché hors des sentiers battus. Avant de nous retirer dans nos chambres respectives, Klara a utilisé l'ordinateur placé à la disposition des clients dans le hall d'accueil. Quelques minutes de recherches lui ont permis de dénicher un vol direct de San Francisco à Amsterdam le lendemain en fin d'après-midi. Une offre de dernière minute, au prix plutôt raisonnable.

« Pourquoi Amsterdam ?

— C'est toujours cool là-bas, il paraît. Et puis tout le monde parle anglais. »

Je l'ai convaincue d'attendre le lendemain avant de réserver son billet, au cas où sa carte de crédit serait surveillée. Après avoir de nouveau vérifié sur le site, elle a constaté qu'il restait suffisamment de sièges libres pour qu'elle puisse acheter un billet quelques heures avant le départ. Durant cet échange, mon cœur s'est serré de désespoir. Ma petite fille allait s'envoler pour l'autre bout du monde. Je ne savais pas combien de temps s'écoulerait avant nos retrouvailles. Quand nous sommes allés nous installer dans nos chambres respectives, je me suis laissé tomber sur le lit, envahi par le chagrin. Puis le téléphone a sonné. C'était Klara.

« Allume CNN. »

J'ai saisi la télécommande. Todor est apparu à l'écran, vêtu d'une chemise d'hôpital, le bras droit en écharpe, avec l'air hagard de quelqu'un qui n'a pas dormi depuis plusieurs jours. Mais l'angoisse qui imprégnait sa voix était indubitablement feinte.

« Comme je l'ai déjà expliqué à la police, disait-il à une journaliste, Mme Elise Flouton était professeure d'université à la retraite et militante pour les droits des femmes. Elle aidait des femmes battues à échapper à leurs partenaires violents. La jeune victime, dont je tairai le nom pour des raisons légales, était enceinte quand elle a cherché à fuir son compagnon, avec lequel elle vivait depuis ses quatorze ans. Richard Grout était employé comme garde du corps par M. Patrick Kelleher. La semaine dernière, après une violente dispute, la jeune femme a contacté l'association dont faisait partie Mme Flouton. Celle-ci l'a recueillie et, en apprenant que Richard Grout cherchait à la retrouver, a décidé de l'emmener en lieu sûr dans le désert. C'est alors que Grout a eu la malheureuse idée de faire appel à l'une de mes paroissiennes, Teresa Hernandez, qui a effectivement travaillé dans l'association que j'ai fondée : Angels Assist. En tant que fervente militante antiavortement, elle était obsédée par le travail de Mme Flouton, connue pour avoir aidé de nombreuses femmes dans le besoin à se faire avorter dans des cliniques. D'un point de vue éthique et moral, je me fie à la ligne directrice du pape François contre l'avortement. Mais tout comme Sa Sainteté, je réprouve forte-ment les démonstrations de violence – dont Teresa Hernandez était hélas coutumière. Visiblement, elle avait réussi à installer un émetteur sur le téléphone de Mme Flouton, ce qui lui a permis de découvrir où elle cachait la jeune femme. Quand elle m'a appris que Grout était prêt à tout pour récupérer la mère de son enfant à naître, j'ai su qu'il était de mon devoir de prêtre d'intervenir. J'ai proposé que nous nous rendions tous les trois sur place. Mais à notre arrivée, il y a eu une confrontation entre Mme Hernandez et Mme Flouton. À un moment, Mme Flouton a traité mon ancienne employée de terroriste, ce qui l'a mise en rage : elle a alors brandi une arme et lui a tiré dessus, à plusieurs reprises et sans précision, si bien qu'elle a également touché la jeune femme au ventre, tuant son bébé. Grout est devenu fou. Quand j'ai voulu l'arrêter, il m'a tiré une balle dans l'épaule. Il a ensuite fait feu sur Mme Hernandez, puis, la croyant hors d'état de nuire, s'est retourné vers la mère de son enfant. Mais Mme Hernandez est parvenue à le tuer d'une balle dans la tête avant de mourir à son tour. C'est une terrible tragédie… Et la preuve criante qu'il est urgent de remettre en question l'extrémisme qui fait rage des deux côtés. Je prie aujourd'hui pour cette jeune femme, qui a perdu le petit garçon qu'elle portait depuis presque six mois, et pleurera sans doute sa mort jusqu'à la fin de ses jours. »

La journaliste a ensuite pris la parole pour dire que la police poursuivait son enquête sur ces meurtres, et que le porte-parole de Patrick Kelleher s'exprimerait sous peu.

Dès la fin du reportage, Klara a tambouriné à ma porte. J'ai ouvert sans tarder.

« Sacrée performance, a-t-elle commenté d'un ton lourd de colère. Todor mérite l'Oscar du meilleur prêtre pourri jusqu'à l'os. »

Je l'ai fait entrer en toute hâte.

« Au moins, il n'a pas parlé de nous. Heureusement que tu as récupéré ton arme et qu'il nous a dit de retrouver la balle tirée par Amber. Todor vient de nous éviter la prison.

— Et maintenant, il passe pour un héros qui s'est fait tirer dessus en sauvant la vie d'Amber. À tous les coups, il a appelé Kelleher dès qu'on est partis pour lui raconter toute l'histoire et mettre ses avocats sur l'affaire. Ils ont rejeté toute la faute sur le garde du corps mort. Tout le monde croira que Ricky était le père de l'enfant d'Amber, alors qu'elle m'a dit elle-même que Kelleher était le seul à avoir couché avec elle. Je suis sûre qu'un de ses laquais est déjà allé la voir à l'hôpital pour lui proposer une fortune en échange de son silence. Et les flics aussi vont recevoir un énorme pot-de-vin pour classer l'affaire aussi vite que possible sans inquiéter personne. Kelleher en sortira blanc comme neige. Bienvenue dans l'Amérique moderne. Le sale type gagne toujours. »

Je n'ai pas su quoi répondre.

« Peut-être qu'ils n'essaieront pas de te mettre la main dessus, maintenant qu'ils ont réussi à boucler cette histoire.

— La police n'a toujours pas retrouvé la vigile qui a aidé Amber, papa. Je ne veux prendre aucun risque. »

La journée du lendemain m'a semblé incroyablement longue. Alors que nous approchions enfin de la côte, nous nous sommes arrêtés dans un centre commercial où Klara a acheté une demi-heure de connexion sur un ordinateur public. Vingt minutes plus tard, elle ressortait avec à la main l'impression papier de son billet pour le soir même. Quand je lui ai demandé combien elle avait payé, elle a secoué la tête.

« Ne t'en fais pas pour l'argent, papa. J'ai reçu mon salaire la semaine dernière et il me reste environ deux mille dollars sur mon compte. De quoi vivre un peu plus d'un mois là-bas.

— Je me fais l'effet d'un raté.

— Pourquoi ? Parce que tu n'as pas d'argent ?

— Parce que je ne peux rien faire pour t'aider.

— Arrête tes conneries. Tu es le meilleur, je te l'ai dit mille fois.

— Mais je n'ai pas un rond.

— Tu as un sac plein de billets dans le coffre.

— Et je n'y toucherai pas.

— C'est pour ça que tu es le meilleur. »

J'ai estimé que nous pouvions prendre le risque d'emprunter l'autoroute vers le nord depuis Prunedale. Klara partageait mon avis. Elle s'est assoupie pendant une petite heure. Je l'ai réveillée en douceur à une vingtaine de minutes de l'aéroport international de San Francisco, juste au début du bulletin d'information de 14 heures à la radio. Le troisième sujet était celui d'une « fusillade tragique en plein désert, dans la région de Twentynine Palms, près du Joshua Tree National Park ».

Interrogée, une ancienne collègue d'Elise à l'UCLA a décrit chez celle-ci « un sens de l'éthique extrêmement fort et une horreur de la cruauté et de l'injustice. C'était une femme pour qui agir en fonction de ses valeurs et de ses croyances était ce qu'il y a de plus important dans ce monde profondément corrompu. Et savoir qu'elle a perdu la vie en protégeant une jeune fille mineure victime d'abus sexuels... C'est l'étoffe des légendes modernes, n'est-ce pas ? ».

A suivi la déclaration d'un porte-parole de la police californienne :

« Le meurtre du Dr Flouton aux mains d'une militante antiavortement, qui a également tiré sur la jeune fille placée sous la protection du Dr Flouton, nous montre le prix terrible que paie notre société lorsque ce type d'activisme bascule dans la violence. D'après le prêtre qui a assisté à la scène, la suspecte a d'abord tiré sur l'adolescente, victime d'abus sexuels sur mineur depuis plusieurs années... et enceinte de six mois. Le Dr Flouton aurait été mortellement blessée en se jetant devant la jeune fille pour la protéger des balles, mais pas avant que celle-ci n'ait été touchée au ventre. Inutile de souligner l'ironie tragique du fait qu'une activiste soi-disant "pro-vie" soit directement responsable de la mort de cet enfant à naître.»

Enfin, la radio a diffusé un extrait du discours d'une certaine Patricia Babson, présentée comme « directrice des communications » de Patrick Kelleher.

« Étant donné son engagement de longue date envers les droits des femmes et ceux des enfants à naître, M. Kelleher est profondément choqué par les abus commis par Richard Grout, employé depuis plusieurs années au sein de son entreprise. Nous souhaitons assurer au public que cette jeune femme sera à l'abri du besoin pendant le restant de ses jours. De plus, M. Kelleher a décidé de subventionner un poste de professeur à l'UCLA au nom du Dr Flouton.»

Je me suis tourné vers Klara.

« Ça se passe exactement comme tu l'avais dit. Amber va être payée pour son silence, et Todor et Kelleher se sont déjà débrouillés pour ériger Elise en une sorte d'héroïne du peuple. Presque une sainte.

— Oui, elle sera sûrement canonisée par tous les groupuscules progressistes du pays.

— On dirait presque que tu l'envies. Tu ne regrettes quand même pas de ne pas avoir fini en martyr ?

— C'est cool d'être un martyr.

— Arrête tes conneries. Tu devrais t'estimer heureuse d'avoir survécu.

— Je sais…

— Mais quelque part, ça t'énerve que tous les risques que tu as pris soient attribués à Elise.

— Peut-être, oui. Sauf que c'est elle qui a sauvé la vie d'Amber.

— Et Todor a sauvé la tienne. D'ailleurs, vu que Kelleher a décidé de jouer les grands princes humanistes, tu n'as peut-être plus besoin de partir à Amsterdam.

— Je pars, papa. Déjà, je pense toujours qu'il est plus prudent de faire profil bas pendant quelque temps. Et puis, ce pays… je n'en peux plus. Vraiment plus.»

Nous sommes arrivés à l'aéroport deux heures pile avant le départ de son vol KLM. Je l'ai accompagnée jusqu'à l'entrée du contrôle de sécurité, où elle m'a serré dans ses bras un long moment.

« Merci de nous avoir tirés de tout ça vivants. Et d'avoir toujours été là pour moi. »

Je me suis mordu la lèvre, les yeux brûlants de larmes.

« Je ne veux pas que tu t'en ailles.

— J'ai peur, moi aussi, papa. Atterrir dans une ville étrangère où je ne connais rien ni personne... Mais je dois disparaître jusqu'à ce qu'on soit sûrs qu'il n'y a plus de danger. »

Je n'avais rien à opposer à cet argument, ce qui ne m'a pas empêché d'être heurté de plein fouet par une terrible prise de conscience : celle que mon enfant quittait le nid pour de bon. Un départ rendu encore plus difficile par le fait que Klara était tout ce que j'avais au monde. Si les choses tournaient mal, elle ne reviendrait peut-être jamais. Nous serions séparés par des milliers de kilomètres de façon permanente.

« Tu pourrais attendre de voir comment ça se passe, ai-je suggéré.

— Je vais prendre cet avion, papa. »

Malgré moi, je me suis mis à pleurer. Elle a serré mon visage entre ses mains.

« S'il te plaît, pas d'adieux déchirants. Je sais déjà à quel point je serai triste aussi longtemps que tu seras loin.

— Si c'est plus facile pour toi...

— Rien de tout ça n'est facile. Je suis toujours une petite gamine qui a besoin de son papa, mais je dois m'envoler à l'autre bout du monde... Tu pourras sans doute rallumer ton téléphone dans trois heures, quand je serai en sécurité dans les airs.

— D'accord.

— Tu me promets de te faire faire un passeport pour me rendre visite bientôt ?

— Un signe de toi et j'arriverai en courant.

— Tu es vraiment le meilleur, a-t-elle murmuré en m'étreignant une dernière fois.

— Reviens dès que tu pourras.

— Viens me voir dès que tu pourras. »

Elle a disparu derrière la barrière. J'ai senti les tremblements me gagner. J'ai battu en retraite, le visage à présent strié de larmes, vers le parking où j'avais laissé la Volvo. J'ai ouvert le coffre, puis le sac de toile qu'il contenait. Des liasses et des liasses de billets de cinquante dollars. J'ai refermé le sac. Déterminé à rentrer à L.A. la nuit même, j'ai pris la direction du sud. Trois heures plus tard, j'ai rallumé mon téléphone. Le premier message était de Todor.

Toujours en observation à Twentynine Palms. Je devrais sortir en début de semaine. Il faut qu'on parle.

Mais je n'avais aucune envie de parler à Todor.

L'autre message venait du cabinet d'avocats d'Elise.

Nous souhaitons vous joindre pour un motif urgent...

Cinquante kilomètres plus loin, je me suis arrêté sur une aire d'autoroute pour utiliser les toilettes et boire un mauvais café. Puis j'ai composé le numéro cité dans le message. La secrétaire m'a mis en communication avec un certain Dwight Simplon, qui m'a demandé si je me trouvais à Los Angeles.

« Non, je suis en déplacement depuis quelques jours.

— Vous avez suivi les actualités ? Vous savez que Mme Flouton a été tuée avant-hier soir ?

— Oui, je l'ai appris. Ça m'a... fait un choc.

— Comme à nous tous. Son mari était l'un des fondateurs de ce cabinet. Même après sa mort, Elise a continué à suivre nos activités avec intérêt. Pour nous, c'était une dame de grande classe, et les circonstances de sa mort nous ont incroyablement secoués. Quand serez-vous de retour à L.A., monsieur ?

— Tard ce soir.

— Vous pourriez passer au cabinet dès que possible ? Demain, par exemple ?

— Oui, je pourrais... Mais pourquoi voulez-vous me voir, monsieur Simplon ?

— Je préférerais vous en parler de vive voix.

— C'est sérieux à ce point ?

— Eh bien... oui, c'est très sérieux.

— Monsieur Simplon, je vais passer la soirée entière et une partie de la nuit au volant. Je n'ai pas envie de ruminer la question pendant tout le trajet. S'il vous plaît, dites-moi ce qui se passe. »

J'ai perçu une hésitation à l'autre bout du fil, puis un soupir.

« Très bien. Puisque vous insistez. Le Dr Flouton vous a légué son appartement de Los Angeles. »

23

J'ÉTAIS DÉROUTÉ. Complètement dérouté.

« Je ne comprends pas, monsieur.

— Mme Flouton possédait un appartement sur Malcolm Avenue, près du campus de l'UCLA. Elle était pleinement propriétaire, sans hypothèque ni emprunt immobilier. Et elle vous l'a légué dans son testament, ainsi que la somme de vingt-quatre mille dollars afin de couvrir les charges mensuelles de mille dollars pendant les deux premières années. »

Parce qu'elle savait que je ne pourrais jamais payer mille dollars par mois, ce qui me plongerait immédiatement dans de nouvelles difficultés. Elise semblait penser à tout, surtout quand il s'agissait d'anticiper les besoins des autres.

« Mais je ne comprends toujours pas. Pourquoi ne pas l'avoir laissé à sa fille ?

— Ce n'est pas à moi de justifier les décisions de Mme Flouton concernant sa succession. Je vous informe seulement des faits. Vous êtes dorénavant propriétaire de son appartement. Vous pouvez venir au cabinet, mettons à midi demain ?

— Oui, c'est possible. »

Après cet appel, de retour au volant, j'ai repensé à ce qu'Elise m'avait dit le lendemain du jour où nous avions conduit droit dans cette manifestation en face d'un centre IVG. Qu'elle avait « quelques questions à régler » avec ses avocats. Pressentait-elle déjà le danger qui la menaçait ? Mais pourquoi me laisser son appartement ? Je me sentais perdu et profondément coupable vis-à-vis de sa fille. Je savais qu'elle et Elise n'étaient pas en bons termes – Elise m'avait même précisé qu'elle gagnait beaucoup d'argent et s'apprêtait à épouser un riche homme de finances. Mais je ne pouvais pas, en toute bonne foi, accepter ce cadeau. Je ne le méritais pas. Ma décision était prise : j'annoncerais aux avocats que je rendais tout à la fille d'Elise, et que je ne voulais aucune part de son héritage.

J'ai pris soin de n'écouter aucune chaîne d'information à la radio, peu désireux d'entendre un mot de plus sur l'horreur qui me hantait encore jour et nuit. Au lieu de ça, je m'efforçais de garder les yeux fixés sur la route et, tout en avalant les kilomètres, d'établir des listes mentales de ce que j'avais à faire. Mais je ne parvenais pas à chasser l'image d'Elise tombant morte entre mes bras, son dernier mot sur les lèvres, son expression figée par le choc. Comme si, dans cette poignée de secondes avant que son cœur ne cesse de battre, la vérité l'avait frappée : c'était la fin. Sa fin. Une mort si soudaine, si violente, si inattendue. Tout le monde aurait beau dire qu'elle avait commis un acte héroïque, qu'elle avait péri pour ses valeurs éthiques, je savais que sa décision de se jeter sur la trajectoire des balles avait été une réaction instinctive. Elle avait simplement voulu sauver la vie d'Amber.

Je n'ai reçu qu'un seul autre message pendant tout le trajet, juste après 20 heures. Le message que je redoutais le plus. Celui d'Agnieska.

Le père Todor m'a conseillé de passer quelques jours chez Graznya. Quand j'ai appris que Teresa était décédée, il m'a dit que Klara et toi étiez partis en week-end père-fille à ce moment-là – que tu lui faisais visiter ton petit coin de paradis vers Sequoia. Je suis vraiment soulagée de savoir que vous étiez loin de ce drame... et de la femme pour qui tu conduisais. Je suis horrifiée par ce qui lui est arrivé, et encore plus par ce qu'a subi la pauvre adolescente qu'elle accompagnait. Je sais que le monde entier blâme Teresa pour le sort de son bébé... mais tout cela ne serait peut-être pas arrivé si ton amie avait apporté à cette jeune femme le soutien dont elle avait besoin. Je crains que Teresa ne soit maintenant au purgatoire pour ce qu'elle a fait... et qu'elle n'y reste pour l'éternité.

Je me doute que tu n'as pas envie de me voir, mais il y a des choses dont nous devons discuter. Et j'espère que Klara a compris, à la lumière de cette terrible affaire, qu'elle ferait mieux de ne plus s'associer avec des tueurs d'enfants qui...

J'ai interrompu ma lecture au milieu de cette phrase. Une décharge de rage m'a secoué des pieds à la tête. Je me trouvais dans une station Shell sur l'autoroute 101, au sud de Santa Barbara, où je venais de faire le plein. J'ai détourné le regard de mon téléphone et des autojustifications moralisatrices de ma femme, bien résolu à demander le divorce aussi rapidement et efficacement que possible.

Il fallait que Klara lise ce message, elle aussi, ne serait-ce que pour constater à quel point Todor nous avait couverts sur tous les fronts. Et pour se rendre compte que sa mère habitait à présent une nouvelle dimension de déni – dans laquelle ses coreligionnaires méritaient d'être absous du meurtre d'une innocente et d'un futur bébé au titre que, bien sûr, ils avaient agi en pensant accomplir la volonté de Dieu.

Mais après réflexion, j'ai décidé de ne pas lui faire suivre le message tout de suite. Mieux valait attendre qu'elle soit bien arrivée à Amsterdam et qu'elle ait trouvé quelque part où loger. Si elle lisait ces lignes maintenant, la rage l'empêcherait de dormir. Et elle avait besoin de sommeil.

Franchir enfin les limites de L.A. m'a procuré un sentiment étrange. Je savais que je n'y resterais plus très longtemps, que je repartirais aussitôt que possible. J'ai quitté l'autoroute pour me retrouver dans un embouteillage à 23 h 30 passées. Los Angeles. Ce nœud sans fin. Tout cet argent, toutes ces promesses, tous ces regrets. Ces échecs. Ce désespoir. Cette déception de ne pas faire partie des rares élus. Toutes ces heures à avancer au ralenti, pressés les uns contre les autres.

Enfin, je suis arrivé dans ma petite rue et je me suis garé devant la maison, toujours barricadée, à laquelle un nouveau message de Todor m'avait rendu l'accès :

Tu es rentré ? J'ai oublié de te dire que les nouvelles clés sont sous le pot de fleurs à gauche de la porte d'entrée.

J'étais donc à nouveau le bienvenu chez moi... sans personne pour m'accueillir.

J'ai récupéré le sac de toile renfermant l'argent et celui, en plastique, dans lequel se trouvaient nos affaires tachées de sang. Le trousseau était effectivement sous le pot de fleurs. J'ai déverrouillé le cadenas qui fermait le volet métallique de l'entrée, que je n'ai ensuite eu aucun mal à soulever. Puis j'ai ouvert la porte avant de rabaisser le volet et de remettre le cadenas depuis l'intérieur. J'ignorais si les gorilles de Kelleher me cherchaient encore mais je n'avais pas envie de prendre de risques.

J'ai allumé la lumière – avec tous les volets baissés, ce ne serait pas visible depuis la rue. Puis, empruntant le couloir, j'ai dépassé le salon pour atteindre la chambre nue et sinistre dans laquelle j'avais passé quinze années de solitude. Je détestais cette maison. Je détestais tout ce qu'elle représentait. Après cette nuit, je ne voulais plus jamais y remettre les pieds.

Écrasé par le traumatisme des derniers jours – et les centaines de kilomètres parcourus depuis le matin –, je suis allé droit dans la douche, puis au lit. La nuit a été agitée. J'ai fini par me lever à 5 heures, réveillé par le message que j'attendais depuis la veille : Klara était bien arrivée à Amsterdam.

La fille du guichet d'informations pour touristes de l'aéroport m'a donné l'adresse d'une auberge de jeunesse. C'est un peu loin du centre, mais il y a le métro et le tram juste à côté, donc Centraal Station est à dix minutes (t'as vu ? Je l'ai écrit comme une vraie autochtone !). Et de là, je peux aller à peu près n'importe où. Demain, je vais chercher une chambre à louer en colocation. Je suis claquée, et toujours dans un état de choc un peu bizarre après tout ce qui s'est passé. Mon papounet me manque terriblement.

Je lui ai répondu que j'étais soulagé d'avoir de ses nouvelles, et qu'elle pouvait me joindre à n'importe quelle heure si elle avait besoin de quoi que ce soit.

Envoie-moi un récit quotidien de tes aventures. Mais en attendant, respire un bon coup et regarde le message que m'a adressé ta mère. Il va te mettre en rogne, je le sais. Moi, j'ai juste eu de la peine pour elle. Mais ce n'est qu'une preuve de plus de son obstination. Sache que je suis toujours avec toi.

J'ai pris une douche, fait du café et fumé deux cigarettes. À 7 heures, Todor m'a de nouveau écrit :

Ils me laissent sortir aujourd'hui. Je peux passer te chercher vers 19 heures ? Je t'invite à dîner.

J'ai réfléchi un court instant. Il me restait encore une dernière chose à conclure avec Todor.

D'accord pour 19 heures. Pas de dîner.

Je n'avais rien d'autre de prévu pour la soirée. Mais je ne m'assoirais plus jamais à la même table que cet homme.

J'ai enfilé une chemise blanche, une cravate noire et mon seul et unique costume – un vieil ensemble marron rayé, démodé depuis vingt ans, dans lequel je rentrais à peine. Il allait vraiment falloir que je perde du poids et que je limite ma consommation de cigarettes. La mort dans l'âme, je me suis mis au volant de la Volvo et j'ai laissé le GPS me conduire jusqu'au cabinet de Flouton, Greenbaum, McIntyre et Milkavic.

Le réceptionniste était au courant de ma venue. Aimable et respectueux, il m'a proposé de l'eau ou un café avant de me faire entrer dans une salle de réunion vide, décorée de photos encadrées de Martin Luther King, Bobby Kennedy et plusieurs autres hommes politiques que je ne reconnaissais pas, accompagnés de jeunes travailleurs électoraux. L'une des dernières images représentait Bernie Sanders et un autre homme âgé.

« Deux vieux rebelles sans base de pouvoir », a lancé une voix derrière moi.

En me retournant, je me suis trouvé face à un vieil homme de petite taille, vêtu d'une simple veste de tweed, d'une chemise bleue et d'un pantalon de toile. Ses lunettes rondes et métalliques lui donnaient l'air d'un professeur à la retraite.

« Vous devez être Brendan, a-t-il dit. Je suis Stanley Greenbaum. J'ai fondé ce cabinet avec le mari d'Elise, Wilbur. Elise et moi sommes restés proches, même après qu'il nous a quittés. Nous sommes tous sous le choc de ce qui lui est arrivé.

— C'est... terrible, ai-je répondu, incapable de le regarder dans les yeux.

— Terrible, en effet. »

Un Afro-Américain d'une quarantaine d'années, en costume noir sévère, est entré à son tour, accompagné d'une jeune femme.

« Brendan, c'est un plaisir de vous rencontrer. Je suis Dwight Simplon, et voici mon associée, Jennifer Cooper. »

Elle portait un tailleur noir et des lunettes rectangulaires de la même couleur. À vue d'œil, je lui donnais moins de trente ans.

« Enchantée, monsieur. »

On m'a fait signe de m'asseoir au centre de la longue table. Le réceptionniste a apporté une cafetière, une carafe d'eau et une assiette de biscuits. J'étais si nerveux que j'aurais pu tous les engloutir – ce qui n'a pas échappé à Stanley Greenbaum.

« J'imagine que tout ça doit être très pénible pour vous.

— Pour vous aussi.

— Dwight m'a dit que vous aviez été très surpris d'apprendre qu'Elise vous léguait son logement.

— Je ne peux pas l'accepter.

— Pourquoi donc ?

— Parce que je ne le mérite pas. Et puis elle a une fille.

— Sa fille a été informée du contenu du testament : l'appartement vous revient, et le reste des biens va au Women's Choice Group, l'association à laquelle appartenait sa mère. Elle n'a émis aucune objection.

— Ce n'est pas possible.

— Mlle Flouton a affirmé qu'elle n'avait aucune intention de contester les souhaits de sa mère. J'ai ici une déclaration envoyée par son avocat de New York et signée de sa main, disant qu'elle accepte les modalités du testament. Par ailleurs, elle nous a sommés de tout régler au plus vite. C'est pourquoi nous vous avons contacté dès hier. »

Avant que je puisse répondre quoi que ce soit, il a ajouté en pinçant les lèvres :

« Alison Flouton est une autorité en elle-même. L'appartement de Westwood vous appartient, Brendan. »

Jennifer Cooper a ouvert un dossier.

« L'appartement a une valeur estimée à huit cent quatre-vingt mille dollars. Dwight a dû le mentionner au téléphone, mais Mme Flouton vous a également légué vingt-quatre mille dollars pour couvrir les deux premières années de charges. Elle a aussi précisé que vous pouviez garder la Volvo. Par ailleurs, si vous décidez de ne pas résider dans l'appartement, les vingt-quatre mille dollars sont tout de même à vous.

— Je n'y résiderai pas.

— Très bien, a dit Dwight Simplon. Après le règlement des droits de succession et la vente, vous devriez récupérer pas mal d'argent. »

J'ai baissé les yeux, sonné.

« Je ne les mérite pas.

— Elise pensait le contraire, a répliqué Stanley Greenbaum. Et en toute confidentialité, même si nous n'avons pas l'intention de contester la version des faits racontée par le prêtre qui a assisté à sa mort… Comment s'appelle-t-il, déjà ?

— Le père Todor Kieuchikov, ai-je soupiré.

— Votre prêtre, peut-être ?

— Un vieil ami. Enfin, plus maintenant. Mais c'est le confesseur de ma femme.

— Intéressant, comme détail. Nous savons déjà qu'il est le fondateur de l'association antiavortement pour laquelle travaillent votre femme et son amie décédée. Sa version des événements fait d'Elise le cerveau de l'opération : elle aurait tout mis en œuvre pour sauver cette pauvre jeune femme enceinte d'un agent de sécurité à la solde de la figure hautement suspecte qu'est Patrick Kelleher. Nous savons avec certitude qu'Elise ne s'est jamais livrée à de telles imprudences. D'après nos contacts dans la police, le rapport balistique concorde avec le récit du prêtre : le garde du corps, Grout, a tué Teresa Hernandez après qu'elle a tiré sur la malheureuse Amber et Elise. Nous comprenons pourquoi ce père Kieuchikov a voulu attribuer la responsabilité de la fuite de cette jeune victime à une femme morte. Avec un peu de chance, ça suffira à protéger d'autres personnes impliquées dans cette affaire à haut risque. »

Il m'a regardé droit dans les yeux en prononçant ces mots. Je savais qu'Elise lui avait parlé avant notre départ pour Twentynine Palms ; cherchait-il à me faire comprendre que le secret était bien gardé ? Sa question suivante m'a confirmé qu'il n'ignorait pas grand-chose de cette nuit d'horreur :

« Vous avez une fille, n'est-ce pas ?

— Une fille incroyable, oui. Klara.

— Nous avons beaucoup entendu parler d'elle. »

Il y a eu un silence. Pour toute réponse, j'ai hoché la tête en regardant tour à tour M. Greenbaum et ses deux associés présents autour de la table, pour leur signifier que j'appréciais leur discrétion.

« Si vous me le permettez, a repris Stanley Greenbaum, je voudrais vous demander où se trouve Klara en ce moment. »

Je lui ai expliqué qu'elle s'était envolée pour Amsterdam la veille, avec l'intention de s'y établir.

« Je suis heureux d'apprendre qu'elle se trouve là-bas, a-t-il répondu. C'est un pays bien plus sain que le nôtre en ce moment… et bien plus sûr. Si ça peut l'aider, nous travaillons en collaboration avec un cabinet d'avocats sur place. Ils sauront sûrement l'aiguiller dans sa recherche d'un logement et d'un emploi.

— Ce serait super.

— Alors, c'est comme si c'était fait. »

J'ai à nouveau baissé les yeux vers la table. Il me restait une question – une question qui allait à l'encontre de tout ce que j'avais été éduqué à croire, mais que je devais néanmoins poser.

« Je voudrais divorcer. Vous pouvez m'aider avec ça ?

— Bien sûr, a répondu Dwight. Jennifer est l'une de nos spécialistes du droit familial.

— Je veux que ça se fasse vite et bien. Je sais déjà ce que je vais lui proposer, et ce sera à prendre ou à laisser.

— On en parlera après cette réunion, a assuré Jennifer. La procédure pourra commencer immédiatement.

— Merci. »

J'ai ensuite demandé à Stanley Greenbaum s'il avait une idée de ce qui allait arriver à Amber.

« Selon nos contacts, elle est encore sous la garde de la police. Mais elle a été transférée à l'hôpital de Palm Springs quand il est apparu que, à la suite de sa blessure, elle devait subir une hystérectomie d'urgence.

— Mon Dieu...

— Bien sûr, comme annoncé dans les médias, le grand Patrick Kelleher va lui financer un avenir radieux. C'est son garde du corps qui l'a mise enceinte, après tout : tout le monde le sait. Est-ce qu'Amber vous a parlé du père... du véritable père ? »

Je n'ai pas répondu tout de suite, pour pouvoir choisir mes mots avec soin.

« Je ne dirai qu'une chose : si Kelleher ne parvient pas à acheter son silence, Amber aura une sacrée histoire à raconter.

— Et s'il y parvient ?

— L'histoire restera la même. »

Todor est arrivé chez moi à 19 heures précises, le bras droit en écharpe. Une grande quantité de bandages dépassaient du col de sa chemise hawaïenne. Il était pâle et paraissait fatigué et nerveux.

« Pile à l'heure, ai-je commenté.

— Je ne voulais pas te faire attendre.

— J'ai accepté de te voir pour une seule et unique raison. »

Je me suis retourné pour attraper l'objet posé derrière moi : le sac en toile de Ricky, rempli d'argent. Je l'ai jeté aux pieds de Todor.

« Tout y est. Il ne manque pas un dollar. Tu n'as qu'à le rendre à ton boss, avec mes compliments. Ça ne l'empêchera pas de m'abattre s'il en a envie, mais peu importe.

— Où est Klara ?

— Loin d'ici, en sécurité.

— Elle n'a pas besoin de se cacher.

— Ne joue pas les naïfs, Todor.

— Il ne vous arrivera rien, à tous les deux. Au contraire, après tout ce qui s'est passé, l'homme qui m'emploie vous est reconnaissant de votre... discrétion. Et tant qu'elle persistera...

— Quoi ? Il ne nous tuera pas ?

— Vous ne craignez plus rien, Brendan.

— Ton P-DG sait que Klara et moi étions sur place ?

— L'histoire que j'ai racontée a été validée par tout le monde sans exception.

— Mon œil.

— Pourquoi embrouiller encore une situation déjà complexe ?

— Parce que tu n'as toujours pas répondu à ma question.

— Mais si. Et maintenant, l'affaire est close.

— Comme c'est pratique. Je suppose que tu as touché tes millions ? »

Il a eu la décence de baisser les yeux.

« Je vais poursuivre ma vie paroissiale comme si de rien n'était... jusqu'au moment d'annoncer ma retraite anticipée.

— La couverture idéale. Si tu disparaissais tout de suite, les gens se poseraient des questions...

— Je peux entrer ? m'a-t-il coupé.

— Non.

— On ne peut pas s'asseoir et essayer de...

— Non.

— Pourquoi ?

— Parce que trois personnes et un bébé sont morts à cause de toi.

— Ce n'est pas juste, Brendan.

— Oh que si. Tu as passé un marché avec le diable. Tu as accepté son argent. Tu nous as piégés, moi et ma fille, en disant que ma femme était mourante. Tu nous as forcés à vous conduire, toi, cette grosse brute et cette cinglée de Teresa, jusqu'à l'endroit où Amber se cachait. C'est toi qui as provoqué tout ça, monsieur l'homme de Dieu. Et tu vas toucher le pactole. Alors maintenant, fous le camp d'ici. Et n'oublie pas le sac.

— Cet argent est à toi, Brendan, et ce n'est qu'un début. Je t'ai promis deux cent mille dollars. »

Il s'était penché vers moi, mielleux. Je lui ai craché en pleine face. Il a fait un pas en arrière, secoué, et j'ai cru qu'il allait m'envoyer son poing dans la figure. Mais il s'est ravisé. Il avait dû lire dans mon regard que j'étais prêt à lui casser la gueule, et que je ne retiendrais pas mes coups. Sans même prendre le temps de s'essuyer le visage, il s'est mis à courir vers le portail. J'ai ramassé le sac, toujours posé à mes pieds, et je l'ai jeté de toutes mes forces dans sa direction. Le sac a atterri en plein milieu de la chaussée, sur la trajectoire d'un camion UPS lancé à toute vitesse, et Todor s'est précipité sans réfléchir pour le saisir, manquant de peu de se faire renverser.

« Pauvre con », a crié le chauffeur en faisant un écart in extremis pour l'éviter.

Debout dans la rue, Todor serrait le sac contre lui comme un petit enfant. Le poids de cet argent reposait sur ses épaules à présent, et ce pour le restant de ses jours. Juste avant de claquer la porte, avec la certitude que je ne le reverrais jamais, j'ai craché un mot en direction de sa silhouette pitoyable, seule dans la nuit brûlante :

« Assassin. »

24

L'ENTERREMENT D'ELISE a eu lieu dix jours plus tard : le médecin légiste avait insisté pour garder le corps jusqu'à ce que l'affaire soit classée par la police fédérale. Née et baptisée dans la foi épiscopalienne, Elise avait émis le désir que ses funérailles soient organisées selon ce rite. Le choix s'était porté sur la chapelle de l'université. Il ne restait plus une seule place sur les bancs. La cérémonie, dirigée par un évêque assisté de deux prêtres, était ponctuée d'hymnes religieux chantés par un chœur – un son si pur, presque divin, que j'avais l'impression d'entendre directement la voix de Dieu. Le cercueil était une simple boîte de pin, à peine vernie. Elise avait dû stipuler dans son testament qu'elle voulait être enterrée dans la simplicité la plus totale, sans fioritures. Entre les prières et les lectures bibliques, deux personnes sont venues parler d'elle à l'assemblée. Stanley Greenbaum a longuement décrit son progressisme, son besoin d'engagement politique, et son union avec Wilbur.

« C'était une magnifique histoire d'amour, qui, comme toutes les histoires d'amour, a connu des difficultés et des doutes dont elle a émergé encore plus forte et inébranlable. Wilbur m'a dit un jour que l'une des choses qu'il admirait le plus chez Elise était qu'elle ne croyait pas qu'il existe de véritable réponse aux grandes questions de la vie. Juste davantage de questions. Et l'idée que, dans un monde gangrené par la cruauté et la haine, nous devons faire de notre mieux les uns envers les autres. Tel était, pour Elise, le grand devoir moral que nous avons tous, au regard non seulement de la société, mais surtout de nous-mêmes. »

L'oratrice suivante était sa fille, Alison. Je l'avais vue un peu plus tôt alors qu'elle accueillait les gens à l'entrée de la chapelle. Comme sa mère, elle était grande et mince. Parfaitement maquillée. Parfaitement sous contrôle. L'homme assis au premier rang à côté d'elle, bien que plus âgé, dégageait la même aura impeccable. Visiblement, il aurait préféré être ailleurs. Il avait passé l'essentiel de la cérémonie à pianoter sur son téléphone, utilisant un livre de chants ouvert pour masquer la lumière de l'écran. Pas une fois Alison ne s'était penchée pour lui intimer de témoigner un semblant de respect à sa mère – et au caractère tragique des circonstances – en éteignant son foutu portable. Elle regardait droit devant elle, raide, le visage soigneusement dépouillé de toute émotion. Quand est venu son tour de parler, son compagnon a enfin daigné lever les yeux de son téléphone. Elle a gravi les marches de la chaire, une simple feuille de papier à la main. Puis, après avoir pris une grande inspiration, elle a lancé un bref regard à la congrégation et s'est mise à lire.

« Même quand nos opinions politiques appartenaient à différentes planètes, ce qui était presque toujours le cas, même quand nous nous disputions âprement sur l'état de notre pays et du monde entier, je sais que l'amour que me portait ma mère n'a jamais diminué. Même quand ma façon de voir les choses, surtout sous l'aspect économique et social, la rendait folle. Même quand je la traitais d'éternelle bonne samaritaine et quand je l'accusais de vouloir réparer tout et tout le monde.

» Le plus difficile à accepter, quand on perd quelqu'un de proche – surtout un parent –, c'est que la conversation est terminée. Je n'entendrai plus jamais la voix de maman. Tous les redoutables échanges idéologiques que nous avons eus, nos brouilles qui duraient des semaines et des semaines, comme la fois où elle m'a traitée de capitaliste du Gilded Age parce que je défendais l'économie de l'offre... Tout ça me semble désespérément absurde à présent. Maman... était une bien meilleure personne que moi. Elle se souciait passionnément du sort des autres. Elle était, je m'en rends compte maintenant, quelqu'un de profondément bon. Et de tenace. Et d'implacable dans sa croyance que nous pouvons tous faire mieux. Peut-être qu'elle avait raison. Peut-être que nous devrions vraiment faire preuve de plus de bienveillance. Surtout les uns envers les autres. J'ai sans doute compris trop tard à quel point j'étais chanceuse d'avoir eu une mère aussi remarquable et intègre. Quand mon père est mort, il y a quelques années, maman a lu un poème d'Edna St. Vincent Millay à son enterrement. Ça lui ressemblait bien, de choisir un texte d'une beatnik féministe new-yorkaise des années 1920 pour parler de l'injustice de la mort. Je l'ai cherché, l'autre soir. Et je pense que ces mots valent la peine d'être dits à nouveau :

En bas, tout en bas, vers la noirceur de la tombe
Ils s'en vont en douceur, les beaux, les tendres, les bienveillants ;
Ils s'en vont dans le calme, les intelligents, les spirituels, les courageux.
Je sais. Mais je n'approuve pas. Et je ne suis pas résignée. »

Des sanglots ont retenti à plusieurs endroits dans la chapelle lorsque Alison a terminé sa lecture. En retournant s'asseoir, elle s'est arrêtée pour poser la main sur le cercueil de sa mère. Un instant, j'ai cru qu'elle allait céder aux larmes. Mais tous les yeux étaient sur elle, et elle le savait. C'était suffisant pour qu'elle maintienne son apparence. Tête baissée, elle est retournée à sa place au premier rang. Si elle avait levé le regard, elle aurait vu que son compagnon avait lui aussi baissé la tête – pour se pencher à nouveau sur son portable.

Une heure plus tard, le cercueil mis en terre, je retournais vers ma voiture quand j'ai senti une main sur mon bras. Alison se tenait près de moi.

« J'ai demandé à Stan Greenbaum de me montrer qui vous étiez.

— Brendan, me suis-je présenté en lui serrant la main. Je suis profondément navré. Elle était... remarquable. »

Ses yeux se sont embués. Elle s'est mordu la lèvre pour l'empêcher de trembler.

« Donc... c'est vous qui récupérez l'appartement.

— Je n'en voulais pas. Je l'ai répété aux avocats. Vous n'avez qu'un mot à dire, et je signe pour vous le rendre dès demain.

— Mais elle voulait vous le laisser... presque autant qu'elle ne voulait pas me le laisser, à moi. Parce qu'elle se disait que je possède déjà assez. Ce qui, d'un point de vue matériel, est vrai. Alors que... »

Elle a regardé autour d'elle à la recherche de son homme. Il se tenait non loin du corbillard qui repartirait bientôt vers la morgue, vide. Il était au téléphone, en plein milieu d'une conversation qui semblait s'envenimer. Comme son regard croisait celui d'Alison, il lui a fait signe que c'était un appel important avant de lui tourner le dos. Elle s'est mordu la lèvre une nouvelle fois. Brusquement, je me suis entendu lui dire :

« Vous méritez mieux, vous savez. »

Elle m'a toisé, les yeux écarquillés de stupeur.

« Je vous demande pardon ?

— Oh, je suis désolé si j'ai passé les bornes... J'étais l'ami de votre mère. Elle comptait beaucoup pour moi. Et je sais à quel point elle vous aimait, malgré... »

Alison s'est mise à pleurer, la tête baissée. Quand j'ai voulu poser une main sur son épaule, elle s'est dégagée sans douceur.

« Je ne m'en remettrai jamais », a-t-elle soufflé.

Puis, d'un bref mouvement de tête, elle a chassé ce rare instant de pure vulnérabilité pour réendosser son masque inexpressif.

« Vous vendez l'appartement, je suppose. J'espère que vous ferez bon usage de cet argent.

— Comptez sur moi. »

Quelques jours plus tard, je me suis retrouvé assis entre Jennifer Cooper et Dwight Simplon dans la salle de réunion de Flouton, Greenbaum, McIntyre et Milkavic. L'homme qui nous faisait face s'appelait Jorge Suarez. C'était un avocat de mon quartier, que j'avais déjà croisé à l'église – et un fervent admirateur du père Todor. Il représentait Agnieska. Pendant des jours, j'avais tenté de la convaincre de m'accorder un entretien face à face ; je ne voulais pas l'informer de mon intention de divorcer par lettre ou par e-mail. Pas après toutes ces années de mariage.

Mais elle avait refusé. Tous les messages par lesquels je lui proposais de prendre un café ou de déjeuner quelque part pour « mettre les choses au point » étaient restés sans réponse. Après une semaine de ce régime, j'avais contacté Jennifer Cooper pour solliciter son aide.

« Bien sûr. Donnez-moi l'adresse de sa sœur et j'enverrai un coursier là-bas avec une lettre pour l'informer que vous demandez le divorce et qu'elle est priée de nous rencontrer avec son représentant juridique, etc., etc.

— J'aurais préféré qu'elle accepte de me voir. Je n'aime pas faire ça par courrier.

— Si elle ne veut pas vous parler, c'est parce qu'elle sait que vous allez partir et que les choses sont définitivement finies entre vous. Vous m'avez raconté sa réaction aux événements de Twentynine Palms, et comment elle réfute la responsabilité de son amie pro-vie. À présent, elle refuse d'admettre que votre mariage est terminé. J'ai bien peur qu'une lettre livrée par coursier soit votre seul recours. Avec votre permission, je préciserai dans le courrier que, faute de réponse à notre demande de rencontre, nous lancerons la procédure de divorce auprès de la Cour suprême de Los Angeles. Ça vous va ? »

J'avais accepté à contrecœur.

La lettre avait eu l'effet escompté. Suarez se trouvait face à nous, en train d'excuser l'absence de sa cliente par le fait qu'elle ne se sentait « pas très en forme ». Jennifer, tout en faisant tourner distraitement un crayon de papier entre ses doigts, lui a expliqué les détails de mon offre – une offre non négociable : Agnieska recevrait la maison et un paiement unique de deux cent mille dollars en lieu et place d'une pension alimentaire.

Suarez m'a adressé un sourire onctueux avant de déclarer que, puisqu'il était évident que je venais de toucher une très grosse somme d'argent, cette offre n'était pas acceptable. Au lieu de ça, il exigeait de connaître la somme exacte dont j'avais hérité afin de réclamer un partage équitable. Jennifer a écouté avec une colère grandissante ce discours menaçant et suintant d'arrogance. Brusquement, elle a cassé son crayon en deux et l'a abattu sur la table, ce qui a fait sursauter Suarez.

« Comment osez-vous ? a-t-elle demandé d'un ton indigné. Votre cliente fait partie d'un violent groupuscule antiavortement dont la meneuse est responsable de plusieurs décès, y compris celui d'un enfant à naître. Nous avons des raisons de croire que votre cliente a des problèmes de santé mentale. J'ai informé mon client qu'il n'avait que peu d'obligations légales envers elle, mais il a tout de même voulu se montrer généreux. Plus que généreux. Votre cliente se voit offrir une maison sans aucuns frais, ainsi qu'une somme considérable. Si vous avez le culot, je dis bien le culot, d'exiger davantage en menaçant mon client, je peux vous assurer que d'une part l'offre sera retirée d'ici à 18 heures, et que d'autre part je vous mènerai une guerre sans merci. Nous proposerons le strict minimum et nous prouverons à la justice que cette femme ne mérite pas un centime. Et si vous croyez que je suis remontée de vous voir défendre une femme en contact avec des terroristes – car son mentor politique, Teresa Hernandez, n'est rien d'autre qu'une terroriste –, attendez seulement qu'on se retrouve au tribunal. C'est clair, maître ? »

Suarez n'aurait pas eu l'air plus soufflé si on l'avait frappé à l'estomac. Il lui a fallu quelques secondes pour retrouver la parole. C'est alors qu'il a commis une grave erreur. Il s'est tourné vers Dwight.

« Est-ce que je pourrais vous parler en privé, au calme ?…

— Pourquoi en privé ? a demandé celui-ci. Parce que mon associée est une femme, vous pensez qu'elle n'est pas capable de raisonner calmement ? »

L'avocat a compris qu'il venait de perdre la négociation. Dwight l'a regardé avec mépris.

« Vous avez entendu l'offre de notre client. C'est à prendre ou à laisser. Et je vous promets que, si vous n'acceptez pas, tout ce que vous a dit ma collègue se passera exactement comme elle l'a décrit. Puisqu'il n'y a rien d'autre à ajouter, je vais vous demander de partir. »

Suarez s'est levé, sonné. Il a regardé Jennifer.

« Je ne cherchais pas à vous offenser...

— Bien sûr que si », a-t-elle rétorqué.

Quand la porte s'est refermée derrière lui, Jennifer s'est passé les deux mains dans les cheveux.

« Ah, putain, ça m'a fait un bien fou. »

À en croire l'horloge de la salle de réunion, il était 12 h 35, et Suarez avait moins de six heures pour décider s'il voulait accepter mon offre ou affronter le courroux de mon avocate. Jennifer m'a appelé vers 17 heures ce même après-midi.

« C'est bon. Ils ont accepté.

— Tant mieux. Je n'avais aucune envie de les traîner en justice. Une dernière chose : dites à Suarez que, si ma femme souhaite en discuter face à face, ma porte reste ouverte. »

Mais elle n'a jamais renoué le contact. Et je ne m'en porte pas plus mal.

Flouton, Greenbaum, McIntyre et Milkavic ont également fait des miracles pour Klara en la mettant en relation avec un avocat d'Amsterdam qui, apprenant qu'elle était titulaire d'un diplôme de travailleuse sociale, lui a immédiatement trouvé un emploi dans un centre d'accueil pour réfugiés. Ils lui ont même procuré un permis de travail néerlandais le temps qu'elle obtienne le statut de résidente. Klara et moi discutions au téléphone presque tous les jours. Elle avait trouvé un appartement en colocation dans « un quartier cool et mixte appelé le Jordaan ». Quand je lui ai téléphoné ce jour-là, après la confrontation avec Suarez, je l'ai informée de mon intention de déposer deux cent mille dollars sur un fonds fiduciaire à son nom sitôt l'appartement vendu.

« Ce n'est pas nécessaire, papa.

— Elise aurait voulu que tu touches ta part. Elle avait beaucoup d'estime pour toi. Et elle te trouvait follement courageuse. Je suis sûr qu'elle serait d'accord avec ma décision de laisser la maison à ta mère, avec suffisamment d'argent pour qu'elle puisse vivre sans se priver.

— Justement. Vu tout ce que tu accordes déjà à maman, je veux que tu gardes le reste pour toi.

— Et moi, je veux qu'on partage.

— Mon papounet philanthrope... Mais il ne va pas te rester grand-chose pour vivre.

— Plus qu'assez pour me permettre de quitter L.A. C'est tout ce qui m'intéresse pour l'instant : me tirer d'ici pour de bon.

— Ça se comprend. Tu as déjà ton passeport ?

— Encore quatre semaines. Dès que je l'aurai en main, je monterai dans le premier avion pour venir te voir. En attendant, je pars en virée.

— Un coin sympa, j'espère.

— Flagstaff, Arizona.

— Tu déconnes. Qu'est-ce qui peut bien t'attirer là-bas ?

— J'ai cherché sur Internet des endroits intéressants et bon marché dans l'Ouest. Je suis tombé sur Flagstaff. Ça me dépaysera. Il paraît même que c'est cool.

— Tu ne donnes pas vraiment dans le cool, papa.

— Flagstaff pourrait y remédier. »

La neige m'a surpris. L'Arizona : un État désertique, au sable rouge, aux cactus innombrables. Mais à Flagstaff, à deux mille cent mètres d'altitude, l'hiver est synonyme de neige. Mon premier hiver là-bas a été d'une blancheur incroyable. Un blizzard s'est abattu sur la ville quelques jours à peine après mon arrivée. Je logeais dans un vieil hôtel du centre-ville, tout droit sorti des années 1950, avec de petites chambres à la décoration démodée – mais le lit était confortable et la kitchenette fonctionnelle. J'avais négocié un prix avec le type de la réception : sept cents dollars par semaine, parking inclus, pour les quinze premiers jours. Même si j'avais de l'argent à présent, ce n'était pas une raison pour le jeter par les fenêtres. L'immobilier n'était pas donné : un appartement de soixante-dix mètres carrés se vendait environ deux cent cinquante mille dollars. Au-dessus de mon budget. J'ai décidé de trouver quelque chose pour moins de mille dollars par mois, déjà meublé, avec un bon lit, un canapé et des fauteuils moelleux. Un endroit à louer par tranches de six mois. Je ne voulais pas m'enraciner. Mieux valait ne m'engager à rien pour le moment, et pouvoir disparaître du jour au lendemain s'il m'en prenait l'envie.

Comme promis, le centre de Flagstaff était branché : une vieille ville de l'Ouest entièrement rénovée et regorgeant de boutiques cool, de bars cool, de cafés cool. Une librairie. Un antique cinéma reconverti en salle de concert rock'n'roll. Je ne cessais de penser : *C'est le style de Klara, pas le mien.* Jusqu'au moment où je me suis demandé : *Et pourquoi ce ne serait pas le mien aussi ?*

Je dormais bien à l'hôtel Monte Vista. La décoration à l'ancienne me plaisait, ainsi que le panorama de collines visible depuis ma fenêtre. C'est avec ravissement que je me suis réveillé un matin pour constater que dix centimètres de neige étaient tombés pendant la nuit. J'étais arrivé vêtu comme dans le sud de la Californie, en prévision de la chaleur de Phoenix, ce qui m'a forcé à aller acheter une doudoune, des gants, des bottes d'hiver, d'épaisses chaussettes, une écharpe et un bonnet en laine. Une fois protégé de la température glaciale, je me suis promené dans Flagstaff, sidéré par le nouveau visage blanc de la ville. Tout en me perdant au fil des rues résidentielles, j'ai savouré l'atmosphère tranquille et désuète que faisait régner l'hiver.

Je marchais depuis environ une heure lorsqu'il s'est remis à neiger. J'ai levé les yeux, remarquant le ballet subtil des nuages dans le ciel, où la lumière transparaissait par moments entre deux nuées avant d'être étouffée à nouveau l'instant suivant. Elise a surgi dans mes pensées, comme elle le faisait presque à chaque heure. Je me suis rappelé son discours sur les gens qui croient avoir « trouvé la lumière », mais finissent par expédier les autres au fin fond des ténèbres. Son irruption dans ma vie avait tout changé ; pour moi comme pour beaucoup d'autres, elle avait été une source de bonté et d'espoir dans ce monde si sombre – et ce pays où le moindre désaccord se règle à coups de revolver. À présent, je ne pouvais que me demander : Elise avait-elle été mon unique chance de trouver la lumière dans cette époque saturée d'obscurité ?

J'ai cillé, aveuglé par les flocons tourbillonnants. Et par les larmes. La neige. Je n'en avais pas revu depuis la dernière fois, toutes ces années auparavant, suspendu au sommet d'un poteau électrique parmi des arbres titanesques. Quelle merveille que la neige. Sa pureté semblait lessiver le chaos de l'existence, étouffer le tumulte du monde. Elle paraissait infinie. Pour quelques minutes, en tout cas.

Une bourrasque a secoué les flocons dans le ciel. Un an plus tard, je me tiendrais au coin de cette même rue, avec treize kilos de moins, après avoir fini ma journée d'électricien pour le compte du système scolaire de Flagstaff. J'aurais trouvé cet emploi deux semaines après mon arrivée, histoire d'avoir quelque chose à faire de mes journées en plus des trois soirs par semaine que je passais à servir des repas dans un refuge pour sans-abri. Debout sous la neige, j'entendrais soudain un *bing* provenant de mon portable : un message de Klara, toujours aux Pays-Bas, où je lui rendais visite tous les six mois. Passionnée par son travail auprès des réfugiés, elle améliorait son néerlandais de jour en jour et sortait à présent avec un guitariste d'un groupe de rock local, Pieter. Amsterdam était son chez-elle, désormais – ce qui ne l'empêchait pas de rester une Los Angélienne de cœur.

Regarde sur le site du L.A. Times !!!

Sur la page d'accueil du site Internet, un entrefilet attirerait immédiatement mon regard :

Un prêtre catholique bien connu à Beverly Hills, le père Todor Kieuchikov, a été abattu ce matin alors qu'il quittait son domicile pour rendre visite à un paroissien. L'inspecteur Michael Moran, de la brigade criminelle du LAPD, a déclaré :

« Tout dans ce meurtre indique que nous avons affaire à un tueur à gages. L'enquête suit son cours. Nous ne pouvons rien dire de plus pour l'instant. »

Pris d'un léger vertige, je répondrais à Klara :

Mon Dieu...

Dieu n'a rien à voir là-dedans, écrirait-elle du tac au tac.
À mon avis, c'est plutôt vers le boss qu'il faut regarder. Voilà
pourquoi je ne suis pas près de remettre les pieds à L.A.
Ne prends pas ce risque, toi non plus. Ce connard de prêtre
aurait mieux fait de se volatiliser tout de suite avec son fric.

Encore sous le choc, j'essaierais de comprendre pourquoi
il ne l'avait pas fait.

Il a dû se dire que disparaître dans la foulée éveillerait
les soupçons. Et il devait se croire à l'abri, maintenant
qu'il avait raconté au monde entier l'histoire inventée par
son patron.

La réponse de Klara serait cinglante :

Il avait tort. L'homme d'argent a eu le dernier mot.

Mais ce « dernier mot » ne résonnerait pas avant douze
mois, réservé à ce mystère qu'on ne peut jamais qu'entrevoir
– et qui se nomme l'avenir. En attendant, ici et maintenant,
je n'étais qu'un homme triste et profondément ébranlé, seul
dans une ville inconnue, à regarder les flocons de neige
virevolter au-dessus de moi. Un besoin irrépressible m'a pris :
celui de m'installer au volant de la voiture – sa voiture à elle,
qu'elle m'avait offerte – et de partir. Pourquoi cette pulsion
de conduire quelque part, n'importe où, à tombeau ouvert ?
Surtout un jour comme celui-là, où les routes étaient glissantes ?
Le deuil suit sa propre logique : il a l'art de nous aiguiller
secrètement vers des chemins dont nous ne soupçonnons
même pas l'existence.

Cette route goudronnée à deux voies, par exemple, qui traver-
sait une épaisse forêt en direction du nord avant de déboucher
sur une vaste prairie immaculée. La neige tombait toujours

à gros flocons. Une fois de plus, je me suis surpris à lutter contre les larmes, le pied au plancher, et je me suis dit : *Si je dérape sur du verglas et que j'ai un accident mortel, alors tant pis.* Mais quelque part, je savais qu'accepter ce sort infligerait à ma fille une peine qu'elle ne méritait pas, et qui ne la quitterait jamais.

J'ai ralenti.

Mais le ralentissement – de presque cent quarante à quatre-vingt-dix kilomètres-heure – arrivait trop tard. Soudain, une voiture de police a surgi d'un bosquet d'arbres derrière moi pour se lancer à ma poursuite, sirène hurlante. Son gyrophare teintait la neige de bleu.

J'ai encore ralenti, puis j'ai activé mon clignotant et je me suis rangé sur le côté de la route. Prêt à couper le moteur, j'ai craint que le froid ne pénètre dans la voiture en l'absence de chauffage. Alors je me suis contenté de tirer le frein à main.

J'ai vu le flic approcher dans le rétroviseur. Blanc. Costaud. Jeune. Il a frappé à ma vitre. Je l'ai abaissée.

« Permis de conduire et papiers du véhicule. »

Je me suis exécuté.

« Vous venez de Los Angeles ?

— Oui.

— Vous êtes bien loin de chez vous. Qu'est-ce qui vous amène par ici ?

— J'avais besoin d'un break.

— Vous avez une arme ? »

La question m'a pris au dépourvu – ce qui était de toute évidence l'objectif, vu le ton nonchalant qu'il avait employé.

« Non, monsieur, je n'ai pas d'arme.

— Pourquoi vous alliez aussi vite ?

— Je n'ai pas réfléchi.

— Vous êtes en cavale ? »

Là encore, le ton était léger, presque blagueur. Ce type essayait de me déstabiliser. Peut-être n'avait-il rien de mieux à faire dans un coin pareil.

J'ai levé les yeux, croisant son regard dur.

« Je conduisais vite parce que... parce qu'une amie vient de mourir. Et j'étais en colère. Je ne faisais pas attention.

— Comment est-elle morte, votre amie ?

— … De causes naturelles.

— Et ça vous donne le droit de rouler à trente kilomètres-heure au-dessus de la limite ?

— C'était une erreur, monsieur l'agent.

— Je ne vous le fais pas dire. Jolie voiture. »

Je l'ai dévisagé un instant avant de regarder son badge avec insistance, retenant le numéro pour pouvoir le fournir à Dwight ou à Jennifer au cas où je déciderais de porter plainte. Le policier l'a bien compris.

« Regardez devant vous, a-t-il ordonné d'un ton tranquille.

— Oui, monsieur. »

Mais j'avais déjà son numéro en tête.

Il y a eu un silence pendant lequel je l'ai senti essayer de jauger la situation.

« Qu'est-ce que vous faites, à L.A. ? » a-t-il fini par demander.

J'ai gardé les yeux fixés droit devant moi.

« Je suis un philanthrope.

— C'est-à-dire ?

— Quelqu'un qui a assez d'argent pour aider ceux qui n'en ont pas. »

Du coin de l'œil, je l'ai vu digérer mes paroles. Il devait être conscient que, si j'étais vraiment aussi riche que je le prétendais, je pourrais lui attirer de sérieux ennuis.

« Attendez ici, a-t-il dit.

— Oui, monsieur. »

Dans le rétroviseur, je l'ai regardé retourner jusqu'à sa voiture, composer un numéro sur son téléphone, puis examiner mes papiers pour en transmettre les indications à son interlocuteur. Il a attendu la réponse avec anxiété, petite frappe craignant d'avoir dépassé les bornes au point de menacer sa carrière. Il a vérifié d'un regard que je me tenais toujours à la même place, les yeux fixés devant moi. La personne à l'autre bout du fil a dû lui répondre, parce qu'il a pincé les lèvres et a mis rapidement fin à l'appel. Assis au volant, je l'ai vu tapoter mes papiers contre sa main en essayant de décider quoi faire. Puis il est ressorti pour s'avancer jusqu'à moi. Quand j'ai abaissé ma vitre à nouveau, il m'a rendu mes papiers.

« La prochaine fois, monsieur, ralentissez un peu.

— C'est noté. »

Il m'a observé pendant un très long moment.

« Vous pouvez y aller... même si je suis sûr que vous me cachez quelque chose. »

Les mains sur le volant, j'ai tourné la tête pour soutenir son regard.

« Je n'ai rien à cacher. Je suis comme tout le monde de nos jours. J'ai peur. »

*Composition et mise en pages
Nord Compo à Villeneuve-d'Ascq*

Imprimé en France par CPI
en août 2022
N° d'impression : 3049580
B07406/02

L'éditeur de cet ouvrage s'engage dans une démarche
de certification FSC® qui contribue à la préservation
des forêts pour les générations futures.
Pour en savoir plus :
www.editis.com/engagement-rse/